THE GREAT AGE OF CHINESE POETRY : THE HIGH T'ANG
by Stephen Owen
Copyright ©1980 by Yale University.
Simplified Chinese translation copyright © 2014 by
SDX Joint Publishing Company.
ALL RIGHTS RESERVED.

Stephen Owen
宇文所安作品系列

The Great Age of Chinese Poetry:
the High T'ang

盛唐诗

〔美〕宇文所安 著
贾晋华 译

生活·讀書·新知 三联书店

Simplified Chinese Copyright © 2014 by SDX Joint Publishing Company.
All Rights Reserved.
本作品中文简体版权由生活·读书·新知三联书店所有。
未经许可，不得翻印。

图书在版编目（CIP）数据

盛唐诗／（美）宇文所安著；贾晋华译.—北京：
生活·读书·新知三联书店，2014.3 （2023.12重印）
（宇文所安作品系列）
ISBN 978－7－108－04809－7

Ⅰ.①盛⋯ Ⅱ.①宇⋯ ②贾⋯ Ⅲ.①唐诗－诗歌研究
Ⅳ.① 1207.22

中国版本图书馆CIP数据核字（2013）第274107号

责任编辑	冯金红
装帧设计	蔡立国
责任印制	李思佳
出版发行	生活·讀書·新知 三联书店
	（北京市东城区美术馆东街22号 100010）
网　　址	www.sdxjpc.com
图　　字	01-2016-8787
经　　销	新华书店
印　　刷	河北松源印刷有限公司
版　　次	2014年3月北京第1版
	2023年12月北京第4次印刷
开　　本	880毫米×1230毫米 1/32 印张12
字　　数	255千字
印　　数	13,001－16,000册
定　　价	68.00元

（印装查询：01064002715；邮购查询：01084010542）

目 录

《初唐诗》、《盛唐诗》三联版序言　宇文所安　1

盛唐年表　1

导言　1

第一部分　盛唐的开始和第一代诗人　1

第一章　初唐和盛唐　3

第二章　过渡时期的诗人　12

第三章　社会背景　23

第四章　王维：简朴的技巧　33

第五章　第一代：开元时期的京城诗人　64

　　　　崔颢　74

　　　　储光羲　78

第六章　孟浩然：超越典雅的自由　87

　　　　　常建　110

第七章　王昌龄和李颀：京城诗的新趣味　113

第八章　李白：天才的新观念　133

　　　　　吴筠　173

第九章　高适　177

第二部分　"后生"：盛唐的第二代和第三代　193

引　子　195

第十章　岑参：追求奇异　198

第十一章　杜甫　213

第十二章　复古的复兴：元结、《箧中集》及儒士　260

　　　　　《箧中集》诗人　275

　　　　　儒士　280

第十三章　开元、天宝时期的次要诗人　285

第十四章　八世纪后期的京城诗传统　292

第十五章　东南地区的文学活动　326

　　　　　诗僧　327

　　　　　皎然　333

　　　　　联句诗　343

　　　　　顾况　346

第十六章　韦应物：盛唐的挽歌　351

译后记　367

《初唐诗》、《盛唐诗》三联版序言

宇文所安

英文版的《初唐诗》和《盛唐诗》大约是在四分之一个世纪以前出版的。那时的中国古典文学学术界和现在十分不同。那时,我们拥有基本的原材料,虽然王绩的五卷本诗文集直到1987年,也就是《初唐诗》出版十年之后才面世;那时,很多诗文集的笺注本都还没有问世,我们也还没有傅璇琮等学者就作者生平和诗歌编年作出的重要研究成果。现在的电子文献把检索字词变得非常容易,给研究工作带来了极大的方便,而在二十五年前,这一切都是不可想像的。那时,我们缺乏现有的种种研究工具,只能依赖清代和民国时期的学术成就。最重要的是,在过去的二十五年中,中国学术获得了长足发展,唐代研究领域精彩纷呈,令人欣慰和鼓舞。

《初唐诗》、《盛唐诗》有它们的局限、错误和缺点。如果能够重写,它们一定会很不一样。无论是我个人,还是我所利用和借鉴的学术研究,都已经发生了很大变化。不过,即使在多年之后,我相信书中的一些基本论点和对文学史采取的视角仍然不无其有效之处。

文学史不是"名家"的历史。文学史必须包括名家,但是文学史最重要的作用,在于理解变化中的文学实践,把当时的文学实践作为理解名家的语境。我们不应对一个长达百年的时期进行大刀阔斧的概括，而应该检视较短的时期，作家群体，不同的区域。这样一来，传统的学术研究，比如说交游考、年谱，就会和文学史写作以及理论研究结合起来，从而获得崭新的意义。文学史试图把具体细节和对整体的理解与把握联系在一起，而整体的复杂性总是使简单的概括显出不足。

在对诗歌的研究里，学术工作的惟一目的就是帮助我们更好地理解具体的诗篇。好的文学史总是回到诗作本身，让我们清楚地看到诗人笔下那些令人讶异的、优美的、大胆的创造。

最后，我要向这两本书的译者贾晋华教授表示衷心感谢：如果三联书店认为这两本著作在二十多年后的今天还值得在中国再版，那么，功劳有一半属于贾教授。

2004 年 8 月

盛唐年表

(包括重要年号)

中宗　　705—710
睿宗　　710—712
玄宗　　712—756
　开元　713—741
　天宝　742—755
肃宗　　756—762
代宗　　762—779
　大历　766—779
德宗　　779—805

导　言

　　中国的批评家在划分文学史时期时，通常采用年号、朝代的名称，或诸如"初"、"中"、"晚"等朝代细分期名称。可是，当他们回顾唐代时，却将一个源于植物生长周期的新名称插入"初唐"和"中唐"之间。这一名称的采用，是文学史家超出平常的冷静而惊叹不已的表现："盛唐"——"唐朝的黄金时代"，没有一个朝代的诗歌曾经如此称呼。在后世读者看来，以玄宗朝为中心的这一时代，闪耀着独一无二、辉煌壮丽的光彩，是文化繁盛和文学天才幸运地巧合的时刻。他们的敬畏是有道理的：至少三位伟大诗人和十余位重要诗人的作品流光漾彩，使得任何读者都无法忽视。然而，这种特别的光彩也遮盖了这一时期文学史的庐山真面目：一个持续变化的复杂过程，却被看成是天才和多样化风格如同雨后太阳突现，而且其消失也如同出现一样迅速，留下后来的时代为获取其余辉而努力奋斗。

　　将盛唐看成中国诗歌顶峰的信念，出现于九世纪，发展于宋代，牢固地植根于所有后来者的心中。后代诗人面对盛唐的璀璨光辉，悲叹自己的黯淡晦昧。他们不是亦步亦趋地模仿它，就是激烈地反叛它，声称将忽视它，并按照自己的内在本性的要求自由地抒写。但是在中国诗歌史上，盛唐始终保持着其固定不变的中心位置，规定着所有后代诗人的地位。

如果我们想对这一时代及其诗歌进行严肃认真的探讨，就必须将这种辉煌绚丽的神话撇在一旁。王维的一些诗篇蕴含着一种寓意：山寺的自然美的存在，是为了将访寺者引向隐藏在诱人外表后面的真理（见第四章）。与此相似，诗歌黄金时代的神话也不是其本身的目标，而是为了诱使人们进入这一时代并认识其真实本质。如果我们仅仅满足于从远处观察它，就不能充分赏识其蓬勃生机和多彩丰姿：诗人之间的内在联系被曲解了，这一时代深植于过去诗歌中的根被切断了，一系列简单化的、陈旧的词语被用来描绘这一时代的风格特征。

要坚持盛唐是诗歌黄金时代的神话，就必须对三个重要方面加以注意。首先，不能将这一时代等同于李白和杜甫，两位被后代读者看成是这一时代占主导地位的诗人。文学史并不能包括主要天才的全部，较为谨慎的做法是将天才安置于其基本背景之下。如果我们撇开盛唐神话，就会发现李白和杜甫并不是这一时代的典型代表。后代读者往往满足于李白和杜甫的这一形象：他们不仅被视为诗歌的顶点，而且被视为诗歌个性的两种对立典范。但是，同时代诗歌的背景却使我们对李白和杜甫有了殊为不同的眼光，这种眼光能使我们看出他们的独创性的本质和程度。王维和孟浩然由于对隐逸主题的共同爱好而经常被后代读者联系在一起。但是，当时诗坛的背景却表明这两位诗人相去甚远，他们在诗歌修养、感觉及才性方面都是很不相同的。因此，我们的目标不是用主要天才来界定时代，而是用那一时代的实际标准来理解其最伟大的诗人。

其次是关于时代风格的一般问题。保守的文学史家幻想时代风格是一种完全一致的实体,具有方便的固定年代。另外一些人则不相信任何时代的标志,认为其中存在着不利于真正的诗歌鉴赏的东西。但时代风格是实际存在的:没有一位敏感的中文诗或英文诗读者,能够摆脱语言、风格及文学背景所体现的历史感,这是阅读过程中自然而然的、令人愉悦的组成部分。然而,时代风格又是无形的、多侧面的、相互渗透的实体,并不容易界定。它们在分界处体现得最明显:新的观念、有影响的诗人或各种再发现能够在短短几年的过程中引起诗歌的普遍变化。这些分界线是高度渗透的:新风格的起源和旧风格的延续在这里最清晰地显现。大约在715年至725年间初具规模的盛唐诗,显然衍生于初唐风格;同时,这一期间所发生的各种变化,正是基于许多初唐诗人对自己时代诗歌的不满。在分界线的另一端,盛唐最后一位主要天才杜甫去世后,盛唐风格仍余音不绝。直到八世纪九十年代初,对复古的关注重新兴起,这才真正进入了中唐。[1] 但这一分界线决不是绝对的:保守的诗人继续写着王昌龄风格的边塞诗,而激进的革新者在形成新诗歌的同时,仍然盯着李白和杜甫。

其三,盛唐神话的最严重危险是被切断其内在发展历程,变成一个光辉灿烂、多姿多彩的瞬间。盛唐诗的丰富多彩一部分确实是由于诗人个性的不同造成的,但另一部分却是七十多年历程中文学发展演变的结果。成熟于八世纪二十年代的诗人对于诗歌

---

[1] 大多数传统文学史家都认为中唐始于杜甫去世后或稍前,紧接安禄山叛乱之后。虽然这种划分有效地将盛唐大诗人与其较不重要的继承者分离开来,并确实与某些政治变化相一致,但八世纪后期的诗人基本上仍保留在其前辈的风格和主题范围内。"盛唐"用在这本书中,只是作为时代风格的方便术语,而不是只包括这一时代风格的"高峰"的评价性称呼。

和诗歌传统的观念，与成熟于八世纪四十年代的诗人是迥然不同的。在八世纪二十年代，诗歌是一种优美圆熟的技巧，从理论上说可以用来激发深刻的道德和文化意义。更为重要的是，由于几世纪来没有出现过无可争议的大诗人，这就给天才的出现留下了宽广的空间。而成熟于八世纪四十年代的诗人，却面对着二十年来所创造的宏丽遗产。因此，杜甫面对其直接前驱者的特殊体验，是年辈较早的孟浩然从未有过的。

除了单纯的描述职责，文学史还应当研究诗歌的各种标准和变化过程。我不打算用一系列新特征来界定时代风格，而是设立几个普遍性的关注范畴，以之贯穿整部书。这些关注范畴大致地将盛唐与其前后的时期区别开来，同时又容纳各种促使盛唐风格多样化的个性反应。

盛唐诗由一种我们称之为"京城诗"的现象所主宰，这是上一世纪宫廷诗的直接衍生物。京城诗从来不是一个完整的统一体，但它却具有惊人的牢固、一致、持续的文学标准。京城诗涉及京城上流社会所创作和欣赏的社交诗和应景诗的各种准则。八世纪各个大家族的成员在京城诗的实践者和接受者中扮演了重要的角色，诗人们主要依靠他们而"闻名当世"。京城诗最喜欢采用格律诗的形式（虽然某些场合也需要其他形式）。随着各种弃世的高尚主题被改善为对美妙的田园风光的向往，我们在京城诗中发现了对于佛教和隐逸主题的特殊兴趣。京城诗虽然不像宫廷诗那样受到严格的规范限制，我们在其中仍然看到了诗体和题材规范的强烈意识。与宫廷诗一样，京城诗很少被看成是一门独立的"艺术"，而是主要被当作一种社交实践；人际关系和诗歌关系的网，将中宗朝的宫廷诗人与受帝王青睐的《御览诗》（九世纪初的选集）诗人连接了起来。这种社交关系的网清楚地显现在应景诗的交换，而此类诗无例外地构成京城诗人集子的很大部分。

尽管京城诗人有着社会声望和影响，但这一时代最伟大的诗歌却是由京城外部的诗人写出来的，其中只有王维是值得注意的例外。王维同时处于京城诗及其变体的顶峰：他既按照京城诗的规则创作，又超越了这些规则。从九世纪起，李白和杜甫占据了读者的想像中心，但是在八世纪后半叶，王维的诗歌声音久久地萦绕于次要诗人的作品中。盛唐其他大诗人孟浩然、高适、王昌龄、李白、岑参、杜甫、韦应物等，由于社会地位、历史处境或个人气质的原因，都在一定程度上超出了京城诗的世界。有些诗人向往京城诗，有些诗人反对京城诗，但正是在京城诗背景的衬托下，他们成了真正具有个人风格的诗人。

这正是盛唐伟大成就的部分原因：盛唐既拥有单独的、统一的美学标准，又允许诗人充分自由地发挥个性才能，这在中国诗歌史上是空前绝后的。宫廷诗的时代也拥有统一的诗歌标准，但这一标准过度僵化，限制了诗歌的特性，连庾信那样的天才诗人，也为其严格的修饰法则所束缚。而另一方面，在九世纪及后来的时代，虽然有着众多的美学标准，却没有一个能够单独成为社会认可的全面权威。

与这种统一的美学标准和个性才能之间的平衡相关，诗歌的观念也发生了变化。京城诗代表了将诗歌看成社交活动的观念，其根源出自宫廷诗传统；另一种观念则将诗歌看成超脱社交场合的属于文化和个人范围的艺术，这两种观念在这一时期开始转换。盛唐应景诗人写诗时，一只眼盯着后代人，另一只眼盯着诗歌的接受者。中国的应景诗即使到了今天还有生命力，但是在盛唐之后，大诗人的眼光越来越专注于后代人。诗人们开始准备和编辑自己的集子，每一首应景诗在诗歌传统的完整背景下较为妥帖地安置了下来。中国诗歌这种向着自觉艺术形式的缓慢转变，并没有妨碍产生与盛唐同样优秀的诗篇，但我们可以感觉到，盛唐诗较深地植根于历史和社会背景的现实世界。此外，宫廷诗遗留下来的对于技巧的极端重视，确实促使一些小诗人写出了不少出色的诗篇。作为对照，我们可以比较一下宋代的小诗人，他们写一些只符合韵律而不考虑美学标准的诗，拙劣得不堪卒读。应景诗不再是社交过程中不可分离的一部分，而是成为一种令人愉悦的、审美的消遣品。

　　盛唐时期有一个特别重要的事件，即对诗歌传统的"重新发现"，以及伴之而来的诗人们的激情。六七世纪的诗人们虽然也意识到了诗歌传统，但是他们往往将它看成是精致的人工制品，而诗歌的现实社交要求要迫切得多。宋之问在颂扬皇帝出访贵族别墅时，决不会由于为陶潜风格所吸引，或认为这一风格可以产生伟大的诗歌，就去模仿它。而盛唐诗人却迅速地、连续地从过去时代里找出各种风格和诗人，使他们成为整整十年或单独一首诗的潜在中心。阮籍、陶潜、司马相如、庾信、谢灵运及其他人，在几十年的历程中先后起落。这种重新发现诗歌传统的激情一直持续到中唐，但是在其后的几个世纪中，诗歌传统变成了当代诗歌的一个陈熟部分，变成了一组供人取用、模仿或重新组合的风格。陈熟化所带来的不是轻视而是局限，于是文学传统成了真正的负担，不再是解放的手段。

　　盛唐的头几十年本身很快就成为一个负担沉重的文学传统。

在八世纪五十年代，诗人们已经以渴慕的目光回瞻开元和天宝前期，先是将其看成一个失落的文化和社会的鼎盛时代，随即又看成一个消逝的文学繁盛时代。盛唐神话几乎紧跟着安禄山叛乱而开始出现，此次战乱标志着天宝盛世和文学繁荣的结束。这一神话是由杜甫、韦应物这些诗人自觉地构造出来的，也是由感伤而守旧的后期京城诗人不自觉地构造出来的。中唐诗人所受盛唐神话的影响，并不比后期京城诗人少，但是他们与这些直接前辈的不同在于，他们带头对盛唐的伟大成就作了创造性的重新阐释，而这种阐释此后持续不断，连绵长久。

我试图尽可能使这部著作自我包容，但是由于它以《初唐诗》（纽黑文：耶鲁，1977）为基础，所以两部书最好连续阅读。这部书所采用的格式与《初唐诗》基本相同。引诗都标上《唐代的诗篇》中的编码数字。[1]凡有可用的校注本，我都予以采用；否则就在最早的文本中选择。

---

[1] 平冈武夫、市原亨吉、今井清编，《唐代的诗篇》（京都：京都大学人文科学研究所，1964—1965）。此书中译本由上海古籍出版社于1991年出版。——译者注

第一部分

盛唐的开始和第一代诗人

第一章 初唐和盛唐

七至八世纪间，中国诗歌发生了一些重要的、基本的变化。在七世纪初期，诗歌基本上是作为一种程式化的社交形式，主要创作于宫廷圈子里。到了八世纪末，诗歌虽然保留了社交功用，但同时还变成了一种包容多种目标的自觉艺术形式，为广大范围的中国文人所实践。在古代中国，诗歌从未被看成西方意义上的自足的"纯艺术"，它总是与具体事件联系在一起，与表现内在情性或持久的文化法则的诗歌观念联系在一起。不过，在这两个世纪的发展过程中，诗歌从一种次要的娱乐品转变成一种全面体现上述个人的、社会的、文化的价值观的艺术。

初唐宫廷诗严格限制诗歌的创作场合、主题、措词及结构。这是一种在写作过程中获得极大乐趣的诗歌，其质量根据符合既定判断标准的程度而定。不过，初唐诗的历史主要是这种诗歌旧世界被突破的历史，这一旧世界受到来自两方面的威胁：攻击它的文章和诗人本身日益增加的个性。但是，重大的变化要迟至八世纪二三十年代才出现，这就是盛唐的开始。

盛唐开始于对初唐的沉默反叛。没有宣言，没有对前一时代的指责；事实上，盛唐的第一代诗人甚至几乎无视初唐前辈的存在，宁可越过他们而回瞻更远的先辈。然而，反叛本是一种密切关联的形式,不管盛唐诗发生了多少变化,其来源是明摆着的:它沿袭了初唐的诗歌传统。盛唐的律诗源于初唐宫廷诗;盛唐的古风直接出自初唐诗人陈子昂和七世纪的对立诗论;[1]盛唐的七言歌行保留了许多武后朝流行的七言歌行的主题、类型联系及修辞惯例;[2]咏物主题的各种惯例,送别诗的习见忧伤,及山水旅行诗的形式结构,这一切都植根于初唐诗。

另一方面,在八世纪二三十年代,初唐风格遭到了激烈的矫正,许多新的要素确实产生了。这些变化的性质部分地由对初唐诗的深刻不满所决定,特别是对宫廷诗矫饰拘谨形式的不满。这种对宫廷诗人艺术的同样不满曾经是初唐本身的一个重要方面,但这一对立冲力大部分被消耗于无效的论争上。

经过八世纪的开头几十年,这一对立冲力在具体的诗歌表达中找到了新的自由。如果初唐诗人为规范所限制,盛唐诗人就向往突破规范——包括文体方面的惯例和主题方面的狂士风度。如果宫廷诗人投入于贵族社会及其环境,盛唐诗人就将兴趣转向较低的社会阶层及其生活,从他们身上发现真正的高贵精神。如果宫廷诗人沾沾自喜于矫饰和拘谨的形式,盛唐诗人就喜好朴素和直率。如果初唐诗人轻视新奇的隐喻表达和巧妙结撰的文体,盛唐诗人就爱好它们。如果初唐诗人将诗歌看成基本上是社交现象,盛唐诗人就被引向个人价值和隐逸主题,甚至在社交诗中也是如此。

---

[1] 见宇文所安,《初唐诗》(纽黑文:耶鲁大学出版社,1977),页14—22,153—223,301—302。(三联书店中译本,12—21,121—180,242—243页。——译者注)

[2]《初唐诗》,页303—324。(中译本,244—258页。——译者注)

盛唐诗人从对立冲力中寻获的解放既不持久也不普遍，但这一冲力有助于说明盛唐诗所采取的复杂的、经常是矛盾的方向。特别是在盛唐的头几十年，新的诗歌被统一于对初唐的否定联系：复古观念的严肃说教和对流行歌谣的兴趣（为复古所厌弃），可以肩并肩地反对宫廷诗的贵族规范。最好的盛唐诗人掌握了宫廷诗人的全部技巧范围（宫廷诗是一种包括了相当大范围的复杂技巧），但他们还能够忽略或矫正这种技巧的细节，产生出一种宫廷诗人所未有过的完美技巧和控制力。

与诗歌形式、主题及观念的变化相应，诗歌的社会基础也发生了深刻的变化。在初唐，诗歌创作的中心是在宫廷和王府。在七世纪前半叶，诗人们往往是南朝旧文学家族的成员，在文学训练上有着突出的延续性，在认可的实践上有着明显的保守性。王室成员及其宠贵支持着这一传统，诗人们要想获得赏识和提升，就要依靠他们。

七世纪末至八世纪初，一系列事件戏剧性地改变了这种形势。在680年，诗歌写作被引入了进士考试。[1]进士考试的目标特别在于接受非出身于京城大家族的士人，使他们成为政府官员的候选者。那些大家族拥有各种特权，得以确保其权势及对中央政府的参与延续不绝。虽然他们也广泛地利用了进士考试，但进士考试被认为主要是向寒族和大家族的远支开放的道路，使他们得以进入中央政府。进士考试引进诗歌的措施，强烈地诱发起对于诗歌技巧的广泛兴趣。

经由进士考试，加上他们自己的放纵作风，武后和她的几个

---

[1] 王定保，《唐摭言》（台北，1967），页9。

佞臣提拔了一些出身较为寒微的诗人。其中的两位诗人张说和张九龄成为玄宗朝的宰相，他们继续扶持出身寒族的诗人。随着宫廷旧文学家族让出了批评鉴赏及伴随的扶持特权，新的、较不严格的评价标准被应用于诗歌。在开元时期（713—741）出名的诗人大多得到过张说或张九龄的扶持，而这两位宰相的出色评判对于盛唐风格的发展起了重要的作用。

玄宗于722年发布的诏令给予旧的诗歌社会秩序以最后的致命打击。这一诏令禁止诸王的大量宾客，从而结束了宫廷诗的一个重要支持根源，关闭了在京城获得诗歌声誉的旧途径。所有这些新条件不仅改变了产生诗人的社会阶层，而且改变了大部分诗歌的写作背景。

盛唐诗从初唐诗的贵族世界脱离出来，最明显地体现在五个方面：

1. 贬逐诗的传统

探索唐诗的性质和发展，不能不注意它与场合的联系。在现代西方，诗歌并未被看成是与多彩生活结合在一起的个人活动或社会活动，而是被看成是一种专门的职业，也就是"诗人的工作"。少数唐代诗人，诸如李白和李贺，与诗歌的这种职业定义遥相呼应，他们的许多作品都是乐府诗一类的非应景形式。但是大多数唐代诗人以很不相同的眼光来看待诗歌艺术：它是文人在某个处境或某种场合的活动。这意味着如果缺乏习惯上与诗歌相联系的起兴场合，诗人通常就不作诗。这种场合可以是社会的，也可以是个人的，可以是一个事件，也可以是一种内在情绪，但诗歌被认为是对于某种外于和先于诗歌世界的生活场景的反应。西方传统上的自由文人在这里是不相容的：虽然杜甫渴求后世的声名，但他并不能坐下来，像弥尔顿和济慈写"英国史诗"那样写"伟大的中国抒情诗"。在稍后的朝代里，可以写入诗歌的场合变得十分广泛，涉及大部分生活范围；但是在南朝和初唐，诗歌的合法场合受到严格的限制，大部分属于官场和社交的环境。然而，其中却有一种场合要求激烈的个人诗，允许违反和抛弃宫廷诗所要求的规范，这就是贬逐的场合。

贬逐诗的读者可能还是在京城，但他们却希望诗人在这一类诗中写出京城里不能写的内容：诗人的伦理价值观，他的怀疑，他所遭受的强烈痛苦，以及他对仕宦的悔恨。从王勃、卢照邻的四川之逐，到宋之问、沈佺期的南荒之贬，再到王维在八世纪二十年代中叶的谪宦，贬逐诗为培养个人诗所作的贡献超出了其他任何题材的诗，正是这类个人诗发展成为盛唐优秀的个人抒情诗。无论是否遭受过贬逐，盛唐诗人们都承袭了贬逐诗的传统，抒写自己内心的激情，正是从这一传统中产生了中国文学中最伟大的个人诗——杜甫的晚年诗。

2. 隐逸与陶潜的复兴

当八世纪的诗人从诗歌历史中寻找在价值观上与宫廷诗对立的作家时，他们发现田园诗人陶潜（365—427）的文学天赋和诗歌个性完全符合这一要求。陶潜的简朴语言与宫廷诗人的雕琢和雅致相对立；他的反叛性自由与宫廷诗人的卑躬顺从相对立；他强调诗歌创作纯是为了个人愉悦，正可以用来替代宫廷诗的为社交需要而作诗。陶潜是自由诗人和个性诗人的完美模式。

大多数盛唐诗人或者在官府任职，或者希企进入仕途；许多著名诗人所表示的对于仕宦的厌弃并不真切，当诱人的任职机会出现时，他们几乎不会有放弃的实际行动。而那些决定诗歌声誉的读者也主要由朝廷官员组成。由于大多数高度文明的社会所共有的复杂原因，这些诗人和读者为仕宦的对立面、隐士主题及自然超俗的行为所吸引。陶潜为一种能够超越表现社会一致性的诗歌提供了模式（虽然对一致的否定中仍然存在着极大的一致性）。尽管被重新阐释，甚至经常被误解，陶潜仍然成为整整一代诗人的崇拜对象。人们在诗中赞美他，沿用他的主题，化用他的诗句，到处都可见到他那鲜明的风格特征。在所有取自文学传统的模式中，陶潜的模式最有力、最持久地取代了宫廷诗。

3. 日常应景诗

社交场合的礼节十分繁缛。当重臣张说离京赴边任职时，玄宗为他举办了别宴，此时所要求的诗歌风格，与孟浩然在襄阳送别朋友时所作的诗是极不相同的。[1]即使在初唐，只要场合越不正规，诗人就越能自由地修正宫廷诗的规则。到了八世纪二三十年代，日常应景诗已经成为标准。其原因与宫廷应景诗的减少有关，但主要是在于地位相近的朋友间诗歌交换的传播。许多诗人将永远不会被邀请在宫廷游览中作诗；虽然呈献权贵的诗要求一定礼节，但上官婉儿一类宫廷裁判的拘谨审美标准已不再被用在这类诗中。[2]

日常应景诗从宫廷标准的解放仅是相对的：它的根仍然深植于宫廷诗法。日常应景诗通常以律诗写成，这一诗体的独特措词、结构惯例及严谨技巧都发展自宫廷诗。盛唐的日常应景诗往往能够在新时代的直接表达和律诗的形式约束之间获得出色的平

---

[1] 关于送别张说的宫廷组诗，见《文苑英华》，卷177页3a—9a。
[2] 《初唐诗》，页271—273。（中译本，218—219页。——译者注）

衡。不过，这种平衡并不是任何个别诗人的有意创造，而是发生于整个时期的文学史演变的产物。它是一种通用的模式，使得许多不起眼的普通诗人写出了引人注目的选诗作品。

虽然格律诗是日常应景诗的正规诗体，其他诗体也被采用。在较严肃的场合里，特别是在干谒诗中，一种十分讲究修饰的"古诗"被认为是合适的，并往往仿效《文选》中应景诗的模式。到了八世纪中叶，甚至连七言歌行也被用在一些日常应景场合。在八世纪前半叶的发展过程中，那些将特定诗体与特定题材或场合结合在一起的严格规范有了很大的松弛，他们变成仅是一般准则，不再是诗歌评判的必要条件。

4. 古风

与复古相联系的诗歌保留了与宫廷诗法对立的最公开形式。复古观念在前三世纪中逐渐形成力量。它主要是从伦理基础上反对当代文学，但复古作品也逐渐获得了自己的美学吸引力。各种形式的复古诗不但避免了宫廷诗的修辞技巧，其特殊风格也无言地反抗了宫廷诗法，后来又反抗了京城诗法。复古诗包含了宽广的、各不相同的风格范围——从说教诗，到讲究修饰的时事讽谕诗，再到有意识地运用"散文化"的古语以追求古典散文的权威。但是，最普遍的盛唐复古风格经常被称为"古风"。虽然这一术语本身在八世纪的运用并不一致，我们仍然统一用它来指称大致以汉末、魏、晋时期的诗为模式的风格。陈子昂的《感遇》是初唐古风实践的最高代表。在盛唐，古风减少了论争联系，变成仅是许多诗体中之一种。大多数盛唐诗人的集子中都收有古风，但不再有人像陈子昂那样使古风成为诗歌作品的中心。古风的伦理权威及其在文学史上的居先位置，使得它通常被摆在集子的卷首,如李白明确地以《古风》命题的一组诗。

古风有自己的主题、措词特色及特定模式联系。真正的隐喻和寓言在古风中应用得最普遍,并与所有复古形式所包含的严肃道德意义联系在一起。古风与魏代诗人阮籍的《咏怀》的关系,使它特别适合于表达隐晦的时事批评,成为一种表现有危险的社会政治感受和观点的工具。不过,大部分古风都不是时事诗,尽管它的风格温雅古朴,它还被用来抒发强烈的感情及表现哲理的沉思,这两者都脱离了特定场合。

5. 乐府

在初唐,乐府(以乐府旧题写的诗)被局限在陈旧主题的非常有限的范围里:弃妇、边塞士兵、游侠,以及其他几种陈旧环境下的传统角色。虽然大部分乐府可以溯源至民歌,初唐的乐府却成为最刻板做作的诗歌形式之一。整个八世纪前半叶,许多诗人继续以初唐风格写乐府,但经常运用富于创造性的技巧,比他们的七世纪前辈要高明得多。与应景诗方面的变化一样,乐府对于宫廷修辞的矫正,在情绪充溢的场景与诗歌巧匠的独创眼光之间,产生出一种动人的张力。

与乐府有着密切联系的七言歌行(有时用乐府题,有时不用)在七世纪末、八世纪初十分流行。这些歌行通常是优美动人的抒情长篇,与短暂无常的主题联系在一起。但是,这一形式还允许驰骋虚构想像,其程度超过了其他任何诗体。这种不羁的幻想十分适合于想像诗人的特性,故诗人和读者双方都倾向于在这类诗中看到独特的性格类型。在八世纪初,这类歌行中最常见的角色是蔑弃社会礼俗、放任不羁的贵族公子,而歌行的形式也与放任行为、自由精神相联系。李白正是通过运用歌行的这种想像自由及其所包含的诗人的精神自由,获得了其歌行作品的声誉。到了八世纪中叶,七言歌行的范围得到了很大的扩展,可以容纳咏物诗、叙事诗及应景诗。

除了那些较旧的乐府、歌行形式被改造成盛唐诗歌的充满活力的组成部分外,乐府还开辟了与初唐传统无关的两个新方向。首先,在八世纪初,中国抒情诗被用来与从中亚传入的音乐相配,乐府也增加了各种新调名(在古题中,一些曲调还存留,其他可能已不存)。其次,乐府也经常尝试运用古题捕捉流行歌谣的风味,文人再创造的征夫谣、酒歌、船夫谣、情歌等都采用了这一形式。

最后,由于乐府源于一种包含社会批评的汉代诗歌形式,它又和复古联系在一起。到了八世纪中叶,以杜甫为突出代表的一些诗人,试图恢复原始状态的乐府的朴拙风格,以及他们从中发现的改革目标。虽然杜甫有几首最著名的诗代表了这种乐府样式,它在盛唐还仅是涓涓细流,要到中唐白居易、元稹的新乐府才最后汇成江河。

第二章 过渡时期的诗人

在玄宗统治的初期,从712年至722年关闭诸王府,没有出现处于创作高峰的重要诗人。最后几位宫廷大诗人中,宋之问在712年被赐死,沈佺期和李峤可能卒于714年;郭震卒于713年,他在政治上十分杰出,并具有诗歌天赋,现存的几首诗在它们的时代是十分突出的成就,几乎每一首都是盛唐最优秀作品的先声。[1]在这短暂的几年中,诗坛失去了最著名的人物,但也正是在同一时期里,几位未来的盛唐名人开始了他们的诗歌生涯:青年王维正在贵族圈子里获取早慧的声誉,而较年长的孟浩然已经孤立地写出一些杰作。这一时期最活跃的几位诗人,所保存下来的作品大多为零篇散什。在岐王李范的王府里,守旧的、气数将尽的宫廷诗传统发出了最后的闪光。与此同时,在非贵族出身的杰出政治家张说的扶持下,过渡时期的新风格正在形成发展。

张说(667—730)出自相对寒微的家庭,在武后朝开始崭露头角,最后成为玄宗的丞相。他现存的二十五卷文集中,含有三百五十二首诗,这是过渡时期最大的诗集,占据了中心的位置。

---

[1] 关于郭震诗的范例和详细讨论,见《初唐诗》,页291—293,299,316—317。(中译本,234—235,240—241,253页。——译者注)

第二章　过渡时期的诗人

张说的政治威望及由此而获得的扶持者权力，使得他的文学趣味在开元初产生了广泛影响。张说的政治才干使他的中等诗歌才能黯然失色，但他的诗歌鉴赏力是杰出的，对于盛唐风格的形成起了重要的作用。

有几件轶事说明了张说的诗歌爱好，此外他自己的一段话也显示了新的美学标准：他对初唐诗人富嘉谟的赞扬，表现了盛唐特有的对诗歌才华的动人力量的赏识，并表示了对典雅拘谨的台阁诗的蔑视："如孤峰绝岸，壁立万仞，浓云郁兴，震雷俱发，诚可畏也。若施于廊庙，骏矣。"[1]张说所赞美的富嘉谟诗歌的特性，远远脱离了宫廷诗的典雅界限。其对于崇高力量的企羡，以及诗歌价值超越社会（"廊庙"）的观点，都是新颖的。富嘉谟现存的一首诗部分地证实了张说的评判，[2]但更重要的是，这样的观念对于正在运用诗歌才赋寻求进身机会的年轻文士具有启示意义。

张说自己的作品包含了许多技巧熟练但完全缺乏灵感的宫廷诗。写作最出色的宫廷诗，需要技巧上的敏锐感觉、修饰的才能及对偶技巧的本能掌握，而这些张说都缺乏。一种拙直的朴素破坏了他的宫廷诗，却成为他的个人诗的肯定价值，他于玄宗初贬任地方官时所撰写的沿袭贬逐诗传统的作品，尤其如此。明代批评家胡震亨（可能援引了佚名的原始资料）简要地评价了张说的次等才赋："张燕公诗率意多拙，但生态不痴。"[3]

张说通常并不刻意追求直率的风貌（也就是胡震亨所说的

---

[1]　《唐诗纪事》引，页81。
[2]　《初唐诗》，页311—314。（中译本，250—251页。——译者注）
[3]　胡震亨，《唐音癸签》（台北，1964），页39。

"率意"），他的大部分作品完全保留在初唐诗法的范围里。作为他的作品特征的动人朴素，与其说是新风格的有意应用，不如说是他的局限性的结果。由于缺乏宫廷诗人以正规修辞阐述主题的能力，张说以率意的、近于散漫的笔触表现统一的旨意。他对精致技巧的缺乏兴趣或缺乏才能，使他成为一位较富有理思的诗人。在个别场合里，他的直率也产生出一些优秀诗篇，大多作于贬任地方官时。在很少的几首诗中，我们确实能够看到一位"率意"的诗人：令人不快的初唐修饰面具被彻底揭落了，一种从王绩以来不再听到的诗歌声音出现了：

醉中作

醉后乐无极，弥胜未醉时。
动容皆是舞，出语总是诗。（04771）

这种自我颂扬以及因酒醉而释放的率真冲动，在初唐诗的社交界里是禁忌的。[1]

张说对年轻诗人的扶持比他自己的作品更有意义。他最著名的门生是张九龄（参看第三章）。他对诗人的扶持沿袭了初唐贵族扶持者的传统：这是权力和地位的一个标志。由于张说自己的相对寒微的家庭背景，他可能特别乐于在门客中保留一些大家族的成员。其中王翰（710年登进士第，726年卒）就出自太原王氏，他是著名的酒徒、呼鹰走马之徒及好色之徒，在张说执政时任官，并随着这位较年长政治家的政治命运的转变而沉浮。

---

[1] 关于张说诗的较广泛讨论，参《初唐诗》，页387—412。（中译本，309—329页。——译者注）

第二章 过渡时期的诗人

放荡不羁的贵族公子是一种固定的性格类型，也许正是傲岸不羁行为与贵族出身的联系，导致后来较低微家族出身的人对这种行为的仿效，其中最值得注意的是李白。王翰在自己的时代里，是一位比张说更著名的诗人，但他的作品只有十四首保存了下来。其中有几首是流丽优美的七言歌行，这类歌行在八世纪的头几十年十分流行。这种歌行风格以及放荡不羁的诗人角色，可以从王翰一直追寻至稍后的诗人崔颢，后者在张九龄执政时任职，正如同王翰在张说执政时任职。最后，有一位家庭背景不明却极力扮演傲岸而没落贵族的角色的诗人，继承和改造了这一形式和角色，这位诗人就是李白。

王翰的《凉州词》（07557—58）后来成为边塞诗的次要经典作品，但它们还是初唐惯例如何在盛唐得到矫正的最好范例。这两首诗中的第一首比较接近盛唐风格，但第二首对于初唐惯例的改造更重要：[1]

> 秦中花鸟已应阑，塞外风沙犹自寒。
> 夜听胡笳折杨柳，教人气尽忆长安。（07558）

中国的中心区域已经春光遍布，而边塞却仍是冬天，对这一现象的关注是边塞乐府最普遍的主题之一。[2] 在初唐，这种陈套是细节修饰或巧妙变化的原始材料。王翰的处理与初唐不同的地方，

---

[1] 关于这两首诗的第一首的讨论（07557），参《初唐诗》，页419—420。（中译本，335—336页。——译者注）

[2] 参02739，见《初唐诗》，页96—97。（中译本78—79页。——译者注）

在于一种清除了敌意的简单化,将陈套当作陈套来处理。注意力被从修饰技巧引开,指向一种情调和现成的文学境界。

八世纪二十年代的读者读到这首诗的第三行时,立刻可以知道士兵对胡笳曲的感受。但是这首诗挡开了改变或阻挠期待的诱惑,仅仅陈述他们"忆长安",这种不带感情色彩的陈述,将读者已知的士兵所应有的强烈愿望隐蔽了起来。通过将诗歌惯例作为惯例使用,避免修饰,王翰同时还降低了这首诗的社会层次,将"惯例"改造成了"普遍方式"。这首诗有意写得纯朴,它以一种可信的形式假托代表士兵的思想。在接下去的几十年中,无论是与自我相关的诗,还是与诸如士兵的普遍类型相关的诗,都持久地热衷于寻求真实性,寻求避开精致技巧的诗歌。

王湾(712或713年登进士第)出身于一个较不显赫的王氏家族分支。他一直生活至盛唐,但是在过渡时期他已经是著名的诗人。王湾的诗存留了十首,其中最重要的是《次北固山下》(或《江南意》),它可能还是最早的一首。这首诗以两种文本传世,中二联实质上一致,但首联和尾联完全不同。两种文本不同的地方本身就很有意义:《江南意》较接近于八世纪中叶风格,而下引诗则较接近初唐诗法的修辞结构,故可能较早出。[1]

次北固山下

客路青山外,行舟绿水前。

---

[1] 虽然《次北固山下》保存于比《江南意》稍迟的文献中,但另有一些证据说明《次北固山下》早出,可以加强这一风格发展的感觉。在诗篇变得流行并被广泛传诵后,一般的题目往往取代应景题目;不可能出现一个应景题目(《次北固山下》)取代一个一般题目(《江南意》)的情况。

> 潮平两岸阔,风正一帆悬。
> 海日生残夜,江春入旧年。
> 乡书何处达,归雁洛阳边。(05527)

根据律诗的审美要求,对偶联占有中心的重要性,而首联和尾联通常主要起框架的作用。我们现在将诗篇文本的完整看得十分神圣,而唐代读者却几乎没有这方面的意识:歌者和选诗家自由地修改诗句,从律诗或较长的诗中抽取绝句,或改换诗题。这首诗的声誉主要依靠第三联,它受到张说和许多后来读者的高度赞扬。而这一联的活力又在于第六句那似非而是的隽语:春天本正式开始于元日,却较早来到南方,从而出现在"旧年"。与初唐妙语简单的精巧不同,这句诗真正延迟了理解,使读者感到惊奇,并迫使他们从对句中探索更深的含义。当他们停下来思考对偶的联系时,他们可以发现前一句也包含了类似的隽语:在日出之前,微弱的阳光已弥漫水面,造成"夜之日光"的景象。这一联构思新奇,写出了一种新鲜的感觉:人类不完善的时间词汇与自然时间的较精细层次的联系。在技巧方面,这联诗完美而难解的对偶甚至更具有感染力。虽然这一对句要求精致的构思,但这一要求本身并未被精致化。如果说王翰有意识的纯朴迎合了盛唐新美学标准的一个方面,王湾复杂化的新奇技巧则迎合了另一方面。

长江下游以南的地区(我们将根据它与唐代长安的相对方向称之为东南地区,而不是根据它在现代的地理位置)对于盛唐风格的形成起了重要的作用。虽然宫廷诗源于南朝的宫廷,到了八世纪,这种正规的风格已经稳固地和西北的长安联系在一起。由于八世纪诗歌中经常出现的方向性对称，东南地区成为与宫廷诗相对立的世界：它为贬逐诗的孤独提供了背景，为个人的登山游览提供了优美的景象，并提供了与这一地区相联系的轻靡艳冶的生活方式，以及东南乐府"吴歌"中的下层角色。

东南地区作为统一的区域"模式"可能最有意义，这一模式包含了丰富多样的主题、题材及情调。东南模式在京城的流行产生自许多优秀诗篇，这些诗篇或撰于这一地区，或描写这一地区，其作者都曾经在这一地区生活、漫游或任官。孟浩然、李白、储光羲、崔国辅、綦毋潜等都在东南地区写出了一些最出色的作品。其后，在八世纪后期的政治动乱中，东南地区真正成为安全的避难所，成为与京城相抗衡的诗歌创作中心。

在过渡时期，东南诗人可能也对盛唐风格的形成做出了贡献。《旧唐书》列举了一群驰名于中宗神龙（705—706）时的东南诗人：包融，贺知章，张若虚，万齐融，贺朝，及邢巨，[1]称他们"俱以吴、越之士，文词俊秀，名扬于上京"。[2]此外，前三位还与著名狂士兼书法家张旭并称为"吴中四士"。[3]这些简短的评语表明了同时代人的兴趣所在，他们意识到东南地区已成为与京城分离的文学区域。但这些诗人存留下来的作品极少，在八世纪二十年代没有可系年的作品。

贺知章得到张说和张九龄的共同扶持，成为盛唐最著名的狂士之一。他是杜甫《饮中八仙》中的一位，并曾赏识李白的天

---

[1] 《旧唐书》，卷190中。
[2] 同上。
[3] 《唐诗纪事》，页616。

才,而较拘谨的王维圈子的成员却小心地避免提到李白。绝句在贺知章和其他东南诗人的作品中占据了突出的位置。唐代绝句本植根于南朝乐府,故经常与东南区域模式的要素、特别是这一地区的流行歌谣联系在一起。绝句经常描述这一地区下层人物的生活风貌,如船夫谣,采莲曲,情歌,等等。可能正是这一形式使得东南诗人在八世纪初成名。几乎在所有这类绝句中,诗人们扮演了东南人的角色,许多人还采用了与南朝乐府中的吴方言相联系的通俗语词(例如,05448,"遮渠不道是吴儿")。

东南文学模式可以被转换成其他体式,诸如已经盛行于京城的七言歌行。张若虚以其著名的《春江花月夜》完成了这一转换,这首诗描绘出长江夜景的柔美情境。[1]但是,东南诗人作于八世纪初的零散篇章太少,不足以做出他们对京城趣味产生影响的确定结论。[2]

---

[1] 见程纪贤(Cheng Chi-hsien),《唐代作家张若虚的诗歌作品之结构分析》(巴黎,1970)。
[2] 由于京城是诗歌趣味的最后裁判,决定了文集的存留,故极少见到真正的唐代地方诗。不过,有不少迹象表明,在八世纪前半叶的东南地区,诗歌活动相当活跃。《河岳英灵集》的编者殷璠,还编了一部《丹阳集》,这部已散佚的选集所收诗人都出自现代江苏南京一带地区。在京城获得声誉的地方诗人(包融和储光羲)被选入,但还有许多诗人似乎从未离开这一地区。
  另一个有趣的暗示见于孟郊的一段诗,孟郊本人也是东南人(19966):
开元吴语僧,律韵高且闲。
如果孟郊不是提及出自众多"开元寺"的僧人,那就表明在八世纪后期诗僧活动的高潮之前,东南寺院已出现诗歌活动。据此那时似有真正的方言诗,但我却找不到一个诗例。当然,方言词和虚字在东南文学模式中很普遍,但孟郊提及的"律韵"暗示了更多的东西。真正的方言诗将最明显地体现于韵部,但可能用吴音写作和吟诵的诗,也允许保留在诗歌通用语的用韵范围。

在过渡时期之前，七言歌行已经流行了几十年，但它与放荡不羁或真率狂放的联系，使它在盛唐仍具有持久不衰的吸引力。最著名的七言歌行作者之一是刘希夷。虽然刘希夷的创作生涯通常被定于七世纪七十年代，但他更可能活动于过渡时期或稍前。[1]根据各种含混不清的记载，刘希夷一生短暂且充满风波，他以精通音乐和放浪不羁而著称，甚至传说由于他拒绝让舅舅宋之问窃取下引歌行的第六联，为宋所杀害。[2]刘希夷以几首归属于他名下的歌行而保持极高声誉。下引诗篇，也被归属于宋之问，可以作为八世纪头几十年流行的七言歌行风格的

---

[1] 在几种文献资料中，刘希夷或生活于651至679年间，或活跃于八世纪五十年代；但他又被称为宋之问的外甥，据此，按照正常的世代延续，他的短暂一生应处于七世纪后几十年和八世纪初几十年之间。有关651至679年的日期，是根据《唐才子传》独家所载登第时间而推论的，但《唐才子传》较迟出，并不可靠。有关活跃于八世纪五十年代的记载出自《明皇杂录》，为《唐诗纪事》所引（《四部丛刊》，卷25页7b）。这一日期可以不考虑，因为与刘希夷一起列举为处于活跃期的几位诗人，明确地卒于750年前。

下述证据可以证明七世纪后期至八世纪前期的日期。《国秀集》收了刘希夷的三首诗，而此集并不收只活动于七世纪的诗人的作品。此外，《国秀集》和《文苑英华》（在其小类中）都大致按年代次序安排诗人，而刘希夷诗在两部集子中的位置，都表明了七世纪后期至八世纪初的日期。此外，刘希夷有一诗赠殷遥（04337），也可以证明这方面的可能性：王维曾哀悼殷遥（见《唐人行第录》，页94），一般认为殷遥卒于八世纪四十年代末，因此刘希夷的诗很可能作于八世纪。最后，传闻中刘希夷和宋之问的关系，也增加了七世纪后期和八世纪初期的可能性。

其他一些因素，与历史传记无关，但文学史家会较感兴趣。刘希夷诗中充满了八世纪特有的主题、结构手法及措词风格。例如，他有一首诗咏聆听不明出处的音乐（04315）。孤立地看，这些零碎证据不能成为改变历来公认的日期的根据，但集中起来却明显地表明刘希夷的诗歌活跃期是在八世纪初的几十年。

[2] 辛文房，《唐才子传》（台北，1964），页10。

代表。

白头吟

洛阳城东桃李花，飞来飞去落谁家。
洛阳女儿惜颜色，行逢落花长叹息。
今年花落颜色改，明年花开复谁在。
已见松柏摧为薪，更闻桑田变成海。
古人无复洛城东，今人还对落花风。
年年岁岁花相似，岁岁年年人不同。
寄言全盛红颜子，须怜半死白头翁。
此翁白头真可怜，伊昔红颜美少年。
公子王孙芳树下，清歌妙舞落花前。
光禄池台文锦绣，将军楼阁画神仙。
一朝卧病无相识，三春行乐在谁边。
宛转蛾眉能几时，须臾鹤发乱如丝。
但看旧来歌舞地，惟有黄昏鸟雀悲。（04335）

这种对于短暂事物的动情哀叹，产生自七世纪七十年代的七言歌行对京城主题的处理。刘希夷最著名的歌行与王勃的《临高台》一类作品确实十分相似，[1]这可能就是刘希夷被系于七世纪七十年代并从未引起认真怀疑的原因之一。不过，较早的歌行充满了繁富的描写，而刘希夷的诗却从大量陈套中流畅地引出主题。诗中处处体现了流行歌谣的魅力：它强烈地感染读者，却由于各种

---

[1]《初唐诗》，页115—118。（中译本，93—94页。——译者注）

原因而经不住细读。在必须采用矫饰形式和简练语言的诗坛背景下,这首诗平淡无奇的重复能够产生感情自然真挚的幻觉。就像英国十九世纪初许多真正的通俗抒情诗一样,这种微妙的幻觉随着时间的流逝而消失。但这首诗仍极其流行,经常被采入选集,并被广泛模仿。后代许多较牢固地掌握了自己艺术风格的诗人,也还在仿效它。

第三章 社会背景

宫廷诗的修饰辞藻发展于南朝宫廷的贵族环境，但它的最早应用只体现在诗歌技巧的精致化，并没有依从或区分地位。同等地位者之间所交换诗歌的风格，与呈献权贵诗歌的风格并没有很大的不同。而个人诗，如庾信的作品，其修饰程度可能并不小于社交诗。在初唐诗的大多数社交场合中，诗人和诗歌的赠送对象之间的地位有着重要的区别。这样一来，修饰辞藻的诗歌技巧逐渐变成与地位差别联系在一起：大多数诗篇标明"呈献"，风格的级别由读者中的"最高"成员所决定：王室，贵戚，宠臣及大臣。

随着宫廷修辞从质量特征（精致）转变为与接受者社会地位相联系的风格级别，个人诗和日常应景诗获得了解放，朝着新的风格发展。事实上，风格级别可能还被扩大来区别社交礼节的等级，这种等级在唐诗中变得十分重要。当诗人写作赠给亲密朋友的诗时，考虑到"亲近"的信息将由风格传达，他将会加强与"自然"表达相关的语言风格。相反地，为了向权贵表示尊敬，他将会过度运用宫廷修辞的雕饰风格，并掺和进大量的典雅词语。由于高度正规的诗在现存的应景诗中仅占了极小的比例，我们有必要较多地注意日常应景诗的各种区别。但我们不应该忘记风格方面的社会等级的全部范围,以及蕴涵于所有唐代应景诗中的地位关系的无声信息。

在开元时期(713—741),诗歌的社会背景可以大致划分为四类,每一类都有自己的措词和命题规范:皇帝的宫廷及其正规场合;722年前的诸王府;朝廷重臣的周围,特别是张九龄;涉及地位相近的诗人的场合,或友情超越地位差别的场合。本书其他部分将主要论及产生于第四类背景的诗,而本章则简要地勾勒出诗歌创作的较正规场景。

作于诸王府或贵主府的诗,忠实地沿袭了初唐最后几十年守旧的宫廷诗传统。直至722年玄宗下诏禁止诸王的大批门客之前,诸王的扶持仍与较早的王朝同等重要。在初唐,有许多诗人通过王府而获得声誉和皇帝赏识,故在开元初,世族出身的年轻诗人毫无理由怀疑这条成功之路的持续性。此外,根据前几代的政治动荡,还有理由希望某位王子随时可能成为皇帝。于是,失意于朝廷的有成就的较年长诗人,或贵族出身的前程远大的年轻人,都期望进入一个气氛和谐的王府,例如岐王李范的王府。

在722年前,李范是开元时期最重要的文学扶持者。除了有几位较次要的诗人基本上与岐王府联系在一起外,来自前朝的名诗人,诸如阎朝隐,也在这里寻求到支持。阎朝隐得名于武后时,又曾是中宗宠幸的宫廷诗人之一。在同一王府里,还有一些有前途的年轻诗人,著名者如王维和崔颢。王维在十几岁时已经显示出创作高度个性化诗歌的才能,但是在岐王府的守旧氛围里,他写出了与中宗宫廷最出色的作品毫无区别的典雅宴会诗。如果说与前期宫廷诗有什么不同的话,那就是对李范颂扬的范围:玄宗甚至在722年前已限制诸王,从而将他们降低到较亲切随便的境况，我们发现许多诗篇以歌女表演一类内容为主题。

皇帝宫廷中的文学活动仍在继续举行，但重点与中宗朝已有所不同。中宗的两位宠幸诗人苏颋和李乂，在宫廷创作中占据了主要地位。宫廷诗的基本法则未加改动地保留了下来，但更多的重点被放在帝王主题和帝王行为的尊严上。[1]玄宗的个性要比中宗强，他的自我形象被反映在朝臣的颂美诗中。此外，玄宗的宫廷诗人大多数又是朝廷中起作用的成员，而中宗所宠幸的小圈子却主要是以文学才能而合格，两者形成对照。正是张说、张九龄一类真正的"台阁诗人"突出地加强了帝王主题。在其他宫廷诗人的作品中（特别是那些后来与李林甫的贵族圈子有关系的诗人），宫廷诗旧的颂美传统不稳定地维持在新的帝王尊严之旁。例如，徐安贞颂扬张说的宫廷诗（05760）所呈现的严谨风格，远远超过陪侍皇帝游览温泉宫时所作的诗（05751）。不过，即使玄宗的宫廷诗人想要写纯粹的颂美诗，也达不到初唐宫廷诗的温雅圆美。

在太宗朝，诗歌是宫廷中的一种愉快消遣：不仅盛大游览得到颂美，皇帝和他的诗人们还以咏物及其他南朝诗的现成题材相互取乐。与许多出自北方军事家族的帝王一样，太宗为南方文化的魅力所倾倒。此类诗的修饰辞藻，主要还是技巧上精致化的特征，并未具有场合的重要性。太宗和他的诗人们可能曾经表示过对这种无聊消遣的不安，但对于古代圣君的少数引喻，以及偶尔出现的直接说教，似乎安定了他们的良知。在武后和中宗朝，诗歌更多地成为宫廷重要场合的正规颂词，有时

---

[1] 比较为中宗而作的04010和为玄宗而作的03989，两诗都出自苏颋。

参与者众多，人人都称职地写出皇帝所设定题目的变奏曲。但诗歌仍是一种娱乐，一种密切联系中宗和他的小批修文馆直学士侍从的特别连结物。[1]到了玄宗朝，宫廷诗成为礼仪性的制作，成为一项皇帝和朝臣都要忍受的任务。它那严肃的冗赘陈述，以及帝王主题的含蓄说教，使得一切妙语和优雅的闪光都消失了。不过，诗歌作为宫廷娱乐的功能并未完全消失：由于旧的文学机构如集贤殿（从前朝沿袭下来的机构）已经成为乏味的礼仪机构，玄宗设立了一个新的学院以容纳诗人和专业娱乐人员，以便在他携带妃嫔出游时得到娱乐。这就是翰林院，其任职或根据皇帝的兴致，或通过吏部的正常授职程序。在张九龄献上他最后一首祝贺宫廷豪华游览的浮夸诗后，时隔几年，翰林学士李白在深宫的幽邃花园里，写出了颂扬皇妃美貌的轻靡艳丽的歌词。

在开元时期，唐朝贵族的权势无疑地还未被打破，但它已经被迫与张说、张九龄一类寒族出身的人物共掌权力和官位。无论这些人在权力上的崛起有何经济和社会现实的背景，这些寒族出身的士大夫，甚至某些大家族出身的士大夫，其精神权威依靠于儒家经典所赞许的统治道德和任人唯贤观念。他们自认为代表了治国之术的伦理传统，正是这些方面使得他们成为诗人们追随的对象。

诗人们总是写诗呈献丞相，或为他们作诗，但开元重臣的价值观，似乎不同于武后和中宗朝的张氏腐败集团和韦氏贵族集团。随着玄宗宫廷的诗以帝王主题取代声色颂扬，呈献大臣的官场诗也要求包含严肃的政治道德内容。如果隐士主题表现了恰当

---

[1] 见《初唐诗》，页256—273。（中译本，207—219页。——译者注）

的礼法和道德内容，这一类诗也是可接受的。

张九龄（678—740）是开元时期最重要的非世族出身的文学扶持人。张九龄出身于现代广东内地的地方名族，他与开元时期其他许多出身寒族的官员一样，在武后朝进入中央朝廷。张九龄在702年通过进士考试时，已经掌握了宫廷诗的必要技巧，而赏识他那雅致作品的恰恰正是沈佺期。只是由于他后来升上高位，他的诗才较严肃地关注政治价值和帝王威严。在后来的时期里，唐代的诗歌考试经常像是对于起码行政能力的象征性考察，既无聊又宽松；但是在武后朝，它是迈向任人唯贤的大胆步伐，是理论上脱离家族地位的进步之路，其功绩不可磨灭。

张九龄在父亲卒后的三年守丧期，使他得以安全地通过中宗登基后的清洗。接下去几年中，他一直担任中级官职，直到722年张说拜相。从那时起到730年张说去世，张九龄的命运随着张说而沉浮。而在其扶持者卒后，他的官位就稳步地升迁，至734年他自己也成为宰相。

与张说一样，张九龄的周围也聚集了一批文学门客，但他的门客十分著名，包括了许多八世纪最优秀的诗人。王维向张九龄求职，得到了满足；孟浩然从襄阳北上，与张九龄周围的文士群形成联系，他试图通过进士考试，但未获成功。虽然这一失败使他失去在朝廷任要职的机会，但后来张九龄降职任地方军事长官时，孟浩然仍被任命为幕僚。王昌龄，可能要加上储光羲以及其他一批诗人，也都与张九龄的执政联系在一起。后代人将张九龄看成是典范的"贤相"，但早在734年，人们似乎已经突出地感觉到，张九龄在任命官职时，考虑到道德治理和任人唯贤。王维在写诗向张九龄请求职位时，并不遵循大多数干谒应景诗的拘谨形式，而是运用复古的古典模式，体现出一种朴素的庄严（05785）：

> 侧闻大君子，安问党与仇。
> 所不卖公器，动为苍生谋。

由于历史传记的歪曲惯例，不可能从中判断经张九龄引荐者的真正行政才能，但张九龄对文学才赋的鉴别能力却是可以证实的。在大多数情况下，赏识是对文学天才起促进作用的因素。张九龄的门客都是在与他发生联系后才获得文学声誉的，看起来他的支持是他们成名的重要帮助。

虽然张九龄声名卓著，他的掌权期却十分短暂：在737年，贵族集团占了上风，张九龄被贬为荆州长史。随着张九龄的去位，他所任命的大多数人也被逐出为地方官。最后，在740年春，张九龄返回南荒的家乡并去世。

张九龄合格地参与了宫廷的正规场合，以及上层官员的诗歌交流。可是，他缺乏技巧的多样变化，通常避开某些诗体和题材，包括乐府、绝句及大多七言形式。虽然张九龄并未明确承认，他那些较不正规的作品显然以陈子昂为主要模式。陈子昂和他一样，也是个外地人。张九龄那些直接承袭陈子昂传统的诗歌中，包括了一些著称于后代的作品。

张九龄的《感遇》（02965—76）是体现陈子昂影响的最显著范例。与陈子昂的《感遇》一样，张九龄的《感遇》是道德寓言和贤人失志主题的表现，但它们缺乏较早那组诗的高度想像和复杂思想。张九龄的《杂诗》（02960—64）也沿袭了同一传统。这两组诗,加上其他几首诗,使得许多文学史家认为张九龄是复古诗传统中的重要一环。对陈子昂的沿袭,以及张九龄宫廷诗中的政治道德冲动,可能确实暗示了他认为自己处于这一传统之中。但总的看来,与复古大诗人相比,张九龄的作品较为自足和守旧。

张九龄接受陈子昂影响最深刻和最成功的方面,是在于他的个人诗,其中大多作于他晚期任地方官时。这类作品具有一种理性的忧伤,打动了后来的批评家,使他们从中发现了一种涉及各种儒家价值标准的严肃性和道德真诚。批评家兼诗僧皎然在《读〈张曲江集〉》(44792)一诗中,赞扬了这种理性特质:

体正力已全,理精识何妙。

皎然所赞许的这些特性,又为其后的批评家所表述:张九龄的诗被认为含有兴寄,这一术语由于陈子昂的使用而有着强烈的复古反响。兴寄是"深刻意义"与道德真诚表现的结合:整首诗,特别是诗中所描绘的实际世界,应该作为表达强烈的个人和道德感情的工具来阅读。更重要的是,诗歌不是艺术技巧的产物;其文字具有透明性,人们可以从中了解古代诗人的性格和思想状况。这也就是姚子颜在张九龄行状中所云:"公以风雅之道,兴寄为主,一句一咏,莫非兴寄。"[1]司空图将这种基本上是儒家对严肃伦理的关注,转换为晚唐的类型诗学;他将张九龄的诗描绘成

---

[1]《唐诗纪事》,页231。

"沉郁",一种蕴涵着丰富深刻情感的沉重忧愁。[1]这一术语最早与汉代文士扬雄相联系,故也具有儒家涵义。

这些批评家的反应不但与张九龄的特定情况相关,而且还代表了唐代诗歌阅读的一个方面。诗歌被认为应该产生一种情调,其中结合了读者对于诗人生平的了解,从而获得对诗人特性的统一感受。诗歌的功用是使诗人被理解,包括他的内在本性,以及这一本性在对生活情境的特殊反应上的体现。这不是唐代惟一的阅读方式,主要用在某几类诗中;此外,它是一种历史现象,在七世纪的诗歌评论中极少见,到了盛唐才日益增多。由于诸如李白等的一些诗人开始将诗歌作为创造自我意识的面具的工具,这种做法有着复杂的动机,因此经常有必要将诗歌角色与创造这一角色的复杂人物区别开来。所以,必须避免简单化的传记批评,这种批评很容易将诗人和角色等同起来。在另一方面,也应该认识到,诗人和读者可能都设想诗歌是诗人内在本性的真实表达。这一设想部分地解释了诗歌之所以能在社会关系上起如此重要作用的原因——诗歌被作为入仕的资格考试,作为引荐信,作为求官书,或作为伸冤的倾诉。通过诗歌,人们能够被认识和理解。

从整体上看,比起早期批评家们的反应所说明的,张九龄的作品要更为丰富多样。在他的作品中,我们时而可以看到熟练的宫廷技巧,正是这种技巧使他赢得了沈佺期的赏识,如下引对句（03132）：

　　檐风落鸟毳,窗叶挂虫丝。

---

[1]《司空表圣文集》(《四部丛刊》),卷2页4a。

张九龄的唐代读者所称赞的兴寄和沉郁特性，主要出现在沿承贬逐诗传统的诗中，那些诗作于他晚期任地方官时。在那里，张九龄成为一位感怀的诗人，他采取了占优势的视点，从传统的"高处"俯视景象，描绘所看到的一切，并与生活中的事件和问题联系起来。

秋晚登楼望南江入始兴郡路

潦收沙衍出，霜降天宇晶。
伏槛一长眺，津途多远情。
思来江山外，望尽烟云生。
滔滔不自辨，役役且何成。
我来飒衰鬓，孰云飘华缨。
枥马苦踡跼，笼禽念遐征。
岁阴向晼晚，日夕空屏营。
物生贵得性，身累由近名。
内顾觉今是，追叹何时平。（02949）

贬谪中的诗人注视着眼前的风景，视野中的每一种要素以转喻或隐喻的方式暗示他眼前处境的一个方面，或似乎给他的烦恼提供一种隐含的解决方式。道路和渡口把他的思想引向京城，滔滔翻滚的江水使他想起世界的混乱和自己一生的无效劳役。烟云的存在仅是为了遮断他的视线，使他无法眺望向往的远方。白发在风中飘拂，使他记起自己的年龄和"华缨"的不复存在。

张九龄是一位混合了初唐风格和盛唐风格的守旧诗人。他运用了三部式的最基本形态，缺乏盛唐对这一结构的精妙改善。然而，虽然他的作品缺乏盛唐大诗人的遒健、复杂及描写才赋，却突出地代表了一种极其动人的情调，而他作为开元盛世贤相的身份，又进一步深化了这种情调。

判断诗歌的社会范围，必须依据现存的作品。我们几乎不知道有关地方诗、文"吏"诗、民歌或通俗市民诗的任何情况，只知道上层诗人的诗歌实践。现存诗歌的社会范围可能确实准确地反映了诗歌创作的社会范围，但它还可能仅是表明了京城上流阶层保存自己诗歌的权力。

根据现存诗歌判断，诗歌的社会范围似乎在开元时期得到了扩大，但很有限。我们发现更多的诗人在作诗，他们属于官僚阶层的更大范围，但仍然代表的是很小的、同一的群体：许多诗人出自京城的大家族，大多数相互认识。另外还有少数东南人，他们和谐地融入了京城社会，并与大家族的成员结下友谊。到了开元后期，外来诗人开始进入这个密切结合的群体，如高适、李白及吴筠。但这些人要到天宝时期才声名卓著，那时诗歌趣味已变得更丰富多样，诗歌活动范围也更加扩大。从天宝开始，我们发现诗歌活动范围真正拓宽了，遍及于中上层社会。京城诗传统仍然闪烁着高贵典雅的光辉，但是还出现了众多诗人群，这些诗人群规模更大，更加向新才子敞开大门。相比之下，如果我们考察开元著名诗人的作品，就会发现他们都因诗歌交换和较紧密的友情而相互联系在一起。有一位诗人处于这一群体的中心，事实上他熟识每一位在京城从事诗歌实践的人，这就是王维。

第四章　王维：简朴的技巧

> 卿之伯氏，天下文宗。位历先朝，名高希代。抗行周雅，长揖楚辞。调六气于终编，正五音于逸韵。泉飞藻思，云散襟情。
>
> 代宗《答王缙〈进王维集表〉诏》，763年

> 晚年惟好静，万事不关心。
> 自顾无长策，空知返旧林。
>
> 王维《酬张少府》（05922）

高度文明的社会有一个重要的、近于普遍的特征：那些已经获得财富和权力的人，却向往于抛弃曾经热衷追求的一切。在八世纪，人们开始认真地在高官和隐士或狂士之间建立格外密切的联系，这一联系一直以各种形式在其后几世纪的传统中国文化中延续着。

作为一种独立的现象来看，仕宦诱惑与个人生活的冲突，是文学传统中一个已经长久建立的主题。但是只有到了盛唐，弃官的企羡才成为上流社会文人生活的一个普遍主题。在东汉，张衡可以写出《归田赋》，但皇帝所赏识的却是他的京城赋。在唐初，太宗所喜爱的仍是上官仪，而不是王绩。但是到了八世纪中叶，

我们发现代宗过度地赞赏王维的诗,其中较大部分与厌弃朝廷和官场生活相关。王维自己的生活和作品表现了同样的社会地位与个人价值之间的矛盾。

王维一生的确切日期引起了许多学术争论。他生于699年或701年,卒于759年或761年。几种主要的传记资料相互矛盾,不过699年至761年的日期似乎最有根据。王维的父亲和祖父虽然只任过中级以下的官,但他们是强盛的太原王氏的成员,因此很难说清他们在朝廷的官位是否反映了他们在地方上的势力,或他们在全国范围内的社会声望。王维的母亲出自博陵崔氏,这是另一个声望卓著的旧家族。这样,从社会声望方面看,王维的家庭背景是盛唐重要诗人中最高的,他在诸王府中受到热烈欢迎就不足为奇了。

王维在十几岁时赴京城,表面上是去参加府试,但更可能是去获取某位王子的扶持。很久以来,这已经是名门出身的年轻人寻求进身的一条公认道路,而青年王维并不可能知道,诸王的权力和靠诗歌进身的旧模式即将无可挽回地被改变。在十年中换了四个统治者之后,没有人能够预见到玄宗将牢固地控制王室,并统治了四十多年。

王维的文集包含了一些少年作品,根据原文中可能是王缙或王维本身所作的注脚,这些作品可以系年。收入少作在唐人文集中是异常的特点;在王维的集子中,这些作品可能用来证实记载文学早熟的传记惯例,或代表使王维年轻时在京城获得声名的作品。这些少作在王维生活的后期可能经过修改,但有几首确实洋溢着青春气息,另一些则代表了流行于八世纪初的七言歌行风格。有数首少作列于王维最著名的作品之中。王维十七岁时在长安写了一首这样的诗,其场合是重阳节,在这个节日里,习俗上要登高并思念远在他方的亲友。

九月九日忆山东兄弟

独在异乡为异客,每逢佳节倍思亲。
遥知兄弟登高处,遍插茱萸少一人。(06137)

首句的语词重复,以及异乡、加倍及缺席的巧妙构思,显示了对宫廷诗人修辞技巧的熟练掌握(参看03512—13,03764)。然而,少年王维已经在修辞技巧中注入某些更深刻的东西,这就是心理的真诚和想像的能力,这些明确地属于盛唐。

王维在717年通过府试,成为京兆府解送的贡士,这是一种有声誉的身份,在进士试中有相当肯定的成功把握。其后他在721年登进士第。在这一期间,王维得到了几位王子的扶持,最突出的是李范。现存有关王维和李范关系的几则轶事在真实性方面都很可疑,但从中可知,除了诗名外,王维还以音乐家而著称。当然,他还是一位画家;虽然我们几乎不了解他在此时期之后的音乐兴趣,但他作为画家的声名却日益扩大和持久保留。王维诗歌或绘画的批评家,很少有人不引用这一对句(05864):

宿世谬词客,前身应画师。

虽然王维承认了此生的真正职业,大多数研究其诗歌的人仍然从其作品中发现了画家的眼光。

可能是在李范的王府,王维遇见了崔颢,并成为终身的朋友,他们的名字被并称为那一时代最著名的两位诗人。他们和岐王府的较年长诗人一道,采用旧的宫廷风格颂美王子的游览,比皇帝的诗人所能描绘的还要雅致优美得多。

敕借岐王九成宫避暑应教

帝子远辞丹凤阙，天书遥借翠微宫。
隔窗云雾生衣上，卷幔山泉入镜中。
林下水声喧语笑，岩间树色隐房栊。
仙家未必能胜此，何事吹笙向碧空。（06057）

第四句可能写的是湖中或池中的倒影（参看05060第四句），但也可能暗示了窗户的取景空间。结尾比较仙人的居处，这是旧宫廷诗体的实际要求：既然在地面的宫殿可以找到胜过仙家的快乐，为何还要像王子乔那样求仙？

考中进士之后，王维得到一个太乐署的小官职，或许是由于他的音乐才能。其后不久，王维就卷入政治麻烦，其真正起因还未完全清楚：他的罪名是允许乐师表演本应禁忌的舞蹈，但这大概仅是解职的借口。王维的麻烦可能源于他与诸王的过往，因为那时玄宗已经决定控制诸王对王位的不断威胁。

无论真正的缘由何在，王维被贬任济州的一个低职，济州在现代的山东。在东行的旅途中，王维转向了贬逐诗的优秀传统，写出了第一批可系年的严谨简朴风格的典范诗，后来正是这一风格使他赢得声誉。这些诗的语言相对地不讲修饰，沿袭了杜审言、沈佺期、宋之问及张说的贬逐诗。但王维的贬逐诗远远超出了语言的简朴：这些诗的深度和复杂性显露了大诗人的手笔。

许多成分促成了这些诗的成就，其中之一是对感觉过程的认真关注：事物如何被看到，实际世界如何控制事物被看到的过程，以及感觉的形式如何具有内在的意义。在下引作于济州之行的诗中，诗人几乎完全不出现：他的作用是移动和观看。但景物的演替及其隐含的视点，却形成了人的旅途感受的基本模型。

渡河到清河作

泛舟大河里，积水穷天涯。
天波忽开拆，郡邑千万家。
行复见城市，宛然有桑麻。
回瞻旧乡国，淼漫连云霞。（05848）

空间的两点界定了旅程：出发点和目的地。无论哪一点吸引了旅行者的眼光，都揭示出一种心理状态，故只需描绘出视觉的方向，就能表现这种状态。同样，当诗人的眼光从目的地转回家乡，这一行动就说明了一种突然的心理变化。

然而，视觉不是自由的：诗人的所见决定于地形的不同特征，这些特征在河景中呈现出戏剧性的、变化多端的形式。河景或隐或现，自然而然地在人的头脑中引发兴趣和期望：它掌握了视觉的不足和消失，这是欲望的必要刺激。河景引发了对隐藏于前方远岸的事物的预期兴致，然后展露了这些事物，使兴致消失。诗人的好奇心得到了充分的满足，于是他回过头来，遇见了第二种戏剧性展露，但这回看到的不是某地，而是某地的消失。这首诗是富于视觉形象的，但没有一个读者会说它是描写诗；关注的中心并不在所见，而在观看着的诗人的内心活动。但是，这首诗还超出了应景抒情诗的内心关注，体现出更为一般性的兴趣：对感觉的相对性及感觉和人的反应之间关系的关注。

与王翰的诗一样，王维诗的简朴语言阻挠了一般读者对修饰技巧的兴趣，迫使他们寻找隐含于所呈现的结构中的更深刻意义。也像王翰，王维力求某种真实性——不是从类型惯例中获得的普遍反应的真实性，而是直接感觉的真实性。通过在诗中描写所见而不是诗人的观察活动，诗人将使得读者的眼睛重复诗人的眼睛的体验，从而直接分享其内在反应。客观的结尾成为避免直接陈述感情的手法，促使读者体验诗人的感受：当他回头瞻望家乡，看到的仅是浩淼河水时，所产生的情绪。

在后来的诗篇中，王维甚至更热衷于避开已经完美掌握了的修饰技巧；他的风格达到一种严谨的简朴，并成为他的诗歌个性的标志。诗人再次展望了淼漫的水面：

南　垞

轻舟南垞去，北垞淼难即。
隔浦望人家，遥遥不相识。

如同收于《辋川集》的其他绝句，《南垞》的生命力产生自朴质的表面，以及基于结构天赋的含蓄陈述，后者在前诗已经出现。王维还尝试从较早的诗歌中抽取不显眼的陈套：这里的后两句就准确无误地模仿了几首著名的初唐诗，暗示了孤独和逃名，并同样包含了肯定和否定的双重意义（02612，第 7 句；02762，第 15 句）。比起《渡河到清河作》那易于理解的情绪，此诗末句谜一

第四章 王维：简朴的技巧

般的涵义显示了更为成熟的诗歌技法，但王维对感觉相对性的兴致保持不变。距离把诗人和他可能认识的人（那些农舍在他的别业内）隔开，从而使他得以隐姓埋名，这种逃名可能具有孤独的否定涵义或隐逸的肯定涵义。

大约在八世纪二十年代中叶，王维从济州贬所返回。至734年，张九龄拜相，提拔王维在朝廷中任一个要职。而他返京后至734年前的经历不明。一些学者认为，王维就是在此期间购置了以前属于宋之问的辋川别业。无论他是在此时得到这一别业，还是在八世纪四十年代后期，他非常喜爱它，在《辋川集》中歌颂了它的美。《辋川集》是一小组绝句，由王维及其朋友裴迪（06078—97，06169—88）共同写成。收入送别、宴会及咏物组诗的一卷或更多卷的小集子十分普遍，但《辋川集》的形式却是新颖的。[1] 两位诗人依次处理了一组拟定诗题，这些诗题以别业的各个景点为描写对象，合起来则构成对全景的有计划游览。[2] 到了八世纪后半叶，这一集子获得巨大的成功，成为许多后出绝句组诗的模式，其中包括中唐诗人韩愈所作的一组诗（10840—60）。在审美感觉和思想情趣上，王维和韩愈的分歧几乎超出了所有唐代诗人；韩愈对《辋川集》模式异乎寻常的折服，在一定程度上说明了它那巨大的影响力。

在734年，王维向新相张九龄求职。张九龄的圈子里挤满了出身于王、裴、崔、韦等京城大族的成员。王维的密友和支持者

---

[1] 卢鸿一有一组按计划编排的楚辞体诗，大致作于同时（05740—49）。
[2] 《辋川集》被认为与王维描绘这一庄园的一幅图画相关联，这幅图只有仿作存世。关于这些诗和那幅画之间关系的研究，参小林太市郎，《王维的生涯和艺术》（大阪，1944），页202—279。

大多出自这些家族，故他在这一群体里十分自如。在此期间，由于陪伴朝廷权贵游览的需要，王维再次将才赋用于宫廷诗和正规宴会诗。但他既不是宫廷侍从诗人，也不是朝廷文学机构的成员，而只是担任右拾遗的行政职务。

张九龄于737年失权并贬荆州时，王维怀着真挚的忧伤心情，写了数首诗，向其扶持者表示慰藉。作为张九龄群体的成员，王维有理由关心自己的处境：张九龄下台几月后，他受命离京出使西北边塞，并留在那里任地方监察官。几首边塞主题的应景诗，可能还有几首边塞乐府诗，作于这一时期。王维的一些边塞诗，诸如《从军行》，属于同一类诗中的最佳作品，但它们沿袭了矫饰的南朝边塞乐府传统。将这些诗与同时代高适等人的边塞歌行相对照，王维所受文学训练的守旧性十分明显。那些歌行开始采用一种较富于活力的风格，十年后在岑参的作品中达到顶点。

使至塞上

单车欲问边，属国过居延。
征蓬出汉塞，归雁入胡天。
大漠孤烟直，长河落日圆。
萧关逢候骑，都护在燕然。（05984）

就像许多著名的唐诗，包括前引王湾的诗，这首诗以单独的一联——第三联而流传千古。此联中平衡的几何图形代表了王维描写艺术的一个特征。但是，围绕着这一著名对句的，却是一首高度守旧的诗。最后一句很相似地模仿了梁代诗人吴均一首边塞乐府的结尾。[1]尽管王维无可置疑地具有独创牲,但比起任何一位盛唐重要诗人,他的作品更深地植根于初唐。

王维在西北只呆了短暂的时间:他到幕府不久,节度使崔希逸即去世,在738年或739年,诗人返回长安。一年后他再次奉命出京,此次是到南方掌管考试。他的另一位朋友和扶持人裴耀卿任命他回朝廷任职,但可能由于他和张九龄的关系,他所得到的职位低于他的年纪和出身所应得到的。从742年至755年京城陷于叛军之前,王维连任了几个类似官职,或许不过是挂个名。在八世纪四十年代和五十年代初,诗人的大部分时间可能消磨在别业里,怡然自得于许多朋友的友谊,作诗赠送他们,在诗中述及其大门总是对来访者关闭。

玄宗从长安仓促出逃后,王维与许多留下的官员一样,为安禄山军队所俘,并被迫接受叛变政府的官职。据说,王维试图避免与反叛者共事,不顾一切地服药假充残疾。两京收复后,他以叛国罪为唐军所监禁。此时王维之弟王缙恰好任刑部侍郎,设法为他开脱罪责。他被叛军拘禁时写给裴迪的一首诗,成了减罪的证据,这首诗拐弯抹角地表达了诗人对唐王室的忠诚(06149)。除了这篇简短的忧伤表达(此诗系事后伪造的可能性很大),王维对安禄山叛乱保持了明显的诗歌沉默。他在叛乱中的大多数时间是在安禄山的监狱里度过的,这一事实可以充分说明,他为何从未像杜甫那样,写诗激烈抨击叛军的占据。而他在释放之后的沉默,最好的解释可能是他通常所遵循的诗歌题材惯例:个人感怀和社会交往在他最后的诗篇中占上风,故叛乱及其破坏从未进入他的脑海。

---

[1]《全梁诗》,卷8页1a。

肃宗恢复了王维在朝廷的优厚地位，他担任了一系列高官，直至去世，可能是在761年。在最后的岁月里，王维据说日益成为虔诚的佛教居士，过着一种节制简朴的生活。他最后的优秀诗篇体现了一种独有的特性：连他最擅长的描写艺术也放弃了，只保留了一种浑然一体的风格，没有任何人工技巧的痕迹。

终南别业
中岁颇好道，晚家南山陲。
兴来每独往，胜事空自知。
行到水穷处，坐看云起时。
偶然值林叟，谈笑无还期。（05968）

对于时间的关注明显地出现在王维的晚期诗中。真率行为的各种形态，与有计划或有确定目标、时间的行为相对立。王维对于空间结构的兴趣，如我们在《渡河到清河作》中所见到的，通过意愿和隐含的动机，变成了对于时间结构的类似兴趣。自相矛盾的"率意行动之目标"，出现于一种同样自相矛盾的追求非艺术的艺术。

王维关注时间的另一方面，是他对生活变化的关注，通常作为抛弃名利、增加自由的过程的一部分。与大多数诗人相比，王维更多地把自己和别人的生活看成是一个变化的过程。从早年开始，他已经预料晚年将日益增加理智、宗教信仰及抛弃世俗的束缚；而诗人果然实现了对自己的预言。前引诗的开头是一种现成开端意旨的变化，这种开端意旨反复出现于王维的诗篇中：

> 晚年惟好静，万事不关心。（05922）
>
> 少年识事浅，强学干名利。
> ……
> 清冬见远山，积雪凝苍翠。
> 皓然出东林，发我遗世意。（05786）
>
> 晚知清净理，日与人群疏。（05841）
>
> 少年不足言，识道年已长。（05842）

早在贬谪济州时，王维已经在别人的生活中看见了相似的过程（05853—54）。青春流逝、头发变白的悲叹，极少出现于王维的诗中；对于他来说，老年是一个预想的境界，他在个人诗中为逐渐接近它的每一阶段而欢庆。

很难清楚开元、天宝的读者认为哪些诗人是当时最伟大的诗人。批评的和序文的习语诸如"闻名当代"，被慷慨地用于可以确信为次要诗人的宽广范围；即使此类颂扬性的评价不仅是出于礼貌，仍然涉及较为混乱的未知情况，诸如"何时"、"何种读者"。开元和天宝显然没有当代作家的确定标准，但有几位人物是巍然挺出的，其中最著名的是王维和王昌龄。特别是在王维生活的最后十年及其去世后的二十年间，他被认为是当代最伟大诗人的呼声极高。皇室后来对王维的赞赏，确是引起较年轻的同时代人崇拜的一个因素，但王维还是诗坛社交的中心人物；他广泛熟识同时代诗人，并产生巨大影响。八世纪后期的京城诗人沿用或误用他所完善的风格，直至这一风格变得乏味不堪。逐渐地，在八世纪的最后几十年，对于其他开元、天宝诗人的兴趣，诸如王昌龄和李白，开始动摇了王维的优势。到中唐的大作家重新评价盛唐传统时，李白和杜甫被抬高至他们从未有过的杰出地位。王维被排列于李杜之下，虽然他偶尔被批评，他的地位曾被怀疑，他的声誉仍保持了相对稳定，不像其他盛唐诗人的名望那样经历了起伏波动。

王维之弟王缙编集他的作品，于763年进献皇帝，此时王缙任宰相。王缙声称这个集子只代表了王维全部作品的小部分，其较大部分丧失于叛乱中。诗人卒后未久，就有权威的集子收入御书院，这对于文本的相对稳定是重要的因素。文本的问题虽然存在，但比起孟浩然等其他一些诗人的集子，问题算是最少的。有几处窜改已被证实，但总的看来，王维的集子是可靠的。

从唐代以来，王维的形象一直是感怀诗人、个性诗人及山水诗人。这一形象在一定程度上可以被证实，因为王维也以相似的词语描绘自己。但同时他又是最善于社交、最雅致的唐代诗人之一。他的诗和他的个性方面都十分丰富多彩。他能够放弃渗透于隐逸诗中的鲜明诗歌特性，写出自宋之问和沈佺期以来最有天赋的、最雅致的宫廷诗。当他进行创新时，他既能以前辈的传统为基础，也能有意地采用新的起点。贬谪济州时，他写出了基于初唐贬逐诗的优秀作品，但他还大胆地改变了楚辞的成分，写出一种沿袭贬逐传统的新诗歌。他善于在描写的表面之下隐含内在的情意历程，也能够在描绘邻近济州的一次巫祠表演中隐含贬逐主题。其模式为楚辞的《九歌》，那些诗在唐代的公认解释是：屈原在贬逐中观看了民间巫祠表演，就加以修改，写出这组诗。当王维写下这样一首诗时，诗中已含有一种无声的文学史背景，不言而喻地扮演了非罪遭贬的屈原角色。这两首歌行并不是含蓄的讽刺诗或比兴的怨憝诗，而只是从过去的著名诗歌中引发贬谪之意。

鱼山神女祠歌二首之二：送神曲

纷进拜兮堂前，目眷眷兮琼筵。
来不语兮意不传，作暮雨兮愁空山。
悲急管，思繁弦，灵之驾兮俨欲旋。
倏云收兮雨歇，山青青兮水潺潺。（05906）

在这里，楚辞体的应用既模仿了原诗的特定语词，也追随了宋之问将这一诗体用于个人诗的脚步。[1]但王维还将与这一诗体相联系的抒情方式复杂化，使它奇特地表现出与诗篇的平静表面相矛盾的情意。

赠徐中书望终南山歌

晚下兮紫微，怅尘事兮多违。
驻马兮双树，望青山兮不归。（05902）

王维的多数诗篇中存在着一种抑制法则：思乡的普遍感情，贬逐悲伤的文学史背景，及诗体的模式联系，这些都向读者表明，在诗篇的平静表面下隐含着某种更深刻的意义或更强烈的感情。上引歌行及其他表面看似简朴的诗篇，都由于这种抑制而增加了活力。

除了楚辞体，王维还试用了六言诗（06125—31），在这种

---

[1]《初唐诗》，页364—366。（中译本，290—292页。——译者注）

窘迫的诗体上获得了或许是所有中国诗人中的最大成功。王维至少有一次沿袭了陶潜对四言诗的独特运用,以表现古朴庄严的风格(05772)。

除了诗体实践外,王维还拥有宽广的主题和风格范围,超过了此前的任何唐代诗人,或许还超过了此前的任何中国诗人。他能够创造性地处理边塞主题和宫体诗的半艳情主题(05776—80)。在游寺诗传统上,王维有时沿袭了初唐前辈,有时则在几首诗中采用了佛教的抽象术语(05796,05798—99,05760—61,06038),显示出比任何直接前辈远为深厚的佛教修养。他能够写幽默的谐谑诗,其中包括一首半白话作品,这首诗可能是方言诗的尝试(05805)。总之,王维作为一位盛唐诗人,不仅形成了真正的诗歌个性,而且全面掌握了传统诗歌,并富有创新的力量。

王维对于诗体发展的最重要贡献可能是绝句技巧。在某种程度上,所有的文学样式都在结尾下功夫;律诗是特殊的例外,因为读者的注意力大都被引向中间对句的审美。但是在所有诗体中,绝句总是最依赖于成功结尾的。王维能够运用初唐绝句那敏锐的、警句式的结尾,并偏爱盛唐流行的意象结尾(参看06075)。但他还发展了另一种结尾方式,使得绝句离开警句更远:他的绝句经常结束于谜一般的含蓄陈述——一种表述,一个问题,或一种意象,都是如此简单,或似乎很不完全,以致读者被迫从中寻找绝句结尾的重要期待。

这种新结尾方式的成功,完全依靠于诗体期待,王维熟练地控制了这些期待,引逗读者去寻找简朴面具下面的深意。对于表面的不信任,外表和真实的分离,以及意义的隐藏,这些都不是前两个半世纪诗歌的突出特征:宫廷诗是一种表面化的诗歌,它所说出来的确是它所要表达的。宫廷诗的隐喻只采用易懂的代用语，如以天庭指宫廷，以仙人指朝臣。

情感反应领域的抑制法则，在认识领域变成了隐藏的法则。真理的隐藏深深植根于哲学传统；与西方不同，在中国传统上真理通常不是隐含于深奥复杂的面具之后，而是隐含于明白朴素的面具之后。袭用这一哲学传统将彻底改变诗歌的阅读方式：所说出来的不再一定是所要表达的，表面的情致可能并不是真正的情致。特别是在《辋川集》中，诗中的形象十分完整，但意思却很不完全，从而引逗读者去寻绎某种隐藏的真意。[1]

栾家濑

飒飒秋雨中，浅浅石溜泻。
跳波自相溅，白鹭惊复下。

---

[1] 关于这种结尾意象，还可以有一种极不相同的阅读方式。问题在于最后一句是否暗示了比它本身更多的意义。以《栾家濑》为例，这种不同的读法将把白鹭看成是自然事物的显现，其重要性只在显现本身，没有什么超出其自我包容的存在的意义。这种阅读方式植根于喜好"偶然性"的宋代诗论。这一理论的阐述（不是作为阅读方式，而是作为中国诗的普遍原则）见叶维廉（Wai-lim Yip）的《隐藏宇宙：王维的诗》（纽约：格罗斯曼，1972）；后来又加以扩充，见其《中国诗：重要类型和诗体》（伯克利：加利福尼亚大学出版社，1976）。

本章所说明的阅读方式，将把白鹭的意象看成是一个谜，一个无法阐释的预兆，其行动似乎体现了自然秩序的某种较大模式。这一意象不能被减少至单一的意义，而是超出其本身，指向某些更丰富的意义。叶维廉将这些意象解释为"单纯现象"，这种解释虽然不能完全排除，但绝句警策结尾的有力传统（通常是通过某一事物或景象提出巧妙的、隐喻的意旨）说明唐代读者将会从中寻找较多的含义。而"其他含义"的问题一旦出现在读者的脑海中，这一意象就不再是一种"单纯现象"；它只能是无法阐释的，成为一种预兆和一个谜。

甚至在较明白的绝句中，也经常可以从王维那平直陈述的完整意思中感觉到一种奇特的不确定性。

临高台送黎拾遗

相送临高台，川原杳何极。
日暮飞鸟还，行人去不息。（06108）

读者知道人和鸟的移动构成了比较的基础，但行人到底是和鸟一样，出发到他们所属之处去，还是与归鸟不同，不断奔走于人生的持久劳役之中，诗中并没有任何暗示。作诗之时，场合的背景可能提供了线索，但这首诗在后世的流行表明，那种不确定的联系更引人注目。诗中向读者示意了"比拟"，随后又阻断了读者对比拟的理解。

王维的官场诗并不总限于典雅，也不总写于奉和。在一首赞同皇帝封西岳的诗中（05830），王维采用了与其宫廷诗和隐逸诗完全不同的风格。他先以宏壮的词语赞美华山，然后转向帝王荣耀的主题，用的是庄严肃穆的笔调，这一笔调与王维的平常风格不同，更接近于杜甫和韩愈的特征。虽然王维对个人体验的偏爱是其诗歌的丰富源泉，但他仍然有着强烈的社会价值观，正是这两者之间的真实冲突，使得他的弃世态度具有了真正的力量。

冲突对于结构的惯例和规矩，如反应的一致性，产生了自然的压力。即使在盛唐，诗歌描述过程中出现心志转变，也是少见的。在王维诗中，这一转变表现为社会价值和个人价值之间的冲突，以及家族义务和退隐愿望之间的冲突。

偶然作六首之三

日夕见太行,沉吟未能去。
问君何以然,世网缨我故。
小妹日成长,兄弟未有娶。
家贫禄既薄,储蓄非有素。
几回欲奋飞,踟蹰复相顾。
孙登长啸台,松竹有遗处。
相去讵几许,故人在中路。
爱染日已薄,禅寂日已固。
忽乎吾将行,宁俟岁云暮。(05861)

社会义务和个人自由倾向之间的价值冲突,是那一时代文士兴趣的一部分,在王维这里则是关注的中心。但在王维诗中,这一冲突又是更大的抛弃模式的一部分。它不仅是稳定的冲突状态,而是具有一种主要的价值,通常是社会的价值,其占上风的运动是否定。这种否定的中心运动以文学、思想或诗人自我形象的方式出现。

否定的文学表示是抛弃与官场社交生活及宫廷相关的那几类诗歌。在许多盛唐诗人的作品中,同样的冲动采取的是对立运动的形式,将狂诞不羁作为对诗歌规矩和限制的有意违抗。李白和相当多的次要诗人,以疏野不羁的姿态选择了这种对立之路。而在王维这里,其运动形式是否定而不是对立。[1] 王维最有代表性的隐士诗风格简朴,洗尽铅华,只用基本语词(05980):

---

[1] 例如,"爱"的对立是"恨",但它的否定是"中性"。

> 江流天地外，山色有无中。

与李白一类诗人相比，王维在宫廷诗技巧和修辞方面的修养是深厚的。他无法以自然的感叹和激情反对宫廷诗的虚假感叹和激情，而是以对虚假感情的真正否定——无感情来反对这种危险。如果有真实感情要表达，就必须把感情隐藏起来，但只能是寓于言外，而不是公开表达中的矫揉做作、吞吞吐吐。

宫廷诗人训练有素的谨严和文体控制，明显地出现在王维最出色的个人诗中，特别是在他的描写艺术中。但王维用这种控制来对抗它所出自的传统及对抗技巧。

归嵩山作

> 清川带长薄，车马去闲闲。
> 流水如有意，暮禽相与还。
> 荒城临古渡，落日满秋山。
> 迢递嵩高下，归来且闭关。（05969）

回归是王维及其同时代人诗歌中最引人注目的主题之一，所回归的是基本的和自然的事物。盛唐诗人以各式各样的"回归"显示了他们正在离开的地方：充满危险、失意、屈辱的京城社会的虚伪世界，以及京城的诗歌。可是，他们的"回归"目标以及对"自然"的定义，却往往大相径庭。

在王维诗中，回归的目标通常是一种寂静无为的形态：他选择的是将自己与现实世界分隔，而不是以放任行为显示对世俗礼法的蔑弃。王维的自由观念是"从……自由"，而不是"对……

自由"。如同前诗,回归寂静往往在诗篇的结尾点明,通常采取一种象征抛弃人类社会、结束社交活动的姿势——关门:

> 东皋春草色,惆怅掩柴扉。(05970)
> 静者亦何事,荆扉乘昼关。(05976)

在王维诗中,关门仅是多种抛弃的最终姿势之一。它还可以是不愿回家,从而抵制时间的社会结构(05968,05981);有时它又是苦行和自我否定的明确的佛教方式:

> 薄暮空潭曲,安禅制毒龙。(05958)
> 欲知除老病,惟有学无生。(05987)

《登辨觉寺》是一首佛教寓言诗,诗中阐述了灵魂从实际世界的幻觉进入涅槃的自我泯灭的过程。寺院的美丽风景仅是为了将迷妄的心灵引上正确道路:它是佛教寓言中的"化城",是外表充满声色诱惑的空幻事物,能够将厌倦而未觉悟的灵魂引向觉悟。

> 竹径从初地,莲峰出化城。
> 窗中三楚尽,林上九江平。
> 软草承趺坐,长松响梵声。
> 空居法云外,观世得无生。(05961)

访寺诗的直观现实风景,被添加在寓言的风景之上,这一结构是为了将被动的心灵引向超脱。诗人为虚幻的自然和建筑之美所吸引,登上山峰，获得了一个打乱习见景观的有利视点。青草使冥思的诗人在身体上感受到柔软，而心灵和诗歌的眼光被引向颂经的声音，并随之向上飘荡，穿过松林和云层，穿过法云（佛法）的最后阶段，达到了超脱。寺院和风景之美的存在仅是为了战胜美的幻象，这一观念暗示我们，严格的诗歌技巧的存在，也是为了战胜技巧。

作为走向寂静、孤独及空无的进程，诗歌也是一种倒退和回归的行动。但诗歌不须退至中国宇宙论的原始状态。它可以只回归到某种较早的诗歌——语言的回归（05837），或某种原始活动，如农耕（05797）。这类诗中最有趣的一首既转回农耕的原始活动，也转回原始的诗歌——《诗经》中的周颂。这首诗模仿的是《诗经》第290首，其开头为：

  载芟载柞，其耕泽泽。
  千耦其耘，徂隰徂畛。
  侯主侯伯，侯亚侯旅。
  侯彊侯以，有嗿其馌。
  思媚其妇，有依其士。
  有略其耜，俶载南亩。

王维以其典型的谜一般的手法采用了这一原始农耕的和谐景象：

新晴晚望

新晴原野广，极目无氛垢。
郭门临渡头，村树连溪口。

白水明田外，碧峰出山后。
农月无闲人，倾家事南亩。（05845）

诗篇开头宁静而清晰，诗人的眼光扫过景物的各种静态联系，直至拓宽了的视野的尽头。这是一个没有活动和人的平静和谐世界，但王维却在结尾突然转向"无闲"之人。虽然无闲，人们却有自己的协调行动，正在做适应季节之事。这是一首奇特的诗，诗中竟将人的忙碌列为平静风景的另一"项目"。自然和原始被视为同一，人类被置于恰当的位置——古老而永恒的农耕劳动。

诗人抛弃了京城社会及其诗歌的复杂性，"回归"至原始的、自然的状态——紧闭的大门后面的宁静，或宗教觉悟的宁静，或早期诗歌的原始世界。有时诗篇结束于一种行动，如前引诗；或甚至结束于同时代人所喜爱的自然狂放行为——但这种自然行为必须产生自宁静的基础。

辋川闲居赠裴秀才迪

寒山转苍翠，秋水日潺湲。
倚杖柴门外，临风听暮蝉。
渡头余落日，墟里上孤烟。
复值接舆醉，狂歌五柳前。（05914）

接舆是传说中的"楚国狂人"，是表面疯狂而内藏真智的狂士典型。五柳袭用了《五柳先生传》，这是陶潜撰写的虚构传记，文中描绘了理想的隐士。正如前诗将人类行为融入自然世界，这里平静安谧的景象减缓了狂野行为，使之成为与风景融为一体的适度得体的放任行为。

从思想方面看，王维诗中的否定行为与其佛教信仰混杂在一起。许多批评家指出了王维对"空"（"空虚"，"空无"，"空"，"徒劳"）一类术语的滥用，这些术语在世俗诗歌传统和佛教思想两方面都有意义。王维至少精通几部佛教经典，从中引用术语，或含蓄地提及它们。但无论王维的佛教信仰多么虔诚，他仍然是一位诗人而不是佛教思想家。宗教在他的诗歌中起了重要的作用，但他所接受的诗歌传统和诗歌观念，使他不可能写出真正宗教的、虔诚的诗歌。直到九世纪，诗歌范围这才扩大到足以接受对宗教价值观的抽象的、思考的处理，如白居易的某些诗。至于以宗教为主要倾向的诗集，只能离开世俗诗歌传统，到寒山和王梵志的集子中去寻找。

从否定和回归这一对主题中产生出第三个主题：无意。在某种形式上，它涉及对想望未来、控制未来的意愿的否定。在社交方面，它是对目标明确的行为的否定，以及对为提高、稳固社会地位而交结朋友的否定。

无意及其与社会特权的对立，明显地出现在下引诗的结尾。结尾用了道家经典《列子》中的两个典故。第一个典故说，老子指责杨朱过于矜贵，使得别人对他表示敬意。杨朱改变了态度，回到原来所住的客舍，客舍主人和客人都不再敬畏他，而是忽视他，甚至与他争席。第二个典故说，有一人喜爱海鸥，常到海边找海鸥，海鸥都亲近他，毫不害怕。其父要他利用海鸥的信任捉它们，结果下次他回到海边时——此次怀有心机，海鸥感觉到并飞走了。

积雨辋川庄作

积雨空林烟火迟,蒸藜炊黍饷东菑。
漠漠水田飞白鹭,阴阴夏木啭黄鹂。
山中习静观朝槿,松下清斋折露葵。
野老与人争席罢,海鸥何事更相疑。(06072)

无意的主题很早就出现在王维的一首诗中,这首诗咏陶潜的"桃花源",作于717年(05880)。王维在重述中重新解说了这一故事,强调渔夫发现这一乌托邦村庄的无意。但是,当渔夫被村人接待并过夜时,诗中充满了思、望、拟、记等动词。一旦渔夫"要"回家和"要"重返桃花源,当然无法找到路了。王维对这一虚拟故事的重新解说,引出了其后几世纪中一长串重述这一故事的诗作。

意愿的否定与自我的否定相关,这一主题涉及道家和佛教两方面的范围。在王维的多数描写诗中,叙述的诗人变成一只眼睛,扫视过风景和孤立的重要成分。与任何文学形式一样,诗歌作者的消失是无法达到的目标:王维的强烈结构意识处于视觉世界和表现世界之间。这种控制意识通过躲开诗歌表面,通过创造谜语阻挠读者寻找简单意义的冲动,从而试图否定自己的存在。诗歌的结构惯例要求结尾出现个人反应,王维通常总是以抛弃的表示作为"反应",这是一种否认进一步的反应、行动或情感的反应。

这种基本的否定姿态可能不符合王维较大部分诗作的实际,但它们确实出现在大多数王维为后代所赞赏的诗篇中,这些诗篇代表了他的诗歌特性。王维经常描绘事物处于静态联系或和谐运动的世界,然后在结尾把自己放进这个世界(05982):

> 岸火孤舟宿，渔家夕鸟还。
> 寂寥天地暮，心与广川闲。

这几句诗运用了各种传统的诗歌联系：船夫的孤火暗示孤独；鸟的回归唤起人的回归和思乡；落日触动忧伤情绪。在《渡河到清河作》一诗中，诗人戏剧性地组织了视觉景物，从而形成一种内在的叙述。而在这首同样作于济州之旅的诗中，诗人试图阻止景物的内在化，以客观的眼睛将世界的零碎断片及其意识（"心"、"意"）皆降低为宁静景象中的一系列"项目"。意识与平静的江河一道在天地间流动，穿过各种事物，却不滞留于任何事物。

在多数作品中，王维的独立和创新并未脱离初唐惯例的基础。他与七世纪的写作技巧关系密切，只要比较一下后来的唐诗技法，就可以了解这一点。这里举一个有力的例子，王维在一首诗中赞美京城地区，然后在结尾转向汉赋作家司马相如的角色，写他被排除于京城社会的欢乐之外，病居于附近的茂陵。

冬日游览

> 步出城东门，试骋千里目。
> 青山横苍林，赤日团平陆。
> 渭北走邯郸，关东出函谷。
> 秦地万方会，来朝九州牧。
> 鸡鸣咸阳中，冠盖相追逐。
> 丞相过列侯，群公饯光禄。
> 相如方老病，独归茂陵宿。（05829）

这首诗是七世纪京城歌行的盛唐改革,此类歌行的最出色代表是卢照邻的《长安古意》(02762)和骆宾王的《帝京篇》(04148)。[1]从京城地区的繁华转为苦闷的外来者角色,这一结尾方式是初唐必不可少的诗歌惯例。卢照邻的诗以扬雄结尾,这位汉代思想家已成为中古时代的隐士典范;骆宾王的诗以怀才不遇的汉代政治作家贾谊结尾。这一结构惯例是富有魅力的;王维通过运用这一惯例,通过选择司马相如作为外来者及诗人自己的象征,宣布了自己的身份。相如是汉代真正诗人的最杰出代表。

大约一个世纪后,李商隐在一首绝句中模仿了上引诗(以及王维的另一首诗,06026)的结尾,在诗中他与王维一样,扮演了司马相如的角色。

寄令狐郎中

嵩云秦树久离居,双鲤迢迢一纸书。
休问梁园旧宾客,茂陵秋雨病相如。(29160)

在初唐诗中,外来者角色的动人哀感力量,是通过在结尾突然离开对京城快乐的冗长赞美而获得的。王维可能简化了赞美京城的词藻,但他基本上用的是同一技巧。李商隐能够集中地突出角色,不用冗长的修饰对比,就描写出其境况的强烈悲感。欢乐群体的习惯对照保留了下来,但仅是一种仿效,以"梁园客"作为司马相如的往昔乐事。的确,欢乐对照的存留仅是作为"休问"之事,这个否定祈使语气直指孤独的诗人,因为回忆只能使他痛苦。初唐诗的结

---

[1]《初唐诗》,页104—115。(中译本,84—95页。——译者注)

构惯例虽然没有完全消失,但它已经被改造得近乎面目全非了。

在盛唐重要诗人中,只有杜甫在运用文学传统的严肃认真方面超过王维。[1]王维对早期诗歌的运用,在其有关抛弃和回归的诗篇结尾中已可见到。尽管王维有意地模仿《诗经》和楚辞的古

---

[1] 对于传统诗歌的严肃运用,应与中国诗歌语言中的自然互文区别开来。中国诗人所用的语言,大多数是由其他诗篇中的习语构成。所有唐代诗人都从过去的诗歌中汲取诗句、意象及主题,此类仿效有些是有意的,但大多数可能是无意的或半有意的。学识渊博的评论家所看到的"引文",大多是不止一种出处的陈词旧调,或彻底消化后重新出现在创作过程的诗人阅读知识。

关于所有中国作家的记忆准确无误的神话,是值得怀疑的。只要比较一下现代西方人的中等记忆能力,这种能力模糊了经过训练的良好记忆力与超人的清晰记忆的区别。中国文学语言基于作品文本和特殊的习语,而不是公开的范例;它的词语常可找到较早的文本出处,但这一事实是在以背诵为基础的教育过程中自然形成的(不是西方教育法传统的以"语法"——公开的范例为基础)。正是这种文学语言的普遍文本化使我们认识到,有较早文本出处的词语的每一次使用,并不都涉及对这一出处的"引用"。

如果文学传统是被有意地用来引起读者的注意,问题就复杂得多了。在不同时期,某些题材、词语及某几种词语被与传统"编码"在一起,可以使人想起一位作者,一个时代的模式联系,或一种较早文本的全部背景。我不相信任何普遍法则可以为了运用而被推演出来,相反,它们只能从广泛阅读中被逐一掌握。

运用曹植用过的一个词语可能不会使人想起建安诗,但在一首诗的开头采用定位惯例"在甲有乙",就会使人想起建安及魏风格。我们知道这一联系,是由于古风诗及有着其他建安及魏联系的诗重复地运用这一陈套。提及"归鸟"不一定使人想到陶潜(虽然在某些情况下,如咏陶潜的诗,是有可能的),但提及"东篱菊"几乎不可避免地会想到陶潜。在总是指明文本出处的词语和从不提及出处的词语之间,有着层次不同的变化。要判断此类习语的价值,就必须了解原始的文本,但当相应习语出自同时代的文本,原始文本就显得不重要了。同时代的背景是"占上风的":一个词语,在杜甫这里是对南朝诗风的模仿,而在十二世纪很可能就成为对杜甫的模仿。关于此点,还可参看海陶玮(James R. Hightower),《陶潜诗的用典》,收西里尔·伯奇(Cyril Birch)编,《中国文学体裁研究》(伯克利,1974),页108—132。

朴风貌，他一般避开这些早期诗歌在伦理上的复古联系。在五言诗传统方面，王维经常从曹植、鲍照、谢灵运、谢朓及庾信的诗歌中借取各种成分。但没有诗人或诗组像陶潜诗那样，对王维产生巨大的吸引力。

陶潜去世后的几个世纪中，他的影响十分轻微。诗人们仿效他的作品中的语句，但他并未被认为是大诗人。《晋书》将他列为典范的隐士，而不是文学家；钟嵘《诗品》也只将他的作品列于中品。但《文选》特别充分地选入了他的作品，这可能是他在八世纪日益流行的一个因素。六七世纪对陶潜十分冷淡，但初唐诗人王绩是重要的例外：很少有诗人像王绩对陶潜那样，专一地爱好单独一位前辈，但即使在王绩这里，陶潜也主要是作为个性的模式，而不是作为真正的文学模式。八世纪二三十年代出现的陶潜复兴，奠定了他在六朝的卓越地位，这一地位在后代未再动摇。陶潜的复兴始于几位诗人的作品，很快就传播至京城诗人的较大圈子。这一现象一方面反映了陶潜对盛唐新趣味的实际吸引力，但另一方面也可能说明了陶潜角色仅是一种时髦。如果王维的《桃源行》所注明的日期717年是确切的，那么这首诗就是对陶潜新兴趣的最早标志之一。王维和储光羲是最倾心于陶潜魅力的诗人，这一兴趣很可能就是由他们传播给京城圈子的其他成员。

王维有时仅是模仿陶潜风格，如《偶然作六首》中一首专门赞美陶潜的诗（05862）。可是，他对陶潜诗的更认真运用，是将陶潜的随意简朴与八世纪京城诗人的精致技巧结合起来。王维将这种结合达到了完美的地步，两种对立的风格似乎融合为一。

赠裴十迪

风景日夕佳，与君赋新诗。
澹然望远空，如意方支颐。
春风动百草，兰蕙生我篱。
暧暧日暖闺，田家来致词。
欣欣春还皋，澹澹水生陂。
桃李虽未开，荑萼满其枝。
请君理还策，敢告将农时。(05797)

诗中对陶潜诗的模仿，有些引用原文，有些仅是仿效其措词特色。王维对陶潜风貌的倾心，并没有引向对这位古代诗人的顺从：陶潜对自由和自得其乐的独特颂美，在王维这里必须与自然界的秩序联系在一起，描绘出作为宫廷诗人描写艺术的关注中心的眼前景象。陶潜也描绘农耕景象，但首要的重点仍在诗人本身。王维这位盛唐诗人却不能不在此打住，再次把焦点对准富于画意的静止景象。主题的发展也是王维自己的——从诗歌到凝视的平静，再到自然的行为。

任何有修养的读者都能从王维诗的第一句联想到陶潜《饮酒》之五的第七句："山气日夕佳。"接下去当王维述及其篱笆时，读者应该回想起陶潜同诗第五句的著名篱笆。王维的篱边生长着兰蕙，陶潜则在其篱边"采菊"。不过，陶潜也不缺少兰蕙：在《饮酒》之十七中，它们生长于其前庭。王维用了人称代词"我"、"我的"，以使读者听到回响于他自己篱笆后面的陶潜的著名篱笆。在宫廷诗的时代里，人称代词逐渐地从诗歌措词中被逐出,但陶潜却经常用它们。在唐代诗人的手中,非正规的代词如"我"代表了"自然语言"和某种古朴直率。王维诗的第二句仿效了陶潜《移居》之二:

春秋多佳日,登高赋新诗。

还可以继续从王维这首诗的其他部分中寻找到陶潜作品的零碎词语,但我们首要关注的是这些模仿的意义。王维的诗不是陶潜词语的杂拼,而是一篇自我完整的佳作。陶潜词语的功用基本上是作为模式:正如古风携带着政治关注和道德正确的含蓄信息,陶潜风格也闪烁着真诚朴素和农耕基本价值观的光辉。一方面,王维并未引喻陶潜特定诗作的全部背景;另一方面,他未像王绩那样,仅是简单地重复陶潜的风格。相反,他是在包含自己个性风格的诗篇中,运用陶潜模式以扩大范围。

在那些现在被认为是盛唐的重要诗人中,王维不仅是其时代最著名的一位,而且是最早获得声誉的一位。孟浩然是一位较年长的诗人,他在八世纪二十年代初之前已写出几篇较出色的作品,其后王维也开始产生重要作品。但王维很早就成为京城诗歌的有影响人物,而那时孟浩然最多只被认为是中等天赋的引人注意的地方诗人。大约734年孟浩然在京城和王维相逢,此时王维已是声名卓著的诗人。由于孟浩然生活年代居先,至少曾有一位批评家想寻找孟浩然对王维作品的影响,然而如果两人之间有不少交流,那么影响恐怕应该来自另一方。王维是社会上层人物,且名气更大;孟浩然写诗赠王维时,采取了最明显的尊敬姿态:

他以王维的特有风格作诗,而不用自己的风格。[1]

即使难于编年,两部集子中的其他线索也倾向于肯定王维的诗作居先;例如,在八世纪二十年代初的济州之行中,王维写道(05846):

> 他乡绝俦侣,孤客亲僮仆。

此时王维几乎不可能已经熟悉孟浩然的诗。孟浩然的一首诗无法系年,但可能作于后期,诗中写道(07795):

> 渐与骨肉远,转于僮仆亲。

两句诗中显然有一句是借用,我们有理由肯定是孟浩然沿袭王维。在王维早年的同时代者中,孟浩然是最杰出的一位,但比起孟浩然,王维作品的范围较广,他的风格较具个性特征,他的思想关注较严肃认真,他的作品特性也较一致。

盛唐作家判断当代诗歌,通常根据诗句,而不是整首诗。王维是一位对句大师。他的对句的艺术特色为人们所模仿:形式上的几何平衡,以朴素语言描绘壮丽景象,及无与伦比的清晰和严谨。甚至当他以同时代次要诗人的一般风格写对句时,他也是出色的巧匠。杜甫在评价王维的艺术时,强调的是他的对句(11577):

> 最传秀句寰区满。

---

[1] 铃木修次,《唐代诗人论》(东京,1973),第1册,页110—125。

第四章 王维：简朴的技巧

王维对句体的特色是他对唐诗的重要贡献之一：他以一种极具魅力的单纯简朴风格，取代了初唐诗的稠密精巧对句。他洗净了被他称为"眼界"（06035）的视觉复杂性，只留下一个充满意义联系的简单形式和要素的世界。但是，王维风格的单纯和简朴，并不是其他诗人所追求的直率的"自然语言"：虽然它反对修饰的诗歌技巧，它本身也是同一技巧的高度精致的表现。它是王维诗中处处可见的自相矛盾的标志：试图战胜技巧的技巧，简朴的技巧。后代批评家只看到简朴，只看到自然的、隐逸的诗人；而在王维自己的时代里，用他的一位朋友的话来说，他是"当代诗匠"（06199）。

第五章　第一代：开元时期的京城诗人

王维从初唐诗法较拘束方面的解放，并不是孤立的现象：他只是在八世纪二十年代至三十年代初期间进士登第的整整一代新诗人之一。他们中间有许多人成为亲密的朋友，而他们广泛的诗歌交流，标志着诗歌传播已成为朝廷士大夫和长安贵族社交活动的日常部分。"诗人"一词在这里是一个不太确切的方便术语：诗歌是京城名流广泛实践和欣赏的一种活动，我们称之为"京城诗人"的，仅是其中最著名、最引人注目、最有诗歌才能者。在京城社会的大范围里，这些诗人由于诗歌活动的联系，形成了一个较为密切的群体。此外，由于诗歌还被认为是外来者在京城获得赏知的工具，故这一群体自然地包括了一些地方诗人，他们与京城的趣味一致，所以被接受为诗歌同伴。

这些诗人的主要联结纽带是社交。[1]虽然他们具有某些共同的诗歌趣味和美学标准，他们并没有共同推尊某一位大师或某一

---

[1] 许多现代选诗家和文学史家（如许文雨，《唐诗集解》[台北，1954]，第2册，页1）谈及一个"王维诗派"，涉及那些与王维同时代而有着"精神联系"的诗人，这些诗人都对隐逸主题和风景描写感兴趣。我们此处所说的京城诗人群是一个较大的、较松散的统一体，试图以之较准确地反映文学史的实际情况。

种诗歌理论,远不是真正意义上的"文学流派",这种文学流派要到九世纪才开始出现。他们的诗法中的共同成分,从属于他们的友谊和在京城社会的地位。其中有几位出自京城大族,而所有人都与这些家族有关系。许多人与张九龄的执政相关,并在737年张九龄失势后,被迫离开京城。几乎没有人达到高官,只有晚年的王维是突出的例外。

这些诗人所偏爱的主题是寂静和隐逸,所偏爱的诗体是五言律诗。可以料到,应景诗运用得最为普遍。他们喜欢相对地不讲修饰的风格,但与王维那些最简朴的诗相比,却还要华美些。他们还与王维一样,对陶潜的直率真诚感兴趣。不过,这些特征远非一致,京城诗人中也有七言歌行和绝句的著名能手,如崔颢、李颀及王昌龄。

京城诗人作为一个群体的松散一致性,是在对照中形成的:与那些相对独立地形成诗歌风格的同时代诗人的对照。那些外来者缺少京城诗人的共同联结——他们的文学修养及为适应京城名流的需求而经常进行的艺术实践。正因为如此,外地诗人往往形成鲜明的个性风格。例如,东南诗人崔国辅长期居住京城,却几乎不和京城诗人来往。这种社交隔离反映在他的诗歌特性上,其中大多体现了东南诗人的自觉姿态。高适和李白是最著名的真正外来者:他们在开元时期与京城诗人实际上没有接触,从而形成了完全独立的诗歌风格。

在京城诗人和真正的外地诗人之间,有一些诗人与京城群体有轻微的联系。孟浩然是其中最著名的一位。他很早就成为较偏僻的家乡襄阳的一位诗人,并从未长时期居住京城。但是,他的诗歌兴趣与京城诗人是一致的,他经常与他们联系,并得到他们的支持和鼓励。常建代表了处于京城群体边缘的另一类诗人。与孟浩然不同，常建可能曾与长安的青年士人一道学诗：他在727年通过进士考试，而此时新的开元风格正在形成。但常建此后一直任地方官，基本上终止了与同时代人的诗歌交往。所以，我们从他的作品中，可以看到京城惯例的根基，而从这一根基上却发展出高度个性化的风格。

京城诗人在开元时期（713—741）形成社交联结和共同的诗歌趣味，但他们的作品一直持续到天宝时期（742—755），有许多还更迟。事实上不少人是在天宝中达到自己的诗歌高峰。然而，在天宝初期，对于新诗歌的兴趣开始出现于某些京城圈子中；特别是李白那高度夸张想像的风格，迷住了众多读者和年轻诗人。京城诗人则普遍忽视李白及其他外来者，坚守着他们赖以获得声誉的高雅平衡风格。

代的更替发生了：从735年至740年代初之间，极少有年轻诗人加入京城诗人的圈子。八世纪四十年代初的新诗人面对着整整一群成就卓著的大师，包括京城诗人和外来诗人。他们对这些天才前辈的各种反应，形成了盛唐第二代诗人的分界线。

第一代京城诗人的核心人物是王维、王昌龄、储光羲、卢象及崔颢。王维和王昌龄是具有独立诗歌特性的重要人物，故分别进行处理。其他次要诗人中，储光羲最具有独立性；虽然他的许多作品是守旧的，但他在一种诗歌中形成了独立的诗风：沿袭陶潜传统的田园诗。其他京城诗人最引人注目之处并不在于鲜明的诗歌特性，而在于对某些主题和题材的专注和擅长。他们讲的是群体和时代的共同声音，诗体和题材的特色要远比个体诗人的特色鲜明。崔颢所作送别诗的风格，与他自己的七言歌行相去甚远,却与卢象的送别诗极为相似。

开元时期的读者和批评家既赞赏天才们的独创性,也赞赏他们的惯例表演。但后代的读者只赞赏独创性,只赞赏从诗人作品中感觉到的一致的诗歌特性。结果无论诗人们的当代声名如何,具有个性声音的诗人一般要比共同风格的大师更能流传后世。在开元中,卢象和储光羲可能享有同样的声誉;但由于储光羲较有个性,存留了较大的诗集;而卢象却仅有二十八首诗存世,其中还有几首在归属上有疑问。

卢象可以用来作为众多开元京城诗人的代表:他在自己的时代里备受称赞,影响甚大,在今天却实际上被遗忘了。卢象早在719或720年即与王维结识,两人曾一起在张九龄掌权时任职。卢象还是最早赏识和支持孟浩然的人之一。

在《河岳英灵集》中,殷璠高度评价了卢象的诗(虽然未达到给予其他一些诗人的最高评价):他的作品"雅而不素,有大体,得国士之风"。[1] 殷璠的风格类型范畴难于明确解释,但他对卢象风格的描述却指明了京城诗法的一个共同方面:"雅"与"俗"相对,表示情感的节制,措词的雅致,以及避免某些"俗"的题材和语词。卢象所避开的"素",则有导致过度典雅风格的危险。[2] 这种激情和节制的平衡,反映了盛唐人对于《国风》的认识:既朴素又典雅。

中唐大作家刘禹锡为卢象的作品写了一篇序文,这说明他在

---

[1] 这一引文根据《唐诗纪事》(《四部丛刊》),卷26页2a。现行的《河岳英灵集》作"象雅而平,素有大体"。但甲而不乙是常用的描绘模式,且"素体"是公认的体式,虽然通常用于肯定。

[2] 见《文赋》,卷11页91—93。

九世纪初仍然受到赞赏。[1]但是在九世纪的历程中,他的诗被遗忘了。与其他许多开元诗人一样,他在宋初的大总集中很不显眼。卢象流存下来的少数诗篇,不仅显示了其所熟练掌握的、为人所赞赏的风格,还显示了导致其作品为人所遗忘的缺乏鲜明诗歌个性的缺陷。

同王维过崔处士林亭
映竹时闻转辘轳,当窗只见网蜘蛛。
主人非病常高卧,环堵蒙笼一老儒。(05732)

开元京城诗人的应景作品深深植根于宫廷诗和初唐应景诗。这首诗的前两句,以在与不在的迹象巧妙对比,这是从宫廷诗传入盛唐访问隐士诗的惯例。曾经当过右拾遗并擅长于优雅的宫廷诗(例如,06195)的崔兴宗,在卢象作此诗时,已经隐退十年。此诗是与王维、王缙、裴迪及崔兴宗本人同作的一组绝句中的一首,整组诗描述隐居的各个方面。崔兴宗的社会地位不清楚;他可能是京城崔姓大族的成员之一,在其"朴素"的别墅里过着闲适的生活。无论崔兴宗的地位如何,这是一首社交诗,具有宫廷诗或中宗朝正规应景诗的所有优雅风度。诗中发生变化的是价值观,它们确乎被戏剧性地颠倒过来。这里的主人不再被赞美为居住于星宿间的仙人,而是淡泊和彻底的隐士(崔兴宗甚至不愿屈从礼节性的推诿,不愿像惯常那样以衰病作为拒绝仕宦的理由)。

祖咏是京城群体中的另一位较早成员,他与王维友情密切,

---

[1]《刘梦得文集》(《四部丛刊》),卷23页10b—11b。

并是张说的门生。祖咏在724或725年登进士第，其后任过几个小官，后来隐退。他现存的集子由四十六首诗组成，大多为五律应景诗。与卢象一样，祖咏缺乏鲜明的诗歌个性；但是在祖咏这里，殷璠注意到了这一不足，指出他缺少"气"，却以出色的"调"做了补偿。这一评语实际上意味着缺乏特性的雅致和技能："气"紧密地与诗中个性表现的力量联系在一起。

价值观的各种变化，各种新的诗歌手法，及新的审美感觉，这些标志着京城诗人与初唐诗法的分道扬镳；但延续性仍然明显存在，特别是在诗歌观念上最为突出。与宫廷诗一样，京城诗是一种社交现象，通过实践和诗歌交换而掌握。后代的诗人们虽然也随顺当代的诗歌潮流，但他们还将自己的作品置于整个诗歌传统的背景之下。诗歌传统限定了他们所用的材料，那是一张各种情调、风格、主题的巨大词汇表，每一种都有其密切的文学史联系。一种意象能够引出杜甫；另一种措词特色能够使人想到白居易。

对于开元京城诗人来说，朋友们的作品比文学史上的任何个人体验更为充分地限定了诗歌；讲述共同诗歌语言的需要，远远超过了任何个人创新或"复古"的愿望。陶潜虽然得到了高度的赞美，但他并未像杜甫对于后代诗人那样，成为绝顶的天才人物。就像在宫廷诗中，这里存在着一组主题、对偶、文体手法及结构模式，能够帮助有能力的实践者写出流利动人的诗篇。我们发现这种陈熟的流利贯穿于有唐一代，但从八世纪后期开始，陈旧风格的各种成分被划分为文学史的各类"陈套"，每一类都与特定时期或特定诗人密切联系。通过这种方式，传统诗歌的成语无可避免地逐渐渗透于诗歌语言的各个方面。虽然开元时期已拥有范围宽广的题材"陈套",但其中只有两种重要的时代陈套——"古风"和宫廷诗的陈套——及一种和特定诗人陶潜相关的陈套。较次要京城诗人的共同风格,表明他们在缺乏个性的同时,也缺乏文学史的感觉。前引卢象的诗,是绝句方面的例证,下面这首祖咏的诗则显示了对于五言律诗的成功处理。这首诗突出地与王维的诗相似,但这是一种缺乏王维才赋的王维。

苏氏别业

别业居幽处,到来生隐心。
南山当户牖,沣水映园林。
屋覆经冬雪,庭昏未夕阴。
寥寥人境外,闲坐听春禽。(06270)

如果说京城诗人关于诗歌性质的观念保留了与初唐的相近,那么他们的审美标准则与其价值观念一样发生了迅速的变化。祖咏最著名的诗是《望终南余雪》。这首诗的写作背景保留在一则轶事中,使人们得以生动地窥见盛唐审美标准与出自初唐的正规诗标准的冲突:

有司试《终南山望余雪》诗,咏赋云:"终南阴岭秀,积雪浮云端。林表明霁色,城中增暮寒。"(06291)四句即纳于有司。或诘之,咏曰:"意尽。"[1]

---

[1]《唐诗纪事》,页284。

"诘"者可能是由于命题要求八句,或许由于祖咏以对偶结束绝句。祖咏的回答"意尽"可以从两个不同的方面理解:诗人的灵感在作诗中途已消退,或他已经表达了诗意。来自有司(可能是试官)的命题,要求采用宫廷诗的严谨形式,而根据那些修辞法则,祖咏的绝句是一首出格的畸形作品。他以直率的对偶句作为结尾,给人以突出的未完成感,仿佛讲了半句话就打住了。惟一可能的解释是诗人无法写下去了——"我只能说这些。"另一方面,在京城诗人新美学的背景下,诗意已经表达了出来——"我要说的就是这些。"同样的未完成感使得结尾富于暗示意味,城中增加的寒意显示出一种神秘的意义。〔1〕

祖咏的含混回答,承认了对于命题写作的正规要求的失败,但同时也嘲笑了指责他的人不能欣赏这首绝句的美。盛唐的审美感觉在后代被证明是正确的,使得祖咏受责的这一变形片断,后来成了次要的名作。

虽然綦毋潜的个性并不强于卢象或祖咏,但他可能是次要人物中最出色的文体家。他的诗篇现存二十六首,其中包括一些有疑问的归属。敏于辨识秀句和风格细别的殷璠,称赞綦毋潜是长江中游地区数百年来最杰出的诗人。殷璠这种按照地域分野来称赞的方式,可能是为了使对綦毋潜的最高评价与其他众多最杰出诗人相谐。的确,綦毋潜最好的诗,显示了京城诗人那共同的、实际上无区别的风格所能达到的高度。

---

〔1〕 后代读者如何理解此类绝句结构的例子,见周弼在《三体诗》中关于"后对"的论述;参村上哲见,《三体诗》(东京,1966),页204。

春泛若耶溪

幽意无断绝，此去随所偶。
晚风吹行舟，花路入溪口。
际夜转西壑，隔山望南斗。
潭烟飞溶溶，林月低向后。
生事且弥漫，愿为持竿叟。(06417)

这是中国山水诗最古老的主题模式：诗人穿过风景，获得启发或领悟到仕宦生涯的徒劳无益。此处綦毋潜毫无偏差地处理了这一传统程式，以完美的三部式将其描述出来。然而，这首诗无疑地又是开元京城诗人的创造。綦毋潜从王维的《桃源行》(05880) 借来了非人称的叙述方式，以强调随意性，而第四句所隐含的桃源主题是显而易见的。不过，綦毋潜以继续沿溪而行，取代了虚幻的乌托邦社会。他经过边际进入夜晚，看到了溶溶的烟雾，这是世界变动的象征，所谓"弥漫"。渔夫的形象表明了决心，就像楚辞中的"渔翁"，随着变化过程而行动，不追求虚幻的稳定。

将这首诗与张九龄大致同时的《秋晚登楼》相对照，可以看出京城诗人风格的复杂化。虽然张九龄的视觉巡游在綦毋潜的诗中成为实际旅行，两首诗的主题却突出地相似。但是与綦毋潜的诗相比，张九龄的诗显得拙重、零散及陈旧。张九龄的风格能够触发一种严肃感，对于唐代读者具有特殊的吸引力；但綦毋潜诗中流动的一致性，却代表了一种虽然较缺乏个性、却较为精致的艺术。

卢象、祖咏及綦毋潜仅是众多共同风格的诗人中的三位,这些诗人只有少量作品传世。这些诗人中包括了不少王、崔、韦、裴家族的成员。其中裴迪值得简要提及。裴迪是王维最亲密的朋友和合作者。除了《辋川集》中所收裴迪的二十首绝句外,他存留的诗还不到十首。其中有三首趣味盎然的访寺诗(06164、06166、06167),但没有一首诗达到《辋川集》诗篇的质量。在《辋川集》中,裴迪几乎无法与王维区别,甚至连谜一般的、含蓄陈述的结尾技巧也可乱真。

文杏馆

迢迢文杏馆,跻攀日已屡。

南岭与北湖,前看复回顾。(06171)

王维的个性声音产生自京城诗的共同风格,他的作品的吸引力极大,使得其他诗人很容易落入其个人风格的变奏,特别是同他一起作诗时。这是小诗人与大诗人共同写作时的自然现象,但《辋川集》中裴迪的那一半的引人注目之处在于,他下意识地、完美地仿效了王维的风格。一些批评者认为裴迪的绝句拙劣,但这可能不过是出于对王维的天才和裴迪的平庸的推论。事实上,那些绝句十分完美地相配,整部集子进展极为顺当,没有丝毫的不和谐音调。

上引应景诗和隐士诗代表了京城诗的标准。只有王维从这一模式中获得巨大成就;在他的诗中,平淡流利的共同风格成为理性情感的谨严面纱。不过,这一标准的变体往往能产生出较有趣的诗。一方面,外地诗人诸如孟浩然和常建,写出了比京城诗人更为活泼动人的山水诗。另一方面,王昌龄和李颀一类诗人虽然保留于京城诗的社交范围,却尝试了新的题材和模式。崔颢,这一群体的最早成员之一,将初唐的七言歌行改造得适合新的盛唐美感。而储光羲,这一群体中除了王维和王昌龄外最具个性的诗人,在陶潜模式的基础上创造出了自己的质朴田园诗。

崔 颢

崔颢的诗歌生涯始于宫廷诗人。他于八世纪十年代末或二十年代初与王维一起在李范的王府中为客。这两位诗人被并称为八世纪二十年代上升的诗歌新星。崔颢与京城崔姓大族是否有关系未清楚,但他在诗歌中和行为上(如果有关他的轶事可信)都扮演了放荡不羁的少年公子角色。他接连地结婚和遗弃了数个妻子,令八世纪的社会目瞪口呆。他还以曾经违忤李邕而著称。李邕是开元时著名的长辈名士,《文选》学者李善的儿子。诗人们经常以献诗作为介绍,而崔颢献给李邕的是一首以女子为主人公的诗。李邕十分厌恶,拒绝接见崔颢,云:"小儿无礼。"无论是否真实,这则轶事表明了唐代应景诗的基本礼节。崔颢的无礼并不在于写这样的诗,而是在于把它献给重要人物。此外,崔颢几乎不可能不知道这一礼节,因此这一事件与其说是不检点,不如说是恶作剧。无论他年轻时可能如何放荡,殷璠声称他后来的风格变得严肃凛重。崔颢卒于753年,在安禄山叛乱之前。

崔颢与京城群体中的许多诗人结交,但他对于雅致的五言隐逸诗几乎全无兴致。与他作为浪子的典型角色相一致,他偏爱的是乐府和七言歌行。他的多数作品基本上是守旧的,特别是那些用八世纪开头几十年的歌行体写的诗。其中有几首歌行描绘京城的繁盛,虽然缺乏独创性,却具有很高的质量(例如,06225)。崔颢还作有几首较短的歌行,在这些作品中,他省略了这一形式反复抒情的倾向。这些短歌将八世纪初的歌行与较放任不羁、较富戏剧性和想像性的天宝歌行连接起来。李白就特别为崔颢的作品所吸引。

这些短歌经常集中描绘一个单独的场景或叙述片断,这一点恰与其他京城诗人在绝句的简洁描述方面的发展相呼应。

川上女

川上女,晚妆鲜,
日落青渚试轻楫,汀长花满正回船。
暮来浪起风转紧,自言此去横塘近。
绿江无伴夜独行,独行心绪愁无尽。(06229)

从王维的谜一般结尾,到这位女子未说出的忧愁,新开元诗人探索了隐藏的诗歌魅力。《川上女》直接沿袭了刘希夷《白头吟》的传统,将两者进行比较,可以看出诗人们在过渡的几十年中所学到的东西。与刘希夷稍早的诗相比,崔颢的诗显得精致、简洁而富于戏剧性。刘希夷在读者耐心的限度内,尽可能多地沿用惯例，尽可能详细地描述落花和正在消逝的美。况且，所有读者都清楚《白头吟》的题中应有之义，刘希夷的歌行充分满足了他们的期待。崔颢的短歌较为模糊不定：诗篇始于靡丽的南方划船场景，但很快就转为意外而不安的形象：荒野恶劣环境中一位孤独无依的女子。

崔颢那些较长的歌行中，主题产生自初唐模式，但结构技巧已有所创新。例如，关于朝代的沉浮，命运的力量，及少年与老年的相对，这些极其动人而又古老的感怀由于高度独创的结构而获得了新的活力：一位少年遇见一位老人，老人自述出身于南朝世族，生长于豪华环境，经历了南朝的覆灭，逃脱后生活于贫贱之中（06227）。老人自称已一百零五岁，但即使按此推算，时间也不对，故这一情节显然是虚构的。在诗歌传统中，王朝循环的主题要求对称的、近于抽象的处理，但崔颢的结构却体现出相反的叙述冲动。此外，这首诗的感伤语调，是产生于八世纪的怀恋南朝幻象的较早范例。

在八世纪前半叶，与主题、诗体及题材相联系的严格规范放松了，一些新诗体的范围，如七言律诗，迅速发展起来。崔颢带着对不规则（或松散规则）的七言歌行的眷恋，转向了七言律诗，写下了《黄鹤楼》，这是那一时代最著名的诗篇之一。《黄鹤楼》始于不规则的七言歌行，然后在第三联转入严谨的格律。但即使是遵循格律，其主要灵感仍然来自歌行体。这首诗使人联想到的是王勃的《滕王阁》（03444），而不是早期的七律。

这首诗基于一个酒店主人的传说：一位老人经常光顾酒店，却从不付账，主人也从未向他索债。半年后，老人用橙皮在墙上画了一只鹤。只要酒店的客人一唱歌，鹤就会起舞，店主从好奇的顾客那里获得了许多钱财。十年后老人回来,从墙上召下鹤,骑着飞上天。店主为纪念此事,建了黄鹤楼。

> 昔人已乘黄鹤去,此地空余黄鹤楼。
> 黄鹤一去不复返,白云千载空悠悠。
> 晴川历历汉阳树,芳草萋萋鹦鹉洲。
> 日暮乡关何处是,烟波江上使人愁。(06244)

李白在著名的《登金陵凤凰台》(08569)中模仿了《黄鹤楼》。根据传闻,甚至连极端自负的李白也感叹无法与崔颢的诗相敌。[1]不仅是在崔颢自己的时代里,就是在后代,这首诗一直对中国读者有着巨大的吸引力。这种吸引力的最有力解释是中国审美观念的某些方面,即对于诗歌的"气"和情调的兴趣。短暂无常本身就是动人的主题,各种现成要素可以在此找到:昔日的魔术和神异无可挽回地逝去,大自然无情地繁盛如故,而个体却孤独无依。但此诗中的"气"至少有一部分来自诗体的特征。与王维对楚辞体的类型联系的应用十分相似,崔颢这里所采用的七言歌行体也与情感的真诚激烈密切相关。不过,这首诗还抑制了情感的直接表现,直到末句才出色地含蓄抒写。连李白都无法抵抗这一结尾的魅力,逐字沿袭了后半句。通过诗体,还有主题和语言,盛唐诗人学会了隐藏,学会了透过字面蕴含某种更深刻复杂并经常与表面文字相反的气势。

---

[1]《唐诗纪事》,页311。

储光羲

> 其诗源出陶潜,质朴之中有古雅之味,位置于王维、孟浩然间,殆无愧色。
>
> 《四库全书总目》

王维可能是复兴陶潜的最早人物,他对陶诗的重新阐释可能影响最为深远,但是在盛唐诗人中,储光羲与陶潜模式的联系最为紧密。与初唐诗人王绩不同,储光羲并未试图使陶潜在自己的生活和全部作品中复活。他的声誉主要靠的是一小组沿袭陶潜传统的优秀田园诗。在京城诗中,储光羲是一位重要的社交人物,与大多数第一代诗人熟识过往,但是在京城诗的正规应景模式方面,他至多只能算是中等,甚至可以说是笨拙。说他的作品"位置"于王、孟之间,恐怕过于夸张,但是在沿袭陶潜传统的田园诗方面,他确实可以跃居优秀诗人之位。

尽管储光羲地位重要,并有二百二十余首诗的较大集子存世,但他的生平却几乎全然不明。他的作品原有七十卷之多,大多数已散佚。没有有关的详细传记,顾况为他的集子写了序文,但几乎毫无用处。根据他的自述(06472)和《新唐书·艺文志》的记载(在包融名下),他是江苏人。[1]他于726年登进士第,与崔国辅和綦毋潜同年。虽然缺乏有力的传记记载,但从他在张

---

[1] 关于储光羲为山东人的记载显然是错误的,或最多只说明其族望。

九龄去位的737年返乡看,他可能与张的掌权有关。[1]其后在天宝中,储光羲在御史台任小官。安史之乱中,他为叛军所俘,并被迫受官职。京城收复后,他被囚禁,后获赦。但由于他缺乏王维的重要家庭关系,未能完全免罪,被贬谪广东,并卒于那里。

储光羲在京城诗人中占据了一个特殊的位置。一方面,殷璠在《丹阳集》中将他作为东南诗歌的代表;但在另一方面,他是在开元中任职朝廷的许多东南文士之一,是一个较小的诗人群中的一位,这个诗人群是围绕王维的社交群体的一部分。储光羲显然被这一群体接受和赏识,但他的作品缺乏生长于京城社会的诗人的精致圆美。社交场合要求他写出一种他无能为力的诗,如果由此产生的应景诗平淡乏味,他是不应该受到苛责的。他的集子包含了许多冗长的正规作品,大多作于八世纪五十年代初。在这些作品中,他是一位平庸的实践者,拙劣地写着已经过时的风格。与杜甫、岑参的同题诗相比,储光羲的《同诸公登慈恩寺塔》(06560)显得刻板、陈旧,而两位较年轻诗人的天宝风格充满了想像的活力。除了几篇佳作外,储光羲的律诗也没有多大成功。

在八世纪,东南本地诗人往往更有能力写"古体"诗,而储光羲正是从这里找到了适宜的风格。[2]在八世纪后期,东南诗人孟郊写出了沿袭复古观念的"古体"诗,并找到愿意接纳此类诗

---

[1] 见06471—75。这些诗流露了政治抱负失意的情调。
[2] 这一偏爱可能出于几个因素:地方诗人不能自如地运用律诗,因为这一诗体主要是一种京城上流的现象(可能与较难学会辨别京城方言的声调和谐相关。在京城的制作场合里,普遍要求严格遵循声调格律,而生长于东南地区的诗人练习格律体并被评判的机会较少);或者是由于东南主题及整个东南模式与非格律形式的联系。

的读者；与之相同，储光羲写出陶潜复兴的早期作品，并在京城找到了读者。《河岳英灵集》中所选储光羲的作品，大多为随意的，并经常是散漫的"古体"诗。有意味的是，明显偏爱格律体的《国秀集》完全没选他的诗。他的古体诗的写作日期大多数无法确定，有几首写于八世纪二十年代中期，但他可能一生中都在写此类诗。

储光羲最出色的作品，大多公开以陶潜的"古体"诗作为模式。[1]他的农耕诗最接近陶潜，代表作包括《田家即事》（06503），《同王十三维偶然作十首》之一、之三（06504，06506），《田家即事答崔二东皋作四首》（06552—55），及《田家杂兴八首》（06515—22）。最后一组诗的第八首特别近似陶潜，但结尾的应景邀请却是唐代特有的。

> 种桑百余树，种黍三十亩。
> 衣食既有余，时时会亲友。
> 夏来菰米饭，秋至菊花酒。
> 孺人喜逢迎，稚子解趋走。
> 日暮闲园里，团团荫榆柳。
> 酣酲乘夜归，凉风吹户牖。
> 清浅望河汉，低昂看北斗。
> 数瓮犹未开，明朝能饮否。（06522）

---

[1] 当然，称陶潜诗为"古体"诗是时代错误，不过唐代读者可能正是如此理解陶诗的。

此处完全缺乏王维对技巧的强烈感觉。王维常以描绘宁静景象的对句打破平易的叙述之流,储光羲却全然未注意到此种技巧。相反地,叙述冲动占了主要地位,采取的是简洁描述的方式。在许多京城诗人的作品中,特别是在王昌龄、崔颢及李颀的诗中,概述重要生活情境的简洁描述艺术扮演了重要的角色。但简洁的能力可能是储光羲的天赋的特定要素,它被应用于各种形式,从受陶潜启发的第一人称的快乐简述,到乡村人物的散漫简述,再到绝句的简洁艺术。

与前此的陶潜诗一样,储光羲的诗有着明显的伦理语调,这是道家农耕哲学在诗中的自然组成。前引诗的颂美随处可见,而更经常的是明确包含道德或哲理信息。下引诗中,在孟子"恻隐之心"的儒家外貌下,隐含着佛教悲悯众生的观念。

田家即事

蒲叶日已长,杏花日已滋。
老农要看此,贵不违天时。
迎晨起饭牛,双驾耕东菑。
蚯蚓土中出,田乌随我飞。
群合乱啄噪,嗷嗷如道饥。
我心多恻隐,顾此两伤悲。
拨食与田乌,日暮空筐归。
亲戚更相诮,我心终不移。(06503)

此处简洁地描述了一个诗的寓言。虽然这一主题可能与陶潜诗相异,但其中的质朴人物、风格及众多词语都源于陶潜。陶潜自己的风格与高度修饰的晋诗相对抗的程度,尚难于说明,但储光羲此类诗中有意识的朴素无华,却超越了京城隐逸诗那种雅致的朴素。

储光羲在简洁艺术方面的兴致,甚至更明显地体现在一组特定乡村题材的诗中:《樵父词》(06445),《牧童词》(06447),《采莲词》(06448),《采菱词》(06449),《射雉词》(06450)及《猛虎词》(06451)。储光羲的兴趣并不在这些乡村场景本身,而是在其中所包含的哲学和道德观念。[1]

渔父词

泽鱼好鸣水,溪鱼好上流。
渔梁不得意,下渚潜垂钩。
乱荇时碍楫,新芦复隐舟。
静言念终始,安坐看沉浮。
素发随风扬,远心与云游。
逆浪还极浦,信潮下沧洲。
非为徇形役,所乐在行休。(06446)

诗中充满了双关语,既指实际景象,也指抽象观念。"沉浮"、"行休"是对偶语,指动与静,仕与隐,但它们还是垂钓景象的一部分。自然法则的抽象模式显现于朴素的场景中。甚至连鱼也被哲理化,不肯遵循喜爱"深潭"的诗歌惯例,而是向往"源头",从停滞的沼泽返回流水,再从流水回到上流。

---

[1] 宋代诗人范成大的田园小诗可以作为鲜明的对照,在范诗中,乡村生活的自然细节本身受到了赞美。

下引诗出自与储光羲同时的高适之手,与这首同主题诗的处理相比,储诗的哲理性处理显得十分滞重。如果说储诗代表了对原始真理和朴质真实的追求,高诗则代表了盛唐简洁艺术的精致化和戏剧性隐藏。

渔父歌

曲岸深潭一山叟,驻眼看钩不移手。
世人欲得知姓名,良久问他不开口。
筍皮笠子荷叶衣,心无所营守钓矶。
料得孤舟无定止,日暮持竿何处归。(10384)

此处渔父的彻底自由不是体现在诗中所观察的实际景象,而是包含于诗篇本身。渔父的沉默是将其本性与普通人彻底隔离的障碍:"世人"和同样世俗的读者只能从外部观察他。诗中没有交流,没有尝试流露思想状况,因为受限制的世俗语言无法表达这种状况。不过,这种状况虽然无法表达,却至少可以暗示——通过沉默和似乎隐藏了真理的莫测高深行为的面罩来暗示。高诗和储诗都结束于渔父的离去并进入无休止的行动,这一行动象征随着变化任意漂泊,源于楚辞中的原始"渔翁"。储光羲明确地表述了这一原则,高适则缺少储诗这种愉快的无所不知,以询问作为结尾。读者可以猜测渔父的本性,但它最终还是不可知晓的。

储光羲作有游仙诗和贤人失志诗,这些真正的古风与其田园诗有着密切联系。其中有传统的古风题目,如《效古》(06483—84)和《杂诗》(06485—86);也有应景古风,如《游茅山五首》

（06471—75）及《同王十三维偶然作十首》中的大多数篇章（06504—13）。

储光羲的古风比其田园诗较缺乏特色，而在他的大部分应景诗中，其个性完全消失于京城诗人的集体风格之中。他那简洁优美、驾驭自如的叙述统一体，在对各种声音的学语中丧失了。

泛茅山东溪

清晨登仙峰，峰远行未极。
江海霁初景，草木含新色。
而我任天和，此时聊动息。
望乡白云里，发棹清溪侧。
松柏生深山，无心自贞直。（06469）

这首诗写得并不差，但它只是各种风格的凑合，缺乏有控制的诗歌特性。从中文的角度看，第一联具有动人的气势，但它可能派生自孟浩然一个更好的开端（06469）：

朝游访名山，山远在空翠。

而这两联诗都源自谢灵运的诗句（《文选》，卷25页35a）：

杪秋寻远山，山远行不近。

第三联模仿了王维的诗句（05862）：

第五章　第一代：开元时期的京城诗人

陶潜任天真。

结尾则仿效了宋之问的一首咏松诗（03189）：

一生自孤直。

孟浩然和王维的相应诗句是否在前尚难确定，不过即使是储光羲袭用了它们，也不会贬损其诗，因为这是唐诗写作技巧的一个自然部分。然而，这些诗句确实体现了各种风格的杂凑，虽然成功地结合成篇，却未能统一于独立的声音。储光羲出色地以孟浩然的活泼随意开头，接下来却是刻板乏味的描写诗句，其后沿袭了与陶潜相关的"真率"风格，最后以古风的格调结尾。尽管有时如同此处，储光羲能够成功地应用各种别人的风格（参06632），但除了田园诗外，他都无法保持完整的独立诗歌声音。

储光羲在京城诗人共同风格方面的最大成功是绝句。在这里他能够运用自己的简洁才赋，获得与松散的田园短诗不同的效果。他从京城和东南地区的生活中抽取场景，虽然写的是共同风格，却是同类诗中的佼佼者。

长安道

鸣鞭过酒家，袨服游倡门。

百万一时尽，含情无片言。（06648）

西行一千里，暝色生寒树。

暗闻歌吹声，知是长安路。（06649）

在储光羲的简洁绝句中，有四首咏王昭君的诗。王昭君的传说在盛唐诗人中十分流行：她入宫后，未能贿赂宫廷画师毛延寿，遭到报复，被画得很丑。但后来这一错讹被发现了，她成为皇帝的宠妃。毛延寿因罪贬逐中亚，挑动单于为获得王昭君而与汉朝和婚。汉帝迫于国家局势不得不与她分离。这里有两种相反的传说：一种是她在胡汉交界的河中自溺而死，另一种是她在单于府中过着豪华而痛苦的生活，直至年老。储光羲采用了第二种传说。

明妃曲四首之三

日暮惊沙乱雪飞，旁人相劝易罗衣。
强来前殿看歌舞，共待单于夜猎归。（06660）

诗中以迅速变化的笔触描绘出戏剧性的直观场景，在同时代诗人中，只有王昌龄能够超过储光羲的这一才能。我们看见那位孤独无助的妃子，被换上轻薄的罗衣，在风雪中颤抖着观看胡舞，等待单于被手执火把的骑士簇拥着归来。

简洁优美的绝句是"宫体诗"的遗产，但开元诗人完善了这一形式，增加了戏剧性活力和鲜明的对照。这一形式在八世纪末和九世纪极为流行，但是简洁优美的优秀盛唐绝句保持着对其他诗人的规范作用。诗人们在绝句简洁风格方面的成功，可能影响了短篇歌行的发展，如崔颢的《川上女》，就用了绝句的手法——迅速的转换和意外的并置，以引发对处于荒野恶劣环境中的柔弱美女的怜悯之情，这一人物与储光羲上述绝句中的王昭君何其相似。

第六章　孟浩然：超越典雅的自由

吾爱孟夫子，风流天下闻。
红颜弃轩冕，白首卧松云。
醉月频中圣，迷花不事君。
高山安可仰，徒此揖清芬。

李白《赠孟浩然》(08153)

每一时代的诗人和读者为了从人类生活中寻找自己的价值观念，创造了各种英雄；而那些复杂而矛盾的凡人被迫成为英雄角色时，不可避免地在其最大的赞美者手中被曲解和简单化。孟浩然诗中所呈现的自我形象是复杂多样的：他是一位失败的求仕者，一位热情的旅行家，一位喜欢饮宴的朋友，及一位闲适的乡村绅士。他欣赏京城的文士圈子，喜好优美的东南风光；而他最热爱的，是在邻近襄阳的家园中的僻静生活，他在此接待了许多朋友，并游览了本地的风景点和历史遗迹。然而，李白及其他人需要一位傲岸的隐士，一种蔑视仕宦"轩冕"的"自由精神"，及一位将时光付于中等酒的"中圣"的狂士。李白的赞美诗从头至尾模仿了孟浩然自己的诗，仿佛为了证明诗中的形象确是孟浩然。[1]李白的素描最多不过是集中了狂放隐士的基本特征的肖像；它是李白自己及其时代的价值观的具体化。不过，将孟浩然改造成高尚隐士是有根据的，这既是他的真实面目的一部分，也是他独创的诗歌特性。

关于孟浩然的生平，可确信的资料甚少。根据孟诗的线索，几位学者以少数可系年的事迹为主，勾画出了其大致的生平经历。[2]他们的工作扩充了贫乏的传记资料，但多数还是推测性的，未成定论。孟浩然生于689年前后，可能出身于襄州的一个地主家庭，他在襄阳东南郊的家园中度过了大半生涯。孟浩然深深热爱这一地区，而后代的诗人和批评家也总是将此地与孟浩然联系在一起。

孟浩然是盛唐重要诗人中最年长的一位，比王维和李白约大十岁。孟浩然的诗作中，有几首可考知作于八世纪的前二十年，他显然是在京城诗的发展主流之外，相对独立地形成了个人风格。

孟浩然本来可以在家乡襄阳安度闲适生活，但他却三次北行赴京，寻求扶持和官职。在718年，玄宗驻驾东京洛阳，孟浩然也来到此地。其后在723年和八世纪三十年代初，他两次赴长安，后一次参加了进士考试。寻求扶持的试图失败了，进士考试也未通过，但孟浩然在长安结识了当代的重要文学人物：王维，王昌龄及张九龄。紧接着第二次长安之旅，可能还在其他时间，孟浩

---

[1] 例如，第1句出07764，第4句出07767，第8句出07752。
[2] 关于孟浩然生平的主要轮廓，我根据的是白润德（Daniel Bryant）对孟浩然传记的重构，见其《盛唐诗人孟浩然：传记和版本史研究》（博士论文，不列颠哥伦比亚大学，1978）；并以陈贻焮的《孟浩然事迹考辨》（《文史》第4辑，1965年，页41—74）作为补充。然而，对于他们认为可以肯定的一些结论，我仍保留疑问。

然漫游了长江下游地区,在那里写出了一些最优秀的诗篇。

在737年,张九龄被谪为荆州长史,荆州正在襄阳之南,他邀请孟浩然入幕。曾经赴京求职的孟浩然,似乎对这位去职而衰病的旧相的幕府不太感兴趣。由于不惬意,他于738年春返回了襄阳。在740年,孟浩然病了较长时间,并在王昌龄来访后去世。从他的存诗看,他在一生中还有过其他漫游,但已经无法确定日期。

关于中国抒情诗性质的古典阐述是"诗言志"(《尚书》,《诗大序》);"志"集中于、产生于对外界特定事件或体验的内心反应。如果这一阐述是"诗歌表现自然法则"(西方关于诗歌与真理的关系的一种中译),人们将能看见个别诗人所采纳的哲学立场的某种连贯性。但是,"志"是由实际心理和特定的外界体验决定的,中国诗人作品中的各种复杂多样反应,都可归因于"志"的激发。

隐藏于隐士模式后面的孟浩然的诗歌个性,甚至比这一抒情准则具有更多样化的反应。在王维的多数作品中,否定冲动构成鲜明一致的诗歌个性;但这一冲动对孟浩然却没有多大吸引力,他的反应更多地依赖于情绪和场合。他是一位闲适自得的乡村绅士,虽然向往朝廷的官位,却并未强烈到为此而深感忧愁。他爱好寻访风景和隐士朋友,却并未迷恋到使自己成为真正的隐士。他热爱岘山脚下的家园,却并未执著到像陶潜那样,一心一意地居住于此。对于京城的朋友,他总是坚持诉说自己在文学修养和仕宦方面的努力(07608):

家世重儒风,……
昼夜常自强,词赋颇亦工。

> 三十既成立，嗟吁命不通。

另一方面，当访问僧人时，他又会总结说（07623）：

> 平生慕真隐，累日探灵异。
> 野老朝入田，山僧暮归寺。
> 松泉多清响，苔壁饶古意。
> 愿言投此山，身世两相弃。

病倒在洛阳时，他盼望返回家园，生活于乡村的极乐天地（07764）：

> 我爱陶家趣，林园无俗情。
> 春雷百卉坼，寒食四邻清。

这些不同的角色对孟浩然都是相宜的，比起单独扮演一种特定角色，他更喜欢此类设想的自我形象。这些设想的角色往往体现了真正的"志"，作为诗人不满现状而渴望在未来实现的对象；不过他有时也描写自己的洋洋自得，乐于扮演眼前的某一动人角色。他的诗歌特性并不体现于任何单一角色或统一兴趣，而是体现于多种角色的自由和转换的乐趣。

在别人赠送他的应景诗中，孟浩然经常以典范隐士的面目出现；但开元诗人总是无区别地用隐士角色作为恭维的形式。此外，当诗歌的接受者处于去官的境况（除了几个月外，孟浩然一生都是如此），颂扬隐逸美德是必要的。所以，在孟浩然落第后，王维赠诗告别，他对隐逸的鼓励显然是一种安慰的形式：

第六章 孟浩然：超越典雅的自由

> 杜门不欲出，久与世情疏。
> 以此为长策，劝君归旧庐。
> 醉歌田舍酒，笑读古人书。
> 好是一生事，无劳献《子虚》。(05951)

《子虚赋》是司马相如藉以在汉武帝宫廷赢得声誉的作品。王维此处显然是在这一题目上做文章，暗示仕途名利的虚幻。

上引王维诗是典型的盛唐应景诗，这类诗的价值观依社交情境而定。李白的《赠孟浩然》则有所不同，它不是社交礼节或安慰，而是对一种个性类型——完美隐士的热情赞美。同时代人最感兴趣的不是孟浩然的诗，而是他们所认为的孟浩然的个性，那些诗篇是接近这一个性的媒介。到了八世纪四十年代中叶王士源为孟浩然的集子作序时，李白关于孟浩然个性的描绘似乎已经被广泛接受。王士源甚至不提及孟浩然在张九龄幕府中的短暂供职，或他两次失败的求仕。王士源叙述了一件轶事，说明孟浩然在京城时，曾以一联诗博得王维和张九龄的赞赏，但他却不说明孟浩然当时为何会在那里。王士源需要一个典范的隐士，于是孟浩然被塑造得适合这一模式：

> 浩然文不为仕，伫兴而作，故或迟［在社交诗中，诗人的反应"迅如响"］；行不为饰，动以求真，故似诞；游不为利，期以放性，故常贫。

这一形象为殷璠所仿效，并在此后延续不变。

孟浩然的同时代人明确地称赞他的诗，但根据那些零散的评语,以及总集中选入其诗的分量,他的地位并未高于十余位同时代诗人。正如同陶潜在其自己的时代,孟浩然是一位会作诗的隐士,而不是诗歌艺术的天才;他并不是"当代诗匠"。只有到了八世纪六十年代,杜甫称赞他的诗超过鲍照和谢朓(10616),才第一次将他置于文学传统中进行评价。这种包含评价成分的赞美是批评惯例,但是将较早诗人用于这样的比较具有十分重要的意义:他们指明了一位诗人的作品可能归属的传统。杜甫不是将孟浩然置于陶潜的传统,而是置于五世纪诗歌的传统,这是由于孟诗的大量描写诗句及对山水的兴致。杜甫对孟诗的阐释,还与王士源对孟浩然的评语"文不按古"相应。

给予孟浩然符合现在他在盛唐诗歌经典中的地位的第一位作家是皮日休(833?—883),他将孟浩然与王维并列,仅次于杜甫和李白。

> 明皇世章句风大得建安体,论者推李翰林、杜工部为之尤,介其间能不愧者,唯吾乡之孟先生也。[1]

尽管皮日休的评价带有乡土自豪的夸张,大多数后代批评家都同意将孟浩然置于王维之旁。但也有反对者,如喜欢标新立异的苏轼,就讲过一段著名的话:孟浩然韵高而才短,"如造内法酒手,而无材料。"[2]但是苏轼的评价影响不大,而他所嘲笑的平淡,恰是后代批评家最为赞赏的孟诗风格特征。

---

[1]《皮子文薮》(《四部丛刊》),卷7页11a。
[2]《后山诗话》,页9a,收《历代诗话》(台北,1956)。

第六章　孟浩然：超越典雅的自由

孟浩然卒后未几，其诗就有几个集子流传。《新唐书·艺文志》提到一个由孟浩然之弟编辑的集本，但我们现在所见者可能基于王士源编辑的集本。根据王士源所述，孟浩然未完整保留自己的诗篇，故他不得不从各种来源收集佚文。[1]在750年，韦滔将王士源的辑本缮写并扩增，送藏御书院。尽管有这些早期的辑

---

[1]　白润德（Daniel Bryant）在其《盛唐诗人孟浩然》中，对孟浩然诗歌的本文和版本作了精彩的论述。

关于八世纪诗集的编集和流传情况，我们所知极少。作于社交场合的诗篇都赠送给酬答对象，或题于墙上，但诗人本人似乎通常留有一个抄本。诗歌作品的汇编成集，通常在诗人的晚年或辞世后。诗人在世时诗篇的流传，靠的是原稿的抄本，及抄本的抄本，或据我的猜想，诗篇在吟诵后被听者根据记忆抄写出来（后一种推测可以解释很大数量的同音异文）。那些保留在选集和轶事集的诗篇本文，说明这种流传方式非常容易损伤诗篇，引起本文的变异。诗人是否完整保留其诗作，难于肯定，但某些诗人（如李白）确实编辑了集子，希望被"出版"。当王缙指出王维在叛乱前的诗作大部分散失了，他可能指的是这么一部作者保留的诗稿。王缙为了重编其兄的集子，不得不采用他自己所拥有的王维作于乱前的诗，或从诗篇的本来接受者、墙上及流传的抄本中搜集其他诗篇。

诗人可能乐意从自己的作品集中去掉一些诗篇，但根据中国编者无所不包的倾向，特别是在编辑已逝世诗人的集子时，这种审美排除是不可能的。我们知道大多数开元天宝诗人曾在众多场合作诗，而这些诗篇很多没有保留下来。此外，欠缺的交换诗篇也表明了遗佚的诗。因此，我们知道大多数开元天宝诗人的集子都不完整，但这种不完整到底是由于审美的取舍，还是由于作者底本散失于安禄山叛乱中，或如同大多数情况，无法确知未保留完整底本的原因。

无论是否完整，作者的底本对于编者来说都是可靠的。编者通常是作者的亲属或亲密朋友，将底本抄出并加上一篇序文。这种"编辑"对本文的审慎程度无法确知。在许多情况下，嫡亲的后代都是根据家传的一套诗歌作品准备集子，并经常向一位著名的同时代作家求序。其后往往将集子送往御书院，因为人们认为那里可以安全保存文本，并复制出更多的抄本。可是，散篇诗作可能还在流传和被记诵，脱离标准的本文，这些流行诗篇的特征是异文很多，有时还有归属的问题。编成于诗人在世时的选集，其本文经常与标准的集子相当不同，这可能是由于选集是根据流传的诗稿编选的。（接下页注）

集工作，孟浩然诗篇的本文仍属于唐集中最差的一类，现存的几种版本差异极大。

在盛唐重要诗人中，孟浩然是局限性最大的一位，在诗体、主题及风格上都是如此。他很少写七言诗（五首古诗和四首律诗），比起其他八九世纪诗人，他的绝句在集子中所占比例要小得多。他的作品实际上都是应景诗；他没有古风，只有几首乐府、咏物及个人感怀诗。孟浩然诗在题材范围的局限性，部分地归因于其作品中普遍一致的风格。他既改变自己风格的形态以适应场合的要求，也将各种场合的风格混杂；他极少创造性地运用其他题材或古代诗人的风格。然而，在他自己所限定的领域里，他是一位大师。

（接上页注）应景诗题所说明的事实，往往对于理解一首诗至关重要；可是，诗题文字统一的观念似乎是很淡薄的。在诗人自己的底本中，可能保留了记录诗歌写作场合的诗题，但当某人从墙上抄下一首诗时，他很可能将这一事实作为诗题的一部分（"题……"）。广泛流传的诗经常发展成非应景诗题，故应该注意此类诗题是否被加在明显的应景诗上。此外，在诗篇被搜辑编集时，一些人可能会说他们或某些亲属是被赠者。总的说来，在应景诗中，我们称为"题目"的，更准确地说是"创作环境的说明"。这一点可能是诗题有较多异文的原因，也可能影响了许多诗题并无异文的作品。

在搜集诗篇以编辑文集或选集时，还有伪作和错误归属的问题。敦煌的选集残本中，包括了一些明显的错误归属，说明许多"流行"选集是不严格的。像李白这样风格容易辨别的诗人，不可避免地吸引某几类诗篇的归属。

对于有着可靠的早期稿本史的集子，过度谨慎是不必要的（如王维的集子）。至于孟浩然的集子，很可能孟洗然所编集的其兄诗作的本子，为后来的文本所采用（虽然只有王士源和韦滔的序存留下来）。在八世纪后期，诗人的家庭成员觉得有责任保存和传播其亲属的作品，即使他们无法保留完整的文集，也希望能保留准确的本文。但如果现存的版本完全基于王士源的辑本，由一位陌生人从零散的出处搜辑成集，那么很可能早在刻本的问题出现之前，就已经有许多本文和归属的讹误。在这种情况下，用诗题作为传记根据显然是不可靠的。

第六章 孟浩然：超越典雅的自由

　　王维与孟浩然的诗在表面上的相似，使得一些批评家和选诗家将他们联系在一起。可是，在他们对隐逸和风景描写的共同兴趣后面，却隐藏着气质和诗歌个性的根本区别。他们与当代诗歌的联系也大不相同。王维诗的朴素是一种抛弃的行为，产生自深刻的否定动力；从文学史的角度看，这种否定力量与官场诗的华丽修辞和矫饰规则相对立。王维在少年时曾被迫接受后者的训练，并成为这一模式的巧匠；但一旦获得抒写个人诗和日常诗的自由，他就彻底洗净了宫廷修饰的外表痕迹，在平静的、非个人的面罩下隐含着深刻的对立。

　　孟浩然是一位地方诗人，这一点极大地影响了他的诗歌艺术观。从少年到成年，在他所属的世界里，诗歌都是一种娱乐，而不是社交需要。诗歌本来可以作为外地人进入京城社会和中央朝廷的工具，但孟浩然似乎从未喜欢严格的正规风格所要求的程度。他在这种正规风格方面的修养极差，而他在进士考试和寻求援引方面的失败，说明了在个人诗歌才能和对于纯熟技巧的功利赏识之间，有着很大的差异。由于孟浩然没有充分意识到这一差异，他从未注意到正规风格和日常风格的基本对立，所以他的诗歌中找不到王维的否定动力。他既不懂得京城诗的典雅，也未曾有意地忽视这一典雅，由此导致了他对初唐典雅传统的超越，而王维从来无法做到这一点。否定的诗人总是与他所反对的东西联系在一起。在否定修饰辞藻的外表之下，王维的风格不由自主地体现出宫廷诗人修养的控制力；这种控制力为孟浩然所缺乏。另一方面，由于厌恶修饰，王维被迫抛弃了具有繁富稠密之美的宫廷描写艺术；而孟浩然从未有这种反感，所以能够进行繁富复杂的描写，以致杜甫及一些后代批评家将他与南朝诗人联系在一起。

京城诗人习惯于三部式结构和一致语言，而孟浩然的诗却随意地从一个主题转向另一主题，从一种情绪转向另一种情绪，这不能不使他们感到惊异。京城诗人在诗篇的中间部分，就发出结尾的信号，而孟浩然却继续着大段的描写。他将这些分离的成分统一于一种虽然不匀称、但却令人愉悦的诗歌个性，而不是统一于诗歌秩序的旧结构。他从景物描写转向叙述，又转向感怀，最后再回到景物描写，完整而平衡地描绘出一次体验。在正规的场合里，如进士考试或干谒，孟浩然的风格会被认为缺乏修养和朴质不雅，但对于盛唐的新感觉，对于京城诗人，他的散漫风格是自由的标志。

寻香山湛上人

朝游访名山，山远在空翠。
氛氲亘百里，日入行始至。
谷口闻钟声，林端识香气。
杖策寻故人，解鞍暂停骑。
石门殊壑险，篁径转森邃。
法侣欣相逢，清谈晓不寐。
平生慕真隐，累日探灵异。
野老朝入田，山僧夜归寺。
松泉多清响，苔壁饶古意。
愿言投此山，身世两相弃。（07623）

孟浩然的诗优美地统一在一起，但除了游寺而获得觉悟的主题外，这并不是符合诗歌传统的统一性。在保守的一面，开元读者仍将诗歌"艺术"看成是一套法则，忽视这些法则的自由不存在于艺术领域本身，而是存在于诗歌后面的个性。因此，同时代读者很自然地未看到孟浩然的诗歌"艺术"（仅为其对偶技巧的细节所吸引），只关注诗歌后面的个性，并试图将这一个性标准化为典范隐士。在开元时期，将诗歌看为纯技巧的观念衰退了，而对诗人个性的集中关注（以开元人对孟浩然和陶潜的理解最典型），正是诗歌超越技巧的必要阶段。这一阶段深深植根于批评传统，植根于"诗言志"的观念，因此主要指的是诗人的思想特性和状况。下一个阶段将是超越了诗歌技巧的个性使自己成为创造的诗人，这就要求一种新的、较自主的诗歌观念，既超越了将诗歌看为技巧的想法，也超越了将诗歌作为个性的从属和扩展的观点。这一阶段将在李白的作品中出现。

对于中国平静的思索者来说，"忘机"是一个重要的观念，它以各种形式出现于开元的隐逸诗中，如王维对无意的兴致。缺少动机和预想是描绘完美隐士形象的基本要素，如王士源对孟浩然的描绘："行不为饰，动以求真。"注意"真"的对立面并不是谬误本身，而是被有意打算败坏了的虚伪、隐秘动机及行为。

上引诗的结尾表示了对寺院生活的热情向往，这是诗人"言志"的恰当结尾反应。但是在其他许多诗篇中，孟浩然却排除了这种内心决定。散漫结构和不做结论是孟诗的特征，同时代读者正是从这些特征中感觉到一种疏野自由的个性；这些特征表现了离开诗歌主题甚远的真诚和"忘机"。孟浩然总是以"归家"结束一次出游的描写：这不是王维诗中严肃的、象征性的否定姿势，而仅是孟浩然接下去要做的事。宋代读者迷恋真率行为，欣赏偶然事件，对于孟浩然的散漫随意可能视为平常；以孟浩然作为典范隐士的兴致，在宋代确实全然消失了。而对于修辞秩序有着强烈感受的八世纪读者，十分敏感地注意到孟浩然的随意性。特别是在结尾，八世纪读者期待看到某种强烈的感情迸发，某种隐退的誓言，某种新的认识（"始知"），某种微妙的象征行为、景象或事物。孟浩然可能提供这些东西，但也可能不提供。

如果说王维控制了读者的期待，孟浩然却经常使他们失望。在同时代诗歌惯例背景的映衬下，孟浩然诗歌所呈现出来的风貌，他自己不一定能够充分认识；但他的赞美者显然从他的作品中感受到了自由，并为之所倾倒。他们通过诗歌认识这位诗人，得出他是"诞"、"放性"的结论。与许多后代诗人的作品相比，孟浩然的诗确实令人愉悦；李白那篇赞美诗中的激烈独立的狂士，只出现于开元社交诗的受限制的背景里。

采樵作

采樵入深山，山深水重迭。
桥崩卧查拥，路险垂藤接。
日落伴将稀，山风拂薜衣。
长歌负轻策，平野望烟归。（07644）

"归"在这里仅是"所发生的事"。统一这首诗的既不是旧的诗歌修辞，也不是体验的理性结构或风景。在结尾，孟浩然仅是转身归家，以此取代了领悟、看穿世俗虚荣或隐居誓言。

孟浩然通过忽视或加强个性，超出了京城诗的规范：上引诗中，第二联的精致技巧，紧接第三联的随意朴素，这是不"恰当"的。但孟浩然的自由不仅是否定：它还允许以新的方式综合体验，这种方式似乎反映了"自然的"感觉过程的次序。读者再次感受到了个人体验的真实表达。孟浩然的诗通常有一种不匀称的美，从这首诗中事件的偶然性次序，到《寻香山湛上人》的统一联系，无不如此。

　　孟浩然诗中，还存在着另一种具有特殊力量的一致性，这就是过程的统一。孟浩然能够描绘出随着时间而变化的景象，显示出对于光线和运动的微妙层次的敏锐感受，在这方面他超过了前此的大多数诗人。日出是他最擅长的主题之一，如《早发渔浦潭》：

> 东旭早光芒，渚禽已惊聒。
> 卧闻渔浦口，桡声暗相拨。
> 日出气象分，始知江路阔。
> 美人常晏起，照影弄流沫。
> 饮水畏惊猿，祭鱼时见獭。
> 舟行自无闷，况值晴景豁。（07646）

随着太阳升起，风景逐渐明亮，诗人的心境也逐渐开朗，而江景的增广又相应地拓展了情绪。虽然景象和反应的基本模式还是呈现，诗中体现了体验的顺序统一，而不是修饰描述的人为统一。孟浩然最出色的黎明诗是《彭蠡湖中望庐山》（07631），诗中描绘庐山这一隐士住所逐渐呈现，启发了诗人，使他产生成为隐士的预期愿望。但是这位真诚的诗人并未停留在观赏的时刻及发愿"改变生活"的时刻，而是加上一个说明：他此刻正在行役（为张九龄?),确实无法停留,但他许诺会回来,加入山中隐士的行列。

孟浩然不但擅长于描写自然过程,而且懂得如何安排好此类描写以产生最好的戏剧效果,如下引观望钱塘江潮的诗。

与颜钱塘登樟亭望潮作

百里雷声震,鸣弦暂辍弹。
府中连骑出,江上待潮观。
照日秋云回,浮天渤澥宽。
惊涛来似雪,一坐凛生寒。(07734)

有关钱塘潮的最著名描写是枚乘的《七发》,撰于公元前二世纪。赋作家必须比任何诗人更关注过程,枚乘对潮涌过程的叙述令人眼花缭乱,既宏壮又细致。但是在诗歌较受限制的范围里,孟浩然却安排了产生戏剧效果的描写:开始是一声雷鸣般的突然巨响,宣告了潮水的来临;然后音乐停止,一队骑士驰出。诗人一直到第四句才提及浪潮,而简洁描绘后,诗篇就结束于观赏者的寒冷感觉,与开头一样突然。比起孟浩然最具特性的作品,这首诗十分讲求构思,但却似乎体现了京城诗的戏剧性技巧,特别是末句那富于暗示意味的意象。

产生自内在体验次序的一致性,并不总是如同前引几首诗那样不匀称:体验的一致性也能够将景物、主题及行动混合在一起,此前的诗人中极少有人能这样做。

第六章 孟浩然：超越典雅的自由

舟中晚望

挂席东南望，青山水国遥。
舳舻争利涉，来往任风潮。
问我今何适，天台访石桥。
坐看霞色晚，疑是赤城标。（07770）

方向在这首诗中十分重要：诗人的注视和旅行都有着固定的方向，与其他人漫无方向的来往形成对照，那些人的惟一目标是获利，故只能生活于持续的不安定之中，将自己交付给风潮。诗人的旅程是直线的，而导致其奔向东南方向的未指明地点是西北——长安及其所代表的仕宦生涯。诗人避开了那些不安全的事物，将自己引向固定的、安全的事物———一座石桥和一座山。这种固定和安全也是精神上的感觉，因为天台山和红霞都与神仙有关。当诗人期待地凝视时，鲜红的晚霞变成了赤城山的幻影，赤城山在天台山附近，其高"标"吸引着诗人向前。

在开元京城诗人中，律诗形式的技巧规则已经固定，此时可以开始在真正意义上使用律诗等"体裁"名称，尽管这一诗体还未像八世纪后期那样严格。上引孟浩然的诗，在技巧上很引人注意：它完全符合律诗的音调格式，但中间二联却未按律诗要求对偶。第五句的问话在开元诗歌中常出现，但它只有在非格律诗中才是合适的。孟浩然这首诗并不是一种"混杂"形式，而只是在不一定需要格律技巧规则的场合下，放松了规则。孟浩然的律诗中，经常出现这种违反规则的情况，往往是在中间诗句的对偶。他在技巧上的自由，可能是其出自偏远地区及比京城诗人年长的结果,但也是一种非正规化的表现,用来和与社交活动联系在一起的技巧相对立。

在上引诗中,红霞在幻想中变成了赤城山。比起李白来,孟浩然是一位较平和的诗人,但他的作品却在许多方面成为李白作品的先声:体验的统一(对于西方读者来说,这比修辞统一的旧形式要较具理性),诗人个性的最终指向,充满真实或想像事物的幻想景象,这景象闪烁着超脱尘世的光辉,活动着想像中的仙人。

寻天台山作

吾爱太一子,餐霞卧赤城。
欲寻华顶去,不惮恶溪名。
歇马凭云宿,扬帆截海行。
高高翠微里,遥见石梁横。(07729)

孟浩然变幻莫测地列述了天台山脉的地名。比起王维的《渡河到清河作》,孟浩然对于内在旅行体验的描写较缺乏心理的复杂性;但他以向往难于获得的幻想目标的激情,对此作了补偿。

京城诗和宫廷诗的规则都偏爱陈述一般背景或主题的平稳开头。虽然前引诗也采用了这种开头,但孟浩然诗的首联更经常是突兀的、令人惊异的,往往打乱了诗歌次序的惯例。落日是诗歌结尾的传统标志;如果一首诗写的是夜晚,那么就应该始于晚上。但孟浩然却会在诗的开头描写世界的突然转暗(07629):

夕阳度西岭,群壑倏已暝。

与那首咏钱塘潮涌的诗一样,孟浩然沉迷于从突兀中产生的活力和趣味。在送别诗中,诗人应该追随旅行者所乘船的航程,以其在天边的消失作为结尾;而孟浩然却在送别诗的开头写道(07617):

疾风吹征帆,倏尔向空没。

疾风将船帆迅速地吹向远方,时间被突兀地缩短了。吟咏寻找旅宿的诗有自己的惯例,或者是寻求安全的决心,或者是孤独忧郁的弥漫情绪。孟浩然却很突然地以一种急切的、恐吓的奇异感觉作为这类诗的开头(07774):

日暮马行疾,城荒人住稀。

同样,警句通常被放在结尾,作为反应的组成部分;孟浩然却把它们放在开头,从而产生完全不同的效果。邻近孟家的岘山上,有羊祜的"堕泪碑",所有登览者都在此落泪,纪念优秀的地方官羊祜:

与诸子登岘山
人事有代谢,往来成古今。
江山留胜迹,我辈复登临。
水落鱼梁浅,天寒梦泽深。
羊公碑尚在,读罢泪沾襟。(07727)

这里的警句不是总结一种体验的持久真理,而不过是开头的设想,需要用诗人的所见来修正。这里的风景不是冷漠无情的自然,而是充满历史意义,留下了过去时代许多伟大人物的"遗迹"。这里有隐士庞德公生活过的鱼梁;有著名的云梦泽,使人追想古代楚国的国王和诗人。持续性正存在于人们的记忆里,每一辈和"我辈"都牢记和认识了古代的伟大人物。在这样的背景下,洒在羊祜碑上的泪水体现出了特殊的意义:它们不仅是一种失落的迹象,更主要的是一种延续的姿态,一种发生于过去、现在和将来的追忆。开头警句对于无常的认识,被转变成为与之相矛盾的对于永恒的认识。[1]

如果说孟浩然在其多数作品中寻求一种独立的特性,那么他的独立是通过一种并未完全与京城诗相异的风格和形式获得的。比较而言,像李白这样的诗人似乎有着与京城诗人十分不同的创作模式,以至他们无法充分认识他的天才。孟浩然则一半站在京城诗法里,一半站在其外面。这或许就是殷璠评价孟诗时所要表达的意思:"半遵雅道,全削凡体。"许多读者为"全削凡体"的独立性所倾倒,并突出了这位隐士的疏野放诞个性。然而,孟浩然才赋的另一方面,即"遵雅道"的那一半,却以一种对偶技巧,一种"清"的类型特性,吸引了京城读者。杜甫在将孟浩然与谢朓相比时,已经含蓄地讲到了"清",因为谢朓一直与"清"联系在一起。在另一句诗中,杜甫明确地点出了孟浩然的"清"(11574):

---

[1] 关于这首诗的较广泛讨论,见傅汉思(Hans Frankel),《梅花与宫女:中国诗选译随谈》(纽黑文,1976),页111—113。

第六章 孟浩然：超越典雅的自由

清诗句句尽堪传。

中国的类型概念是很难翻译的；"清"通常指的是雅致而简朴的风格，以清晰、明确的感受描写情境，既不太强烈、也不太微弱。王士源援引了下列对句作为孟浩然的"清"的范例，据说孟浩然在京城与王维和张九龄相遇时，就是以这一对句使他们倾倒：

微云淡河汉，疏雨滴梧桐。

微薄的云层使星光变得朦胧，从而产生暗淡的效果。在那些暗淡的光点和从树上缓缓落下的雨滴之间，存在着一种不确定的但却具有联觉意味的恰当联系。

孟浩然诗歌艺术的这类次要细节，在当时曾引起同时代读者的实际兴趣，对于后代读者来说，则代表了开元风格。但它不过是孟浩然艺术的一个细节，极少维持于整首诗。这样的诗句往往出现于随意的或突兀的诗句之旁，或与《采樵作》中曲折稠密的对句置于一处：

桥崩卧查拥，路险垂藤接。

如果说孟浩然成功地以其个性统一了多样化的风格，那末他所遵循的与其说是京城风格的统一模式，不如说是诗歌结构的准则。

无论孟浩然具有多么出色的描写才能，他主要是一位内心体验的诗人。在王维诗中,谜一般的结尾意象通常涉及隐含的意义,或存在于世界本身,或存在于感觉的有限自然界。相反地,孟浩然的神秘结尾意象往往作为一种类型,用以引发诗人的情境。

岁暮归南山

北阙休上书,南山归弊庐。
不才明主弃,多病故人疏。
白发催年老,青阳逼岁除。
永怀愁不寐,松月夜窗虚。(07767)

在孟浩然之前的唐代诗人,极少有人能够不利用描写对句就写出动人的诗篇,而这首诗后来却成为孟浩然最著名的作品之一。孟浩然的作品开创了一种描绘自我的诗歌,可以肯定正是这一要素促使李白倾心于孟浩然。

上引诗引出了一段有关孟浩然的著名轶事,这段轶事几乎可以确定是伪造的,但它仍然成为孟浩然传奇的一部分。故事说,王维想向玄宗推荐孟浩然,将这位老诗人藏在接待玄宗的房间的床下。孟浩然的出现使玄宗大吃一惊,玄宗要他诵读一首自己的诗,他就读了前引这首诗。玄宗听后不但不怜悯这位老诗人,反而大为恼火,认为他是个诽谤者,因为他从未前来求官,却责备玄宗遗斥他。由于这一厌恶的表示,孟浩然不光彩地离开了京城。

绝句不是孟浩然钟爱的形式,他未像王维和王昌龄那样在这一形式上下功夫。虽然他的绝句中有几首属于唐代最著名的作品之列,这些绝句却缺乏他的直率、活力和描写才赋。下引二诗是孟浩然最著名的绝句。

宿建德江

移舟泊烟渚,日暮客愁新。
野旷天低树,江清月近人。(07855)

春　晓

春眠不觉晓,处处闻啼鸟。
夜来风雨声,花落知多少。(07848)

第二首诗在此处或许可以作为一种形式的最出色、最著名典范,这一形式后来在盛唐十分流行——从有限的迹象中得出推论,并往往运用超出预期的感觉。这是一首听觉诗,诗人从正在听到的和前夜所听到的声音中,推断出黎明的到来和花的飘落。这首诗与王维关注认识问题的作品十分相似。在前两句,诗人只要睁开眼睛,就可以证实他从鸟啼声中得出的结论;只要走向窗边,就可以知道是夜里的雨导致了花的飘落。但花落"多少"的问题却是无法回答的。

虽然孟浩然熟悉较早的诗歌,但他却缺少王维或杜甫对诗歌传统力量的强烈感觉。由于他正处于陶潜复兴的高潮,陶潜的诗歌吸引了他的注意力,但仅是在孤立的情况下。在一些诗篇中,孟浩然特别提到陶潜(例如,07605);在其他诗篇中,他松散地采用陶潜的风格,但通常他如同利用其他诗人那样利用陶潜，将陶潜作品的成语插入完全属于自己风格的诗中（例如，07686 第 1 句）。

与王维不同，孟浩然并未认真地试图重建传统的风格。他经常借用词语而不管上下文，但当他完整袭用原文时，却往往用于戏谑的形态。《耶溪泛舟》就是这种戏谑的出色诗例。第七句几乎逐字搬用了王绩著名的《野望》（02612），在那里它表现的是秋天景象中人物之间忧郁的疏远感。第八句逐字搬用了《古诗十九首》之十，在那里它被用于牛郎星和织女星之间交流的爱情眼光。

> 落景余清晖，轻桡弄溪渚。
> 泓澄爱水物，临泛何容与。
> 白首垂钓翁，新妆浣纱女。
> 相看似相识，脉脉不得语。（07630）

渔翁本是孤独冷漠的原型人物，此处却未采取预期的行为。那些表示人的孤独和爱情追求的优美诗句，被孟浩然戏谑性地用来描写快乐的渔翁（诗人？）与浣纱姑娘之间含情脉脉的交换眼光。在结尾借用古代诗歌以增加权威性，是王维喜爱的技巧之一，孟浩然却将它作了喜剧性的反用。这不是对传统诗歌的微妙化用——所用的诗句是著名的且几乎逐字抄袭；反之，这些诗句的优美、严肃在不谐和的情境中显得十分幽默有趣。

孟浩然的轶事和诗歌交换在一定程度上说明了他与同时代京城诗人的社交联系，但他与他们的诗歌联系要复杂得多。孟浩然诗与京城诗人共同风格的一些相似之处可能是偶然的，这是他们对孟诗感兴趣的一个理由。正是京城诗人方面的这种兴趣使孟浩然获得了声誉。另一方面,孟浩然作品中的某些成分似乎取自京城诗的精致技巧:对陶潜的爱好,谜一般的结尾,及戏剧性并置。但孟浩然有着独立的诗歌声音,在赠送崔国辅、綦毋潜、张子容及王昌龄的诗篇中,他并没有改变自己的声音。向张九龄献诗时,孟浩然转向一种窘迫拘谨,但这种拘谨是由于张九龄的高位和名望。不过,在一个明显的例子里,孟浩然被吸引向另一位诗人的声音:

留别王维

寂寞竟何时,朝朝空自归。
欲寻芳草去,惜与故人违。
当路谁相假,知音世所稀。
只应守寂寞,还掩故园扉。(07698)

王维的独特诗歌声音清楚无误地出现在这里,虽然孟浩然将其不自然地用于自嘲。孟浩然采用王维的风格,说明了王诗的力量、声誉及吸引力,但是否定了自己风格的自由性之后,孟浩然几乎不知道该说什么了,王维的严谨朴素变成了过度的平板。

虽然孟浩然最好的诗可以和王维最好的诗相提并论,但孟浩然仍然缺乏大诗人的一致性。他的灵感变化不定,经常使他降至中等水平。甚至在他那些最具特色的作品中,他的诗歌性质仍然比王维的特性令人难于捉摸——它是一种气势或情调,由此可以理解,为何同时代读者从中看到的不是杰出的诗歌艺术,而是自由个性的真实表现。

常　建

　　常建拥有未实现的伟大诗人的潜质，在这方面他或许可以作为八世纪初诗人的突出代表。与孟浩然一样，常建既有许多诗歌趣味与京城诗人相同，也从共同风格中发展出了个性风格。常建在727年登进士第，可能在此时结识了几位京城青年诗人（王昌龄后来确曾访问过他），至少应该熟悉他们的作品。但常建很快就成为一个孤独的诗人，先在地方上任小官，后来又隐退于僻远的地方，以此度过余生。他与王昌龄的诗歌交换，是他接触较广泛诗坛的惟一实证。有关常建生平的资料极少，其中又大多与其诗作本身相矛盾。

　　然而，这位模糊不清的人物却一直是一位具有奇特吸引力的诗人。殷璠把常建放在《河岳英灵集》的第一位，选入他的诗篇数量位居第二，仅次于王昌龄的作品。在殷璠看来，常建代表了那些未被赏知的天才，他具有极高的天赋，却埋没于地方上，废而不用。常建不是一位多产的诗人，他的集子似乎完整保存了下来，却只有一卷。

　　常建经常被看成隐逸诗人，他在这方面的一些作品体现了最优秀京城诗人的精熟和节制。他最经常进入选本的诗是一首隐逸诗的次要经典作品。

题破山寺后禅院

清晨入古寺，初日照高林。
竹径通幽处，禅房花木深。
山光悦鸟性，潭影空人心。
万籁此都寂，但余钟磬音。（06891）

与孟浩然一样，常建在个人场合里自由自在地违背律诗中间诗句的对偶要求。但整体看来，这首诗完全属于京城诗的共同风格。

不过，在其他诗篇中，常建体现出了较大的独立性。例如，下引段落描绘出一种梦幻般的光辉境界，与王维的空疏或孟浩然的活力迥然相异（06878）：

夕映翠山深，余晖在龙窟。
扁舟沧浪意，澹澹花影没。
西浮入天色，南望对云阙。

沧浪是楚辞中的"渔翁"泛舟的地方，这是诗人对周围环境的消极反应。

常建的小诗集极为丰富多彩和富于独创性。他的《吊王将军墓》（06887）在边塞诗中颇为著名。他对复古诗也感兴趣，写有一首动人的诗，感叹太公与周文王相遇之晚（06885），这是一个关于贤人为统治者赏识并擢拔高位的典故。常建在诗中处理了几种特殊题材：南方的原始部落（06884），与仙人"毛女"的相遇

(06883），以及一首遇见死尸的奇特动人的诗（06875）。后一首诗的开头最为有力地表明了常建那未经充分发展的天才：

> 汉上逢老翁，江口为僵尸。
> 白发沾黄泥，遗骸集乌鸱。
> 机巧自此忘，精魄今何之。
> 风吹钓竿折，鱼跃安能施。

第七章　王昌龄和李颀：京城诗的新趣味

　　开元中，诗人王昌龄、高适、王之涣齐名。时风尘未偶，而游处略同。一日天寒微雪，三诗人共诣旗亭，贳酒小饮。忽有梨园伶官十数人，登楼会宴。三诗人因避席隈映，拥炉火以观焉。俄有妙妓四辈，寻续而至，奢华艳曳，都冶颇极。旋则奏乐，皆当时之名部也。昌龄等私相约曰："我辈各擅诗名，每不自定其甲乙，今者可以密观诸伶所讴，若诗人歌词之多者，则为优矣。"俄而一伶拊节而唱，乃曰："寒雨连江夜入吴，平明送客楚山孤。洛阳亲友如相问，一片冰心在玉壶。"昌龄引手画壁曰："一绝句。"寻又一伶讴之曰："开箧泪沾臆，见君前日书。夜台何寂寞，犹是子云居。"适则引手画壁曰："一绝句。"寻又一伶讴曰："奉帚平明金殿开，强将团扇共徘徊。玉颜不及寒鸦色，犹带昭阳日影来。"昌龄则又引手画壁曰："二绝句。"之涣自以得名已久，因谓诸人曰："此辈皆潦倒乐官，所唱皆《巴人》、《下里》之词耳，岂《阳春》、《白雪》之曲，俗物敢近哉。"因指诸妓之中最佳者曰："待此子所唱，如非我诗，吾即终身不敢与子争衡矣。脱是吾诗，子等当须列拜床下，奉吾为师。"因欢笑而俟之。须臾，次至双鬟发声，则曰："黄沙远上白云间，一片孤城万仞山。羌笛何须怨杨柳，春风不度玉门关。"之涣即揶揄二子曰："田舍奴，我岂妄哉。"因大谐笑。诸伶不喻其故，皆起诣曰："不知诸郎君何此欢噱？"昌龄等因话其事。诸伶竞拜曰："俗眼不识神仙，乞降清重，俯就筵席。"三子从之，饮醉竟日。

（出《集异记》，一部九世纪初的轶事集）

伶官所唱的第一首诗是王昌龄的《芙蓉楼送辛渐》（06821）。他写这一绝句时，是在向某位认识的人表白自己，此人了解有关事情，在一定程度上理解他。此外，他又是在特定地点和特定时刻对辛渐说话，这一时刻是独一无二的，是人的活动和气候的不定情况的凝结点。夜里的雨可能引发了两个人的某种情绪，王昌龄诗中对雨的描写可能使这种情绪复杂化和深化，但这是一场真实的雨，淋湿了衣服，涨满了江水。当一个人对另一个人讲话时，无疑地在说者和听者的头脑中，都已经明确地知道谁将在下一天孤独地处于楚山：在应景的背景中，诗中未指明的"客"变成非常确定的"你——辛渐"。当诗人诉说自己的"一片冰心"时，这一诗句在当时听起来是针对王昌龄生活经历中的某些事件；而王昌龄对自己的看法如何，辛渐对他的看法如何，都未说清。与任何陈述一样，在实际情境的背景下其意思具有偶然性。但是，当这同样的四句诗为宫廷乐师所演唱，并为其同事和歌女所欣赏时，这首诗的意思又是如何？假设听者并不知道这首诗的写作时间和背景，甚至不知道诗的作者，诗的意义结构将发生极大的变化：一个特定情境的动人陈说，变成了某种隐藏不明事物的片断表现。对于冰的洁净纯正的肯定环绕着神秘的气氛，这种神秘气氛成为这首诗的意义和魅力的组成部分。

上引轶事可能缺乏历史真实性，虽然不是绝无可能，但这首诗的写作日期，以及诗人们的生平经历，都说明这样的聚会极不可能发生。诗歌竞赛是虚构的框架，用来安排进一些十分著名的绝句。但如果将史实的问题搁置一旁，这件轶事说明了某几类诗歌演出的许多情况。并不是所有的诗人和诗体都与歌唱表演联系在一起，如杜甫的长篇排律肯定只能成为乏味的（可能还是无法理解的）歌词。但绝句经常被演唱，特别是乐府和准乐府主题（如咏王昭君的短诗）的绝句。对于绝句的音乐处理，与八世纪末九世纪初词的发展密切相关。这些歌并未真正流行于民众之中，但它们是都市中有文化修养的阶层及投合他们的乐师和歌女的娱乐消遣。这类绝句所用的曲调许多刚从中亚传入，因此特别适合于吟咏边塞事物的诗。

将当代的绝句用作娱乐歌词的现象，表明对于诗歌的态度发生了基本的变化。旧的诗歌被作为文学经验和学习创作的工具而阅读朗诵。从文学经验的角度看，作者的生平及特定的创作背景是首要关注的对象：诗歌被十分突出地作为历史表现的特殊形式，而不是普遍真理的陈述。陈子昂大概不会将阮籍的诗引用于唐代的政治环境；而阮籍的诗对魏代的反映却可能是真实的。由于类似的作用，阮籍的诗可以为陈子昂提供怎样描写唐代政治环境的榜样，如模仿时代较早的阮籍诗。《诗经》是重要的例外：虽然个别的"诗"通常都有时事阐释，但许多诗还有着一般的或普遍的联系。这样，一首诗如《鹿鸣》（《诗经》第161首），可以在宴会中演唱，以表达友情：这是一种可重复的文学经验。

同时代的诗歌主要还是"事件"，不是文本。现代诗歌被认为是创作或在创作中被听到的某种事物,而不是私人藏书中被阅读的事物:一首诗主要是某一时刻中的行动及为此时刻而作。在开元时期,虽然创作仍然是诗歌体验的中心,但当时的诗篇更为广泛地被流传、阅读及重复。与较早的诗歌一样,当读者在阅读孟浩然的诗时,并没有体验到与孟浩然自己相应的愉悦,也没有获得高度的真实;相反地,读者将其所读到的观念化,用来"认识"孟浩然及其所体验到的更高的真实。应景诗实质上是一个人在对另一个人讲话,这一模式对于阅读诗歌的方式具有重要的含义。

虽然乐府也经常被用于各种情境,它仍是最明显脱离场合的形式。乐府是一种可重复的文学经验,其方式为应景诗所未有。乐府的对象是一般性的,它并未与创作环境联系在一起,作者的个性和生平通常也未成为理解的主要背景。读者可以根据出现于虚构原型中的各种传递形式,识别乐府的虚构角色。著名乐府和其他虚构诗的主题阐释有着千百年之久的传统,这一传统表明无数读者都抵抗这一阅读方式,以及他们对历史的固定把握的要求。

绝句歌词成为使应景诗转向乐府的一般意义的重要工具。上述轶事中的前两首绝句都是应景诗;在歌词形式下,写作时的特定条件不再是"阅读"诗篇的相关背景,这两首诗变成了离别或思念的一般表达。这种转换经常出现于从应景题向曲调题的转变:例如,王维的《送元二使安西》变成了《渭城曲》或《阳关曲》。各种场合及其所产生的阅读方式在唐诗中始终存在,但绝句歌词代表了一种新的阅读方式,而且这种阅读方式反过来又成为诗人对其作品的认识方式的组成部分。应景诗既然可能具有

第七章 王昌龄和李颀：京城诗的新趣味

普遍意义，那末也就可能具有重复性。诗人开始觉得自己是在对着过去和未来的一切人及面对着他的人讲话。诗人们可以期待，后人从诗歌中所寻找的，将不仅是历史的诗人，而且还要加上与他们自己的经历相合的普遍功用。随着八世纪的进程，"文学创造"的观念获得了更为丰富的内涵，再次成为关注的对象，如同在汉代以降的几世纪中，这一观念是创造的恢宏宇宙过程的自然推论。

在盛唐，大多数重要诗人和不少次要诗人都写出了著名的绝句，但王昌龄被公认为盛唐的绝句大师。此外，正如同前述轶事，他的诗与音乐和歌唱密切联系在一起。绝句大约占了王昌龄本集的一半，以及为数不少的补遗部分的相当分量。《河岳英灵集》选入他的诗十六首，其中只有三首是绝句，这说明他在当时的声誉并不完全依靠这一诗体。但是在稍后的《国秀集》中，王昌龄入选的五首诗中，就有三首是绝句，而到九世纪时，他已经成为绝句诗人。

王昌龄的生平可知不多。现代学者闻一多将他的生年定于698年，大多数文学史家沿用了这一说法。[1]但这一日期很不可靠。王昌龄出自京城地区，如果殷璠所说可信，他和王维一样，与太原王氏家族相关联。王昌龄在727年登进士第，随后在张九龄执政时任职。737年张九龄去位后，王昌龄被贬至南方任小官，其后经历了习见的政治命运浮沉，从未升至高位。在757年，他

---

[1] 闻一多，《闻一多全集》（香港，1968），第4册，页198。闻一多根据王维的一首诗推测这一日期，在诗中王维称王昌龄为"兄"。但据此我们只能知道王昌龄生于王维之前，其生年尚不能确定。

为一位地方官所害,原因不明。

虽然王昌龄的诗在唐代很流行,他的集子的早期文本历史却模糊不清。他的作品没有唐人所作的序文,他的诗作大部分同时又保存于唐宋时的重要选本中,这一点可能表明,现存的版本是基于一个宋人从早期选本中重辑的集子。在宋代,似乎还曾经流传过一个更大的集子,这个集子可能就是为数不少的补遗部分的来源,在王昌龄的一百九十首诗中,这一部分几乎占了三分之一。他的作品中的众多异文,通常是大量入选选本的结果。王昌龄还撰有一部或更多部论诗歌风格和技巧的批评著作,即《诗格》和《诗中密旨》(可能曾经是《诗格》的一部分)。《文镜秘府论》中保存了可靠的批评资料,在中国则保留在《诗格》和《诗中密旨》中。然而,很难说清这些资料在多大程度上代表了王昌龄自己的著作,又在多大程度上属于借助其声誉的混合了的唐代批评资料。

王昌龄是一位边塞诗名家,这一点使得许多学者推测他确曾在边塞军幕中任职。[1]但是,最可靠的证据却表明王昌龄诗中的中亚是诗歌传统和他自己想像的结合物。假如王昌龄确曾在边塞任职,那末至少应该有几首作于那里的应景诗,或在他后来的应景诗中提及这一经历。但是,王昌龄的应景诗表明他最远只到过北方的秦州,在长安西北三百公里左右,虽属于边塞地区,但离他在诗中提到的中亚地名尚十分遥远。王昌龄的所有边塞诗都是乐府或体现乐府风貌,这是唐代诗人用来公开描写虚构角色的少

---

[1] 谭优学,《王昌龄系年考》,重印于《唐诗研究论文集》(香港,1970),第3册。

数几种形式之一。设想王昌龄曾在边塞军幕中任职,就如同设想他是皇帝后宫的宫女一样荒唐无稽,因为他用了同样的技巧写宫女诗。王昌龄在盛唐诗的重要地位,部分正来自他对虚构手法的兴趣,以及由此而获得的自由。此外,他的作品的广泛流行,也表明了同时代人对于非应景诗的渴望,特别是边塞诗和宫怨诗。

传记和序文惯例总是慷慨地使用"当代最著名诗人"的称号。但是如果我们考虑到有关轶事、入选选本和评语的频繁出现,以及评语的严肃性,显而易见在开元天宝时代最著名诗人的桂冠面前,王昌龄是王维最重要的竞争对手。与王维一样,王昌龄也是出自大家族的京城诗人,拥有李白一类诗人所缺乏的合法社会地位。当时的人可能认为这种稳定性和合法性对于重要文学活动是必不可少的。在《河岳英灵集》中,殷璠给予李白一种随顺时尚的关注,却以复古文学史的权威套语评价王昌龄的作品:"四百年内,曹、刘、陆、谢,风骨顿尽。顷有太原王昌龄。"王昌龄并未沿承复古诗的传统,即使是在其最宽泛的意义上。殷璠之所以采用复古套语,可能是由于它们是进行严肃的文学史评价的惟一可用模式。"在旧世族的大诗人之后,我们有了唐代自己的出自太原王氏大族的伟大诗人。"将王昌龄的诗与过去时代的大诗人联系在一起的特质是风骨。风骨是一个难解的术语,在不同背景、不同时代有着不同的意义。大致说来,骨,即"力量",涉及诗的内在结构和意义;而风,即"感染力",就像"风"一样,指的是在不知不觉中打动和控制读者的能力。风经常带有道德和政治说教的含义,但在用于上述对王昌龄诗的评价时,似乎并未含有这一意义。

王昌龄并不是构造对偶句的能匠:殷璠摘录了许多王昌龄的

诗句作为典范，但其中极少对偶句，这一点很重要。王昌龄通常避开京城隐逸诗的程式规矩和均衡描述。即使不包括他对虚构角色的兴趣，他未发挥诗歌扩展和表现诗人个性的功用。在王维诗中起了重要作用的严肃理性关注，在王昌龄这里极少见到。反之，王昌龄所追求的是这样一种诗歌：以寥寥数笔引发一种情绪，勾画出一种人物，及描绘出一种感情充沛的境界。他是描绘动人形象、戏剧性行为及含蓄景象的大师。

唐代的各种情调范畴是完整的审美印象，表面上看是直接获得的，但实际上却是训练出来的，是对于作品特性的某一组成部分的文学反应，包括主题，意象间的固定联系，风格，音调和谐及声调标准的联系，有时还是个性表现的特质。由于这些范畴是完整的印象，不容易被分解成为产生这一印象的各个组成部分。如果说这些中国的类型范畴无法充分描述，那末至少可以通过阅读具有传统类型特征的诗篇和诗句，了解联系惯例，从而认识这些范畴。但是，虽然这些范畴一直模糊不定，其类型区别却是八九世纪诗人认识其诗歌艺术的最重要方式之一。"清"的范畴已经与孟浩然的诗联系在一起，此外还有许多范畴，如"悲壮"、"高古"。

情调范畴被用于各种诗歌，以激发以某种情绪为主要目标的诗变得更特定化。为了获得反应的直接性，情调诗必须超越可认识的结构模式，以神秘性取代一致的主题。情调诗不仅应该避开修饰描述的旧形式，而且还应该避开开元诗歌较具逻辑性地构造出来的景象和叙述。一首诗的统一和价值在于它的感染力，而这种感染力应该力求超理性。在王昌龄之前几十年，张说写了一首吟咏夜晚聆听寺庙钟声的诗，结尾云（04568）：

信知本际空,徒挂生灭想。[1]

感受被理性化,成为对于虚幻存在的沉思;聆听不知出处的音乐是一种启示,他以程式化的结论"现在我领悟了……"对其进行反应。而王昌龄在夜里聆听笛声时,并未引出这样的结论;相反,他倾心于音乐本身的动人力量,以及它所可能触发的一系列情绪,并反转来试图在自己的诗中引发这些情绪。反应成为一种直接的情绪迸发,而不是从沉思中得出的分离的结论。

江中闻笛

横笛怨江月,扁舟何处寻。
声长楚山外,曲绕胡关深。
相去万余里,遥传此夜心。
寥寥浦溆寒,响尽唯幽林。
不知谁家子,复奏邯郸音。
水客皆拥棹,空霜遂盈襟。
羸马望北走,迁人悲越吟。
何当边草白,旌节陇城阴。(06725)

我们知道一般的情境:在南方的江上,有人正在吹奏边塞乐曲。但诗中的许多要素——回响在林中的消逝和羸马北行的意象,都是互不关联的视觉断片,其出现主要用来触发情绪。

---

[1]《初唐诗》,页406—408。(中译本,325页。——译者注)

包含实际景象的断片为情调一致的插入提供了基础。在极端的情况下,王昌龄的起兴断片甚至连假定的时间和气候的一致也打乱了。下引诗是气象的奇观:烟,雨,雾,明亮的月光,以及掩藏了飞雁的漫天黑暗,这些能够被和谐地放置在一起,是由于它们所触发的忧愁情调。

太湖秋夕

水宿烟雨寒,洞庭霜落微。
月明移舟去,夜静魂梦归。
暗觉海风度,萧萧闻雁飞。(06726)

以视觉片断和逻辑一致形成情调的一致,这对于唐代读者有着极大的吸引力。经过八九世纪的发展,各种类型区别变得日益精细,所呈现的片断也更为惊人。最后,这些美学标准成为词的一个重要组成部分。

王昌龄对几种传统形式的处理,也表现了对类型诗的喜好。下引段落是乐府叙述方式的类型开头。

代扶风主人答

杀气凝不流,风悲月彩寒。
浮埃起四边,游子迷不欢。
依然宿扶风,沽酒聊自宽。
寸心亦未理,长铗谁能弹。
主人就我饮,对我还慨然。

便泣数行泪,因歌行路难。(06694)

这首诗的其他部分,由主人叙述其在战场上的苦难和体验组成,最后结束于对现实的热烈赞美,以及劝解诗人不要太悲愁。这种叙述层次的惯例,以及借对话者之口进行陈述的手法,与乐府传统相适应。但开头部分那富于感染力的激烈情绪,使得这一陈旧的叙述方式得到了革新,增添了光彩。

情绪的优先和反应的直接阻止了较复杂的理性问题。在多数作品中,王昌龄是最轻松自如的盛唐大诗人。唐代和后代读者都极其喜好陈旧情境的完美表达,以及使特定性格类型形象化的明白易懂的行动。王昌龄的许多名诗就属于此类表面化的诗,未隐含较深的意思。它们是真正的情调诗,由生动的场景和行动构成。

城傍曲

秋风鸣桑条,草白狐兔骄。
邯郸饭来酒未消,城北原平掣皂雕。
射杀空营两腾虎,回身却月佩弓弨。(06741)

一箭射穿双虎的绝技,以及末句的勇猛豪爽、漫不在意,将传统的半是士兵、半是侠客的邯郸勇士的英雄品格形象化。诗中并未质疑这一传统角色或将其复杂化,而仅是对其进行赞美。

用来产生情调的场景,往往具有某种神秘成分。在上引诗中,读者知道满月与弯弓之间有着诗歌联系,而且可以将这一联系用于缺月和佩弓。但这一联系仅是为了神秘化而神秘,并没有更深的含义。视觉和逻辑的片断经常产生神秘的感觉,如《江中闻笛》。与王维作品对隐藏的运用不同,它在王昌龄诗中极少产生深刻的意义,被隐藏的只是基本情境或旨意。复杂性经常呈现为情绪的模糊性。

王昌龄诗歌的类型和旨意模糊的特点,最明显地表现于少数类似于视觉幻象的作品,这些作品可根据读者的期待而改变旨意。

从军行

青海长云暗雪山,孤城遥望玉门关。
黄沙百战穿金甲,不破楼兰终不还。(06781)

问题在于,最后一句到底是士兵们为效忠皇帝、完成使命而自我牺牲的英雄誓言,还是对强加于他们的处境的抱怨,及渴望返家而未能实现的表达。这种模棱两可并不复杂难解:两种选择都是边塞诗最普遍的解决方式。

片断是王昌龄用来产生神秘感的最常用技巧。他经常采用间接迹象的一般诗歌手法,但那些迹象片断能复杂地、不完整地产生读者所期待的传统情境。此类诗有时会成为一组起兴的片断,引逗读者进入一个难于充分理解的境界。

朝来曲

月昃鸣珂动,花连绣户春。

盘龙玉台镜，唯待画眉人。（06764）

在八世纪前半叶，闺怨诗传统情境的完整范围尚处于形成过程，故此处在多大程度上采用了惯例的最后形式，是难于说清的。从鸣珂的移动，我们知道有一位骑马的男人。在传统情境中，他将在清晨离开青楼，或离开妻子去上朝，后一种情况较少见。在后两句中，有两种传统情境都能起作用：欢合后的倦怠，以及一早就开始的梳妆，表明了吸引丈夫或情人的愿望。

我们可以从这些片断中推测各种情境。或许丈夫去了青楼，妻子绝望而无心打扮？或这位妻子早起梳妆（在这种情况下，等待表示她很快就会来梳妆），以便吸引丈夫离开歌女？或许这是一位妓女，正试图吸引情人，或因欢会后的疲惫而无力梳洗？或许这仅是家庭场景，丈夫去赴早朝，妻子开始为下一晚而打扮？诗中的意象用了闺怨诗的各种惯例，富于暗示性，但它们既引导了读者，又使他们找不到答案。

文学的人物描写不可避免地开始于类型化，即传统情境中的固定陈套词汇。在后来的形式中，中国小说设法通过个性化而突破了严格的类型，但中国诗歌走的是将人物的性格描绘复杂化的道路。各种"性格"的固定类型保留了下来，但表现这些性格的迹象添加了限制因素和复杂情况。在盛唐对隐藏的普遍兴趣中，这是王昌龄式隐藏手法的又一特征。

运用间接迹象表现内在情境的手法，从五世纪以来就是闺怨诗的一部分。盛唐复用了这一手法，但伴随着许多新的复杂方式。在某些情况下，如前一首诗，读者感受到了某种强烈的感情，却无法指明感情的确切性质。在另外一些情况下，如储光羲吟咏王昭君的诗,故事背景使得处境和感情十分明了,但"迹象"本身只呈现对戏剧性对照的关注。还有一些情况,对于隐含内在真实的虚幻表面的关注,被引入了诗篇本身的主题。在下引诗中,任何读者都会了解女主人公的感情:豪华表面与内在情感之间隐含的分离暴露无余。这首诗出自王昌龄吟咏班婕妤的一组诗。班婕妤是最著名的"弃妇"之一,她曾经是汉成帝的宠妃,赵飞燕姐妹取代了皇帝对她的宠爱之后,她就被冷落在长信宫。

长信秋词五首之一

金井梧桐秋叶黄,珠帘不卷夜来霜。
熏笼玉枕无颜色,卧听南宫清漏长。(06794)

就像闺怨诗中常可见到的一样,此处也热衷于表现富丽环境与个人不幸的对照。珍贵的熏笼和玉枕失去了它们的价值和美,因为它们的内涵已经发生了变化;它们本身并不真正是珍贵的,而仅是作为帝王宠爱的象征。读者和女主人公一起看到了闪光表面之后的东西。最后,女主人公一夜卧床未眠,绝望地等待君王临幸,对于时间流逝的意识,使她感受到与秋天相联系的寒冷、孤独及衰老。

构造情调诗和为情调而读诗,并不需要理性的复杂。词语的内涵意义比其指示意义更重要,直线的结构依从于累积的情感,场景的特点主要是在其类型联系上具有意义。为情绪而阅读使得后来的读者能够完整分享应景诗的体验。于是,当本章开头轶事中的乐师演唱王昌龄的应景诗时,它通过情调的诗法,已经能够成为普遍的、共享的文学体验。

李颀之背离京城诗标准,甚至比王昌龄更远。李颀与王维、王昌龄及其他京城诗人有着密切的社交关系,但他还是一位怪诞的隐士和炼丹士,他的诗歌趣味倾向于豪放的天宝风格。虽然在他的诗中找不到直接的证据,李白很可能对他有影响。李颀可能是第一代京城诗人中最年轻的一位(他在735年通过进士考试,而他的作品可系年者大多作于天宝中),这一点可以支持李白影响的可能性。在京城诗人的社交圈子中,李颀独自地写着新的天宝风格,这一风格是随着八世纪四十年代初李白诗的传入京城而发展起来的。

与大多数诗人相比,律诗和绝句在李颀现存作品中所占比例较小。他的近体诗写得平板乏味,缺少特色,最明显地体现了他与京城诗人的联系。下引排律是一篇优美动人的作品,但任何一位次要的京城诗人都能写出这样的作品:它采用了风景诗和寺庙诗的各种惯例,这些惯例的背后就是初唐诗的描写和结构标准。

宿香山寺石楼

夜宿翠微半,高楼闻暗泉。
渔舟带远火,山磬发孤烟。
殿壮云松外,门清河汉边。
峰峦低枕席,世界接人天。

霭霭花出雾,辉辉星映川。
东林曙莺满,惆怅欲言旋。(06393)

下引杜甫的"古体"诗可以作为对照,这首诗作于杜甫被扣留于叛军占领的长安时。两首诗基于同一传统,但杜甫所见到的寺院夜景,成为想像中的障眼物,将诗人从天明时所暴露的丑恶现实中解放了出来。

大云寺赞公房四首之三

灯影照无睡,心清闻妙香。
夜深殿突兀,风动金琅珰。
天黑闭春院,地清栖暗芳。
玉绳迥断绝,铁凤森翱翔。
梵放时出寺,钟残仍殷床。
明朝在沃野,苦见尘沙黄。(10544)

七言"古体"诗,包括七言歌行,在李颀集子中占了比通常大得多的比例,其一百二十四首诗中有三十五首是七古。唐以后的选诗家正是从这组诗中选出了大多数他们认为代表李诗的作品。李颀的大多数七言歌行运用了与这一形式相联系的传统材料,如乐府主题和咏物,但他还追随了天宝风气,将这一形式用于应景诗。七言歌行的这种用法早于天宝,但只是在这一时期才变得普遍。李颀的七言歌行表现了天宝的种种爱好:异国情调,转变中的极端,及超自然事物对人类世界的入侵。

第七章　王昌龄和李颀：京城诗的新趣味

在中国诗中，音乐诗是虚构想像的一个重要标志。由于音乐基本上是一种非具象的艺术，诗人在试图描绘音乐表演时，不能不采用相关类型，采用与音乐情调相应的情境。在唐代对音乐表演的处理中，沈佺期的《霹雳引》是最早的典范之一，这首诗还有着一种为开元时期同主题诗所缺乏的特殊活力。[1]王昌龄的《江中闻笛》是一篇节制的作品，诗中所触发的情绪与边塞诗及其在南方的不协调演奏密切联系在一起。下引李颀的诗也开始于此类传统联系，但不久音乐就变成浮现于诗人脑海中的一系列想像场景，这些场景体现了联想的自由，远远超越了音乐诗的固定联系。

听董大弹胡笳声兼语弄寄房给事

蔡女昔造胡笳声，一弹一十有八拍。
胡人落泪向边草，汉使断肠对归客。
古戍苍苍烽火寒，大荒阴沉飞雪白。
先拂商弦后角羽，四郊秋叶惊摵摵。
董夫子，通神明，深山窃听来妖精。
言迟更速皆应手，将往复旋如有情。
空山百鸟散还合，万里浮云阴且晴。
嘶酸雏雁失群夜，断绝胡儿恋母声。
川为静其波，鸟亦罢其鸣。
乌孙部落家乡远，逻娑沙尘哀怨生。
幽音变调忽飘洒，长风吹林雨堕瓦。

---

[1]《初唐诗》，页320—321。（中译本，256页。——译者注）

> 进泉飒飒飞木末，野鹿呦呦走堂下。
> 长安城连东掖垣，凤凰池对青琐门。
> 高才脱略名与利，日夕望君抱琴至。（06366）

七言歌行被用来写应景诗时，应恰当地附加一个传达应景信息的简短段落。"东掖垣"指门下省，房琯在那里任给事中。"凤凰池"指中书省，李颀可能在此供职。末两句表明房琯或李颀本人希望董庭兰来访。七言歌行的传统对于唐诗的各种社交场合并不都是合用的，经常如同这里，应景信息不和谐地悬挂在原本统一的诗篇的结尾。

对于个性的爱好，经常是狂诞的个性，渗透于李颀的五言和七言"古体"诗。在这些人物素描中，李颀最接近于李白的作品，李白的人物素描《赠孟浩然》前面已出现。王昌龄通过表现性格的间接迹象将人物类型复杂化，而许多诗人却自相矛盾地从一种陈旧角色中寻找个性，这就是狂士。

人物素描成为用来描绘狂士的形式。在盛唐，人物素描与魏晋时期吟咏典范人物的诗有着密切联系，诸如陶潜的两组歌咏古代贤人的诗，《咏贫士》和《咏三良》。在宫廷诗的时代，这一形式相对来说废而不用，最多被写成乏味的说教诗。王维是最早复兴这一形式的盛唐诗人之一，在八世纪二十年代中叶的贬逐中，他写了三首关于济州本地贤人的传记素描（05853—55）。但王维从未充分发展这一形式，他后来又写了几篇人物素描诗，其中之一赠送李颀，这或许表明了李颀与这一形式的联系（05788）。人物素描与同样发展于开元时期的纯类型诗也有密切联系，如储光羲吟咏乡村人物类型的组诗。明显地偏爱于人物素描的李颀,也写有这样一首类型诗《渔父歌》,这首诗曾被殷璠挑出加以格外的赞赏(06295),还可参看储光羲和高适的同题诗。

虽然盛唐狂士不过是传统角色加上相应行为的描绘,狂诞行为仍不言而喻地独立于社会礼法之外。狂士由其行为和态度所界定。人们在访问隐士而不遇时,可以通过其周围环境了解他。但狂士的人生风度却找不到别的替代物。

在下引诗中,大书法家张旭不仅生活于风景中,而且在行动。他的行为在今天看来似乎更像喜剧演员,而不像狂士,但这些行为确与狂诞相联系,正如同表明高雅、多愁善感或抛弃也有各种固定行为。

赠张旭

张公性嗜酒,豁达无所营。
皓首穷草隶,时称太湖精。
露顶据胡床,长叫三五声。
兴来洒素壁,挥笔如流星。
下舍风萧条,寒草满户庭。
问家何所有,生事如浮萍。
左手持蟹螯,右手持丹经。
瞪目视霄汉,不知醉与醒。
诸宾且方坐,旭日临东城。
荷叶裹江鱼,白瓯贮香粳。
微禄心不屑,放神于八纮。

> 时人不识者,即是安期生。(06300)

初唐宫廷诗人在其作品中消除了自我,他们所赞美的对象,由这些人物的社会地位及附加于这一地位的权力所界定。到了开元末,对于个人的新兴趣在很大程度上取代了旧的社会价值观。从李颀和李白的人物素描,从试图描绘"个人",到寻求成为"个人"的李白,仅是一步之差。

第八章　李白：天才的新观念

李白斗酒诗百篇，长安市上酒家眠。
天子呼来不上船，自称臣是酒中仙。

杜甫《饮中八仙歌》(10520)

在上引四句诗中，杜甫简明扼要地列举了李白形象的基本成分，这一形象为众所公认，并为李白自己所极力扮演：挥翰如洒，纵饮不羁，放任自在，笑傲礼法；天赋仙姿，不同凡俗，行为特异，超越常规。包括杜甫在内的其他唐代诗人，没有人像李白这样竭尽全力地描绘和突出自己的个性，向读者展示自己在作为诗人和作为个体两方面的独一无二。

除了诗歌方面的卓越成就，李白还留给后代诗人一份重要的遗产：对于个人和诗歌特性的兴趣。仅仅杰出已不再令人满足，诗人必须既杰出又独特。因此，后代批评家总是劝告有抱负的诗人仿效杜甫，而不是李白。在他们看来，虽然这两位诗人同等伟大，但杜甫的才能似乎比李白的较可模仿。引导年轻诗人离开李白模式的理由是，李白的艺术是完全自然的、无法掌握的及近乎神灵的。但是，李白不可仿效的真正原因，却在于李白的诗歌主要与李白相关，其目标是通过诗中的人物和隐蔽于诗歌后面的创造者，表现出一种独一无二的个性。模仿注定要失败，因为它与李白风格得以存在的理由相矛盾。

从创作生涯的开端，李白就确实与其他诗人大不相同。在八世纪十年代末，出自太原王氏家族的年轻王维被引荐进诸王府。他扮演了传统的早慧诗人角色，以娴熟精确的宫廷风格赢得诸王的青睐。此时王维已经在诗歌中发展了个人范围，但他的个性表现消极地与上流社会联系在一起，他的家族背景和诗歌训练为他进入这一社会做了充分准备。大约同时，远在西蜀，一位年龄相当而家族背景疑问重重的诗人，前去访问戴天山的一位隐士，但未遇见他：

> 犬吠水声中，桃花带露浓。
> 树深时见鹿，溪午不闻钟。
> 野竹分青霭，飞泉挂碧峰。
> 无人知所去，愁倚两三松。(08680)

青年李白熟练掌握了音调和谐的法则，并且与早于他的另一位年轻蜀地诗人一样，瞄准了某些传统的"诗歌"效果，如用动词"分"描写视觉延续画面的中断。[1]动词"挂"是较常用的"悬"的变文，用来描写瀑泉，虽然不够雅致，却是可接受的（参03744第2句）。虽然会有一些重要的保留意见，京城贵族们可能还是会认为这首诗的写法是合适的。

---

[1] 较早的蜀地诗人指陈子昂，见04417第5句，04452第5句，及《初唐诗》，页158—162。（中译本，126—130页。——译者注）

第八章 李白：天才的新观念

保守的读者会从李白这首诗中发现一些缺点，这些缺点可以追溯至李白与青年王维相当不同的诗歌教育。李白在这首短诗中堆积了太多的树，以及至少两条小溪，破坏了基本的雅致。更严重的"毛病"可能是在首联，它打乱了诗中各组成部分之间应有的平衡。它不是诗歌开头的"恰当"方式；任何经过京城训练的诗人都会知道，诗篇应开始于一般景象或点明场合。李诗的"犬吠"太突然，破坏了全诗的平衡，在第一句集中了太多注意力，因为这一句虽然简单但却出色得过度，使得诗篇的其他部分无力地追随其后。当然，访问隐士时，从风景中寻找隐士存在的迹象是完全合适的，但"犬吠"过于喧闹，如果需要把它写进来，就应该放在中二联属于"迹象比喻"的地方，通过对偶减弱其别出心裁的闹声。

这位诗人使得他的读者惊奇并破坏了他们关于诗歌秩序和规则的感觉。诗人们已经总是自得于"惊异"的诗句，而他们的读者也乐于被惊动，但此类乐趣局限于审美趣味的明确界线内。数百年的文学经验产生了这些界线，以保持诗歌的平衡统一。但李白却跨越了这些界线，并且找到了喜爱他的大胆行为的读者。潺潺溪水中的犬吠还仅是中等的"奇"，随着李白进一步背离诗歌的典雅界线，他付出了更大的努力来获得"奇"的效果，使之成为他的诗歌标志。在753年，殷璠评价李白的《蜀道难》为"奇之又奇"。

李白这首访问隐士诗还有别的一些明显"毛病"：完全缺乏引喻、修饰及雅致的变化。优雅地运用比喻和修饰的能力是修养的问题。类似"犬吠水声中"的诗句太朴素直率。这位年轻诗人具有才能，但还缺乏完善和教育：这是苏颋的看法。苏颋是开元初期最大的文学扶持人和宫廷诗人之一,刚从朝廷贬逐为益州长史。在一封信中,李白自得地叙述了他与苏颋的相会,以及苏颋对其作品的意见:"此子天才英丽,下笔不休。虽风力未成,且见专车之骨。若广之以学,可以相如比肩也。"[1]

如果这样一次会面确实曾经发生,它对于这位年轻诗人应该产生重大影响。苏颋是当时最著名的文学和政治人物之一,而李白尚未成名,且社会背景最多只能说是模糊不清。李白自称为李暠裔孙,李暠是五世纪时西北地区一个半少数族王国的统治者。这一自称本身本不足夸,但唐王室也自称出自李暠,并由此上溯自背运的汉将李广。这样一来,李白就可以大言不惭地称呼王室成员为"从兄弟"。

由于李白的家庭背景不清,且居住于偏远地区,关于其家世的叙述可能即出于其本人,记住这一点是很重要的。可以肯定正是李白告知其传记作者,他的家族曾经被窜逐中亚,刚返回中国,"恢复"李姓。所有这一切都带有为方便起见而编造家系的痕迹,李白的家庭被怀疑有伊朗或土耳其血统。[2]李白的父亲似乎既不是地主,也不是官吏,而很可能是商人。孟浩然由于出身于地方地主家族,与京城上流社会仅有间接的关系,就可能被认为是京城诗人圈子的外来者。而李白却是真正的外来者,他与任何人都没有关系,只能孤立地依靠自己的天才在京城获得成功。

李白的家庭背景可能只是在想像中才是辉煌的,而在现实中

---

[1] 郭云鹏编,《分类编次李太白文》(台北,1969),卷26页17a—b。
[2] 关于李白家世的长久而激烈的争论,铃木修次有一个精彩的综述,见其《唐代诗人论》(东京,1973),第1册,页253—261。

第八章 李白：天才的新观念

却是暗淡无光的。从成长背景看，他是一位道地的蜀人。唐代诗歌还未出现后代的重要地域划分，只在两京地区和其他所有地区之间有明显的地域区别。但是有两个地区正在开始形成地方诗歌特色：东南和蜀地。蜀地的情况十分特殊：一方面，它有着辉煌的文学传统，在汉代曾经产生过最著名的赋作家扬雄和司马相如。另一方面，它在诗歌史上却没起什么重要作用，而诗歌是唐代占主导地位的韵文形式。因此，来自蜀中的诗人，如早于李白几十年的陈子昂，在其作品遭到宫廷文学裁判否定时，总是十分自然地将自己与文学传统联系起来。他会回首往昔，那时作为蜀人是进入文坛的有利条件，而不是粗朴的不利条件，故与宫廷诗相对立的复古是自然的反应。

蜀地的两位大诗人司马相如和陈子昂，都成为李白的重要模式。陈子昂年轻时曾经以轻率的侠少而著称，直到近二十岁才开始学习文学。同样地，李白夸口在十几岁时擅长剑术，曾经杀死数人。关于陈子昂还有一则轶事，他初到京城时，购了一把昂贵的琴，却把它摔碎，以此吸引城中人对其诗的注意。李白则自夸能够凭一时兴致而散发资财。这两位诗人一起行动于和自得于一套价值观的背景，与宫廷贵族诗人的价值观极不相同，后者的价值标准是宁静的隐士，或儒家道德家。陈、李的这套价值观，与豪士或游侠角色相关，但更一般的是涉及豪迈慷慨的行为和侈夸逾常的姿态，与率意违抗社会行为准则联系在一起。[1]

豪迈轻率的暴力行为与贵族公子的陈套角色有联系。在开元

---

[1] 关于游侠的传统和价值观的详细讨论，见刘若愚（James J. Liu），《中国游侠》（芝加哥，1967）。

时期,率真狂诞的天才正在成为流行角色,以张旭一类人物为代表。这两种类型的结合,与蜀地没有必然的联系,但有关陈子昂、李白及其他人的轶事,确实表明了蜀人经常以某种变化与这些价值标准联系在一起。蜀地可能事实上曾经是一个比中原较不稳定的地区,故暴力行为或暴力的夸言及变幻莫测行为在那里是受到推崇的。李白是否有意识地夸饰自己,已无法弄清,但他确实突出地将自己与这些价值标准认同,这是一些外地人的标准。

作为率真狂诞的蜀文学人物的最著名典范,陈子昂成为李白的一个模式,而在李白的《古风》中,陈子昂的诗歌也成为重要模式。但是,陈子昂在诗歌方面对李白的影响,为司马相如的典范所掩盖,后者实际上成为萦绕李白作品的对象。在唐代,司马相如具有双重的形象。一方面,他是传说中的人物:他与卓文君私奔,与她在成都开酒店,直到文君的有钱父亲宽谅了他们,分给他们一笔财产;他是富于怜悯心的诗人,为被抛弃的皇后阿娇写了《长门赋》,使她借以重新获得皇帝的宠幸;他是感情多变的丈夫,为了另外一个女人而离弃卓文君,文君写了《白头吟》谴责他。

另一方面,司马相如是汉代最著名的赋家,他的作品以丰富词汇和推测想像征服了读者。保留在《西京杂记》中的评论,对于司马相如在唐代的诗人形象很重要。这些评论现在认为是不可靠的,但在唐代却应该被认为是可信的。《西京杂记》记述司马相如曾说:"赋家之心,包括宇宙,总揽人物,斯乃得之于内,不可得而传。"[1]这是一种关于文学的艺术本质的壮丽恢宏的观念,

---

[1]《西京杂记》(《四部丛刊》),卷2页4a。

与曹丕的《典论·论文》和陆机的《文赋》相应；诗人的意识与宇宙秩序和谐地联系在一起，宇宙秩序被包括在文学的艺术之中。这种文学观念与艺术是文化秩序和社会道德体现的复古观念大不相同，但与复古观念一样，它为诗歌提供了某种首要原则和存在理由，这恰恰是宫廷诗及其继承者京城诗所缺乏的。《西京杂记》中归属于扬雄的另一评语甚至更重要："长卿赋不似从人间来，其神化所至邪。"[1]出自《西京杂记》的这两段评语，指出了艺术和艺术家的超越本质。据此，苏颋的话"与司马相如比肩"就意味着宇宙的天才。

由于一开始就与司马相如联系在一起，这种崇高的文学观念和这位诗人后来成为李白自我形象的一个基本部分。这一自我形象将李白的求仙狂热与诗人生涯统一了起来。苏颋告诉他，他将"与司马相如比肩"；当李白到达京城时，著名的贺知章称他为"谪仙人"，即在天上犯了过失而到地上生活以作为惩罚的仙人。在陈子昂那里，豪侠狂诞的蜀地角色与复古诗人的严肃道德态度并不一致，最后只能屈服于后者。李白则找到了能够顺当容纳其蜀地角色的诗歌观念：他具有仙人的特质，允许在诗歌和行为两方面都狂放不羁。正如同后代批评家所称呼的那样，他是"诗仙"，可以违犯法则，因为他超越于法则之上；他看见自己的才华与司马相如一样，"不似从人间来"。随着这种从世俗人间的首要解放，李白呈现出了丰富多样的面貌：狂饮者，狎妓者，笑傲权贵和礼法的人，挥笔洒翰的诗人，及自然率真的天才。

李白生于701年。他的具体出生地无法确定，但很可能是在

---

[1]《西京杂记》(《四部丛刊》)，卷3页5a。

中亚的一个半汉化地区。他的家庭在他幼年时移居蜀中。如果我们相信李白所述年轻时的事迹——对此我们应十分谨慎,他在八世纪二十年代中叶出蜀前,已经以诗人和隐士的身份获得相当程度的地方声誉。其后李白沿长江而下,游览名胜之地,并试图与各种名流结交。他在这一期间所遇到的人物中,道教大师司马承祯最值得注意。

到了730年,李白结束漫游,定居于安陆,地处长江之北,在现在的湖北。几年之后,他与当地一个名门望族的女儿结婚,其祖先是许圉师,曾任过高宗朝的宰相。至730年这一家庭最多只有地方影响。李白过度热切于为自己提供辉煌背景和高贵色彩,为了达到这一点,他显然不惜隐藏或歪曲事实。这就告诫我们,对于李白所有关于自己和亲属的论述都应有所怀疑,但还表明这种社会背景对于被承认和提高社会地位是必不可少的;有许多诗人虽然较为拘谨沉默,却有着不言而喻的社会名望,这就充分表明了社会背景的重要性。

李白与地方名族的女儿结婚,而其祖先曾是宰相。李白自述此事经过说,他刚结束游览为其"乡人司马相如"所夸的著名云梦泽,"而许相公家见招,妻以孙女,便憩迹于此。"[1]但事实上,许圉师已卒了很久,极不可能还有什么六十岁以下的孙女。在同一封信中,李白同样虚假地自称其家出于金陵,南朝的故都;并进一步自述在漫游南方时,每逢遇到落魄公子,都以金钱济之。这一行为可能用来表明他对于"像他"一样贵族出身而潦倒于人间者的怜悯之情。

---

[1] 郭云鹏,《分类编次李太白文》,卷26页16a。

第八章 李白：天才的新观念

但实际上安州是一个不起眼的偏僻城镇，李白在这里是一个背景不清的人物，故他提高地位的最大希望，是使别人相信他对自己的高贵描述。以安州为中心，李白时而出游周围地区。其中最重要的是去襄阳的短暂游览，在那里他遇见了孟浩然和有影响力的韩朝宗。对于孟浩然，李白赠送了前引热烈的赞美诗，但这位老诗人看来几乎不注意李白。还有一个传说，李白在谒见韩朝宗时，由于未付予应有的尊敬，冒犯了这位刺史，他以"醉酒失态"的借口弥补了这一粗率行为。关于孟浩然和韩朝宗也有一个相似的传说，这就使人对这一事件产生疑问，但即使李白之事确实发生过，他并未从其机敏中得到什么。

八世纪三十年代末或四十年代初，李白离开安州，重新开始漫游，可能是希求建立声名。他在泰山遇见道教大师吴筠，从而改变了命运。吴筠对李白印象深刻，他在742年被召进宫廷时，介绍了李白。李白设法使玄宗印象深刻或感到有趣，于是在翰林院得到了一个位置。翰林院是正常政府组织之外的特殊机构，只由皇帝任命进入，其成员大多与皇帝有接近的、经常的侍从关系。在玄宗的统治过程中，翰林院的功用和结构有很大变化，它包括了从经学家、文学家到方士、医者、优人等各种人物。于是，在非常短暂的时间里，李白突然接近了皇帝，完全胜过各种正常渠道：家族，权贵扶持，及进士考试。李白在翰林院的作用，似乎曾经为皇帝起草文件，但还可能作诗供后宫演唱，观赏者为皇帝妃嫔，特别是杨贵妃。

如果李白的后宫诗可靠，它们的风格与宫廷宴会诗的修饰风格是大不相同的，后者还保留于较正规的宫廷场合。据说为颂美杨贵妃和宫中花园的牡丹，李白写了三首《清平调》歌词。这些歌词由皇帝的首席音乐家李龟年为玄宗夫妇演唱。下引是组诗之一：

> 云想衣裳花想容，春风拂槛露华浓。
> 若非群玉山头见，会向瑶台月下逢。（08019）

酒、李龟年的歌声及杨贵妃的丰满身姿，对于玄宗可能富于刺激，但这篇歌词作为一首纯粹的诗，不过是消遣作品。它所阐述的旨意只是"杨贵妃像花和女神"，几乎没有比这更陈腐的赞美女性美的话了。

现存的众多轶事与李白在宫中的时期相关，这些轶事记述了其惯常的饮酒，狂诞性格，以及在皇帝面前缺乏尊敬礼仪。此处无法区别事实和虚构。处于李白这样的位置，不但一定程度的放任不羁是允许的，而且还得到肯定的称赏。李白作为"逸人"的声誉，可以肯定是玄宗喜欢他的一个重要因素。如果李白突然变成顺从的或忠实的道德家，很可能他已经发觉自己快要失宠了。无论是在宫廷内外，李白的狂诞行为是其所选择的角色的组成部分，而不是如同某些传记作者所说的，是蔑视权位的真实表示。李白渴望被赏用，表示乐于进入宫廷，当他被迫离开时，发出了激烈的抱怨。狂野本是对他的期待，他并非有意地要对皇帝挑战。而唐代读者与皇帝一样喜好轻率行为，于是有关李白行为的轶事就被渲染夸大了。

有一则著名的轶事，最早出自李白的朋友和第一位编集者魏颢之口：李白正在一位贵族家饮酒，被召入宫起草诏书；他半醉地来到宫中，挥笔制诰，不草而成。这一基本情节并不过分，完全可信，但当它重新出现在稍后的几种资料中，就被改变和修饰了：皇帝是在"试"李白的诗歌才能；权势熏天的宦官高力士被命令为诗人脱靴，等等。传奇的李白有着丰富的资料，盖过了凡人李白的贫乏资料，而李白自己的叙述也是对前者的贡献远超过后者。但是在文学研究者看来，传奇远比真人重要，于是李白的多数作品都被用来帮助和美化传奇的形象。

李白所洋洋自得的皇帝宠幸依靠的是十分不安全的基础：皇帝亲自任命的人也能够被皇帝亲自赶走。在744年，由于政敌的压力，李白被打发出宫廷，或被迫辞职。我们应该记得，事实上李白在742年前尚未为京城文学界所知，而他在宫廷和京城只待了不足三年的时间。而且，作为翰林待诏，他仍然无法进入将朝廷中的文学人物联系在一起的巨大社交关系网。李白显然吸引了许多文人的注意和称赞，包括年轻人和老年人，但像他在宫廷的那种地位，他的名望所依赖的基础要比王维或王昌龄较不稳固。

离开长安之后，李白向东而行，先抵洛阳，然后沿河而下至汴州。正是在此次旅行中，李白遇见了高适和青年杜甫。其后十年中，李白漫游各地，依靠他作为诗人和狂士的声誉而生活。

755年安禄山叛乱爆发时，李白正在东南地区，他明智地待在那个安全地方。他开始自称曾预见反叛，并设法躲避，这是符合他的性格的做法。但未过多久，他就陷入了麻烦：玄宗退位之后，肃宗任命其弟永王掌管长江下游地区。但永王有自己的打算，很快组建了一支军队，以为足以在那一地区建立一个独立王国。在沿长江而下前往扬州的路上，永王带上了李白，将他留在船上，作为其小宫廷的文学装饰。在扬州，永王的军队被击败，李白随众溃逃。李白陷入反叛的程度不清，他本人自称是被囚禁者,在军队到达扬州前就逃走了;但他还为叛军写了几首诗,至少把他们装扮成是奉朝廷之命。可能李白十分天真地相信这一点,但更可能的是他作为囚犯或通敌者写下这一虚伪的编造。

在757年初,永王军队被击败后不久,李白被逮捕了,关押在浔阳。后来他得到有限制的释放,又开始了漫游,不断地祈求皇帝的谅解,最后在759年获赦。他以漫游长江地区度过最后几年,徒劳无益地希望在新朝廷中得到官职。762年,在将作品托付给朋友、大书法家李阳冰之后,诗人与世长辞。

李白最早的作品之一,是一篇充满活力和幻想的赋,咏的是鹏,《庄子》第一章中所描绘的大鸟。鹏是诗歌和哲学的象征,代表超越世俗见解局限的壮伟。这只鸟在李白的临终诗中再次出现,作为对诗人的隐喻。青年赋作中那生气勃勃的大鸟不见了,代之出现的是一种悲壮的自豪:

> 大鹏飞兮振八裔,中天摧兮力不济。
> 余风激兮万世,游扶桑兮挂左袂。
> 后人得之传此,仲尼亡乎谁为出涕。(08147)

在这首楚辞体诗中,扶桑是生长于世界东方边界的神树;这位宇宙诗人经过那里时,落下了他的衣袖,而他那包含一切的意识正在环绕宇宙。

李白的诗歌声誉在其一生中及在八世纪后期的发展过程,是难以说明的。他在天宝时就有追随者,但没有人像后来那样认为他是伟大的诗人,连天宝时期的大诗人都算不上。编成于753年的《河岳英灵集》精当地选入了他的代表作,但殷璠并没有给予他最高评价，而是慷慨地用在其他几位诗人身上。主要关注诗歌声调标准的《国秀集》，根本没收李白的诗。《国秀集》编于八世纪五十年代末或六十年代初，代表了叛乱后京城趣味的转变，不再对天宝的豪放风格感兴趣。

李白卒后的头几十年，几乎没人提及或模仿他的诗。其后，在八世纪的最后二十年，对李白作品的兴趣有所恢复，特别是在东南地区。到了九世纪初，围绕于韩愈和白居易周围的作家们，已经认为李白和杜甫是盛唐最伟大、最典范的诗人。从那时起，李白和杜甫共享的名望事实上从未被质疑，而对于这两位诗人的相关评价发展成为一种流行的批评消遣，特别是在二十世纪。

与孟浩然的作品一样，李白的诗也有严重的文本问题。李白卒后不久，他的作品以两种集本传世，一本是《草堂集》，李阳冰编，另一本是《李翰林集》，魏颢编。这两个本子在宋代的刻本中被合并在一起，故我们实际上并不清楚它们的情况。它们可能在本文和所收诗篇两方面都是不同的。宋代的版本还自称发现了不少"佚"诗。中国编集方式的最大优点也是其最大缺点：每一首诗只收入一种异文。在有多种异文的情况下，编者被迫进行选择，但在大多数情况下，他们的选择只根据一个单独的原始文本。在整首诗的情况下，明显的伪作通常会被置于确凿无疑的真品之旁。除了一些诗可能是伪作，李白的集子还含有同一首诗的不同本文，有时题目相同，有时不同。这些可能体现了不同的诗稿，两个原始辑本的差别，取自选集的本文，或诗篇经演唱后的修改。这些情况使得许多学者曾经怀疑李白的整部集子，这是可以理解的。十九世纪的著名学者和诗人龚自珍走得最远，认为李白的1100首诗中,只有122首是真品。[1]情况也许还未糟到龚自珍所确信的地步,但对于有疑问的诗篇,还是应该小心从事。[2]

乐府和"歌行"大约构成现行李白集的五分之一。"歌行"大多数以乐府风貌写成,但它们有两方面与传统乐府不同:其一,"歌行"未用传统乐府题(虽然一些乐府也是如此);其二,歌行比乐府较倾向于应景性。第二种区别并不显著,但对于唐代的诗体观念可能更重要。在唐代,李白最主要是以乐府和歌行而著称,它们不仅是其入选选集最多的作品,而且还出现在与其诗有关的轶事和评论中,远远超过它们在现存集子中的比例。

李白的同时代人发现他的乐府和歌行新鲜有趣,而中国诗的读者则总是觉得它们十分独特。我们几乎不知道八世纪时,每一首诗是如何被阅读、分类及评价,但从下引几段评论中,我们可以看出,在这一世纪的前半叶,审美趣味方面正在发生一些变化。

"二诗功力悉敌。沈诗落句云:'微臣凋朽质,羞睹豫章材。'盖词气已竭。宋诗云:'不愁明月尽,自有夜珠来。'犹陟健举。"沈乃伏不敢复争。

(宫嫔上官婉儿在709年的一次诗歌竞赛中所作的评判)

间游秘省,秋月新霁,诸英华赋诗作会。浩然句曰:"微云淡河汉,疏雨滴梧桐。"举坐嗟其清绝。
(八世纪三十年代初孟浩然出现在张九龄、王维面前:出王士源序)

---

[1] 《定庵文集补编》(《四部丛刊》),卷2页19a—b。
[2] 关于伪作的讨论,见詹锳,《李白诗论丛》(北京,1957),页45—63。

第八章 李白：天才的新观念

在长安时，秘书监贺知章号公为谪仙人，吟公《乌栖曲》云："此诗可以哭鬼神矣。"

（范传正为李白所作碑文）

上官婉儿在评语中，首先寻找的是技巧的正规要求，然后是结尾的恰当雅致：诗歌不是被描绘，而是被根据某种已知的鉴赏标准进行评判。在对孟浩然诗句的反应中，描绘和评价占了大致相等的比例：这一对句是"清绝"，这是按照它所创造的情调来理解，但这种情调是难以定义和解释的。然而，当对一首诗的反应是它能够"哭鬼神"时，我们就面对着与前两种评论不同类型的文学标准。这样一种评论指向诗歌的动人力量，不是根据情绪的范畴，而是根据其程度。它试图说明某种似乎超越一般文学局限的东西。对孟浩然诗句的"嗟叹"，是对杰出才能的动情承认，但基本上仍保留于诗歌的恰当界线内。"哭鬼神"的说法，是对天才的承认，而天才要求一种超过普通人的反应。贺知章对于《乌栖曲》的赞美不是独一无二的：在李颀的歌行中，董庭兰的乐声也吸引了自然界的妖精来窃听。天宝读者所寻找的，李白所自豪地提供的，是超越旧艺术界线的天才。

李白为京城文学界认识之后，京城诗人彬彬有礼地避免提及李白或其作品，因为他们的审美观较为保守。但李白确实抓住了处于诗人社交网之外的读者的想像力，包括年老的狂士，如贺知章，易受影响的年轻诗人，如岑参和杜甫。贺知章对《乌栖曲》的赞美代表了与京城诗人不同的文学标准，而这首诗本身也不同于王维的严谨简朴。

乌栖曲

姑苏台上乌栖时,吴王宫里醉西施。
吴歌楚舞欢未毕,青山欲衔半边日。
银箭金壶漏水多,起看秋月坠江波。
东方渐高奈乐何。(07929)

同时代的每一位读者都知道这一传说,知道当吴王正耽溺于其美丽的妃子西施时,他的王国已即将被越国军队消灭。[1]

在八世纪四十年代初的读者看来,这首诗有许多新颖奇异的特征。首先,李白具有一种才赋——虚构想像,在这方面前此的中国诗人很少有人达到较高的程度。同时代诗歌中,王昌龄和储光羲的简洁绝句最接近于《乌栖曲》,但可能作于其后。八世纪四十年代前的大多数诗人在处理历史主题时,总是转向怀古诗,由于游览古迹而引起感怀。怀古诗可能确实包含一些推测的诗句,设想古迹过去曾经有的风貌,但诗歌中心不可避免地是诗人的现在:他所看到的,所感受到的,以及(将想像行为降低至思考过程)所想像到的。

在七世纪,诗人要写虚构的诗,就必须运用传统乐府题的程式化成分。从七世纪最后十年开始,对于虚构想像的兴趣日益增加,诗人运用虚构想像的方式也日益自由。陈子昂《感遇》诗中

---

[1] 755年后的读者,没有人会忽略《乌栖曲》与玄宗和贵妃的对应。贺知章的评语得以保留下来,可能是由于读者认为他提及对当时政治形势的类比。然而,《乌栖曲》肯定早于安禄山叛乱,可能至少早十五年。除了李白后来自称的预见外,没有证据说明这首诗有任何时事意义。此外,在天宝中,还有与贺知章的评语性质相同的评语。

第八章 李白：天才的新观念

的某些幻想寓言及八世纪初的七言歌行中，都出现了虚构想像。后来又出现于王维的少作《桃源行》（05880）及音乐诗中。但《乌栖曲》的梦幻般片断超过了李白的所有先驱者。王维对西施传说的处理提供了鲜明的对照：

> 艳色天下重，西施宁久微。
> 朝为越溪女，暮作吴宫妃。
> 贱日岂殊众，贵来方悟稀。（出05851）

西施传说的典范、类型意义，在李白诗中未起作用，在王维的处理中却占主要地位。王维的阐述十分讲求修辞：论题（"艳色……"）；特定范例（"西施……"）；以被赏识前后的处境作为反题的阐述范例（后四句）。相反地，李白所描绘的只是一夜之中的场景片断。

其次，在西施传说的简单艳情表面和复杂悲剧意义之间，存在着一种张力，这第二种新特征也可能导致了《乌栖曲》的魅力和流行。吴王夫妇对即将降临的灾难的漠不在意，表现为诗篇表面类似的漠不在意。正是我们这些读者将悲剧带给诗篇。李白没有解决诗中的张力；他没有走向说教，甚至顶住诱惑，没有描绘他们的堕落后果。相反，他只通过暗示，消除了吴王夫妇作乐的简单表面，这些暗示只有读者能够理解。时间消逝，各种事物正在走向结束：水漏即将滴尽，太阳即将被山峰吞没，季节已是秋天，月亮即将沉入江中，而冉冉上升的朝阳将展示他们的未来。

观众知道所叙述情节的重要成分，其中的主人公却一无所知，这种手段基本上是戏剧的；它有力地唤起对于幻想和真实之间差异的注意。在王昌龄和储光羲绝句的动人风姿中,这一手段未起作用,但在李白诗的每一句中,它都占了主导地位。如果它完整地出现在较早的中国诗中,就会极端珍贵,将对同时代读者产生巨大的影响。它的感染力十分巨大,以致不适合于从诗歌的技巧规则或情绪方面进行评价。这是一首能够"哭鬼神"的诗。

除了《乌栖曲》之外,李白的《蜀道难》(07926)给同时代人留下了最深刻的印象。在前此的中国诗中,还从未出现过与《蜀道难》相似的作品。殷璠称它为"奇之又奇",将它划归于楚辞传统。这一归属是恰当的,有几方面理由。首先,楚辞以邀游宇宙的幻想,超凡脱俗的场景,及缤纷的男女神仙,将形象化的想像发展到了高峰。其次,在《蜀道难》的表面之下隐含着"招魂"的礼仪模式。正如巫师为劝说灵魂返回身体,生动地描绘了等待于各个方向的恐怖事物,《蜀道难》的诗人兼讲述者也试图劝说行人返回东方,夸张地描绘了蜀山风景的恐怖事物。

在抒情诗的结尾雅致地呻吟或叹息,这是十分合适的。但李白的《蜀道难》却开始于最粗朴的蜀人叫喊:

噫吁嚱!危乎高哉!
蜀道之难难于上青天。

诗中接着以极其不规则的音节,进行了夸张描写,所用的句法形式甚至在优美的散文中也会被认为是散漫的:

上有六龙回日之高标。

第八章 李白：天才的新观念

这位诗人兼讲述者还忍不住直接对读者说话，将其当成了行人：

> 其险也若此，
> 嗟尔远道之人胡为乎来哉？

与大多数乐府读者所习惯的作品相比，这是较为活泼有趣的作品。

李白显然乐于任何能够震惊同时代人的事物，而这些同时代人也对震惊极端敏感。游侠是十分普通的乐府题材：赞美游侠的勇气，或感叹他付出一生而无回报。游侠的价值观与京城名流相冲突，故诗人们通常小心地避免提到这一矛盾。但李白却强调这两种价值观之间的区别（07932）：

> （边城儿）生年不读一字书。

他甚至通过比较将儒者置于不利的地位：

> 儒生不及游侠人，白首下帷复何益。

悲叹"时间飘逝"是最古老、最普通的乐府主题之一，但李白却对着太阳车的驾驶者狂呼，夸口他将超脱一般死亡：

日出入行
> 日出东方隈，似从地底来。
> 历天又入海，六龙所舍安在哉。

> 其始与终古不息，人非元气安得与之久徘徊。
> 草不谢荣于春风，木不怨落于秋天。
> 谁挥鞭策驱四运，万物兴歇皆自然。
> 羲和，羲和，汝奚汩没于荒淫之波。
> 鲁阳何德，驻景挥戈。
> 逆道违天，矫诬实多。
> 吾将囊括大块，浩然与溟涬同科。（07950）

歇斯底里的主人公出现在李白的许多乐府中，这一主人公有其前例：相似的呼喊出现于卢照邻的一些作品中，特别是在其《行路难》（02761）的结尾；更早则出现于鲍照的一些乐府。

当诗人抛弃短暂跃入无穷时，在其变幻无常、自由驰骋的想像中，这种狂野不羁是可以预料的。但即使是在对短暂的较温和的及时行乐反应中，抒情主人公也喷涌出狂放的激情。他的乐府充满了溢酒的金杯、歌声、舞蹈及宴食。这类诗中最著名的是《将进酒》：

> 君不见黄河之水天上来，奔流到海不复回。
> 君不见高堂明镜悲白发，朝如青丝暮成雪。
> 人生得意须尽欢，莫使金樽空对月。
> 天生我材必有用，千金散尽还复来。
> 烹羊宰牛且为乐，会须一饮三百杯。
> 岑夫子，丹邱生，将进酒，杯莫停。
> 与君歌一曲，请君为我倾耳听。
> 钟鼓馔玉不足贵，但愿长醉不复醒。

第八章 李白：天才的新观念

> 古来圣贤皆寂寞，惟有饮者留其名。
> 陈王昔时宴平乐，斗酒十千恣欢谑。
> 主人何为言少钱，径须沽取对君酌。
> 五花马，千金裘，呼儿将出换美酒。
> 与尔同销万古愁。（07931）

中国诗歌传统中并不缺少及时行乐诗和饮酒诗，但此前从未有过一首诗以如此蓬勃的活力向读者述说。诗中说的是一件事："人应该饮酒以忘记世上和死亡的忧愁"；它还说了另一件事："与我同醉，不要吝惜金钱。"但诗人近乎疯狂的呼喊湮没了这种对社会礼法的极大违抗。

这首诗的充沛活力还体现在另一方面：将注意中心从主题本身——将一切事物都看得乏味陈腐——引开，直接指向抒情主人公。传统主题仅是用来体现个性的形式，李白在这方面的运用超过了孟浩然。我们后面将要讲到，在李白的非乐府诗中，这种对于创造和阐述个性的关注甚至还更突出。

在李白较不狂放的乐府中，对于隐含主人公的兴趣，同样超过了诗篇本身的表面叙述。正如同前一首诗试图呈现饮者的狂放状态，下引诗也试图再现情人的梦幻般迷惘境界。这种以片断场景表现诗人迷惘意识的手法，后来成为九世纪中叶诗法的一个基本部分。

长相思

> 长相思，在长安，络纬秋啼金井阑，微霜凄凄簟色寒。

> 孤灯不明思欲绝，卷帷望月空长叹，美人如花隔云端。
> 上有青冥之高天，下有渌水之波澜。
> 天长路远魂飞苦，梦魂不到关山难。
> 长相思，摧心肝。（07939）

"有所思"是乐府传统中最古老的主题之一。这一主题有某些必要的构成成分，李白用了其中的大部分：秋天，霜，蟋蟀啼声或蝉鸣，寒冷的床席，卷帷，望月，并总是伴随着山、云，或隔断情人的水，使得他或她见不到所思念的人。《长相思》的突出特征在于，李白将所有这些陈旧成分结合成一种完全崭新的东西：它们变成了一组视觉和思想片断，迷乱地掠过情人的意识，结果使得这首诗具有一种直接的动人力量，为此前对这一主题的处理所罕见。但要成功达到这一点，还需要读者了解这些意象的习惯联系。这是一首类型诗，但诗中所产生的情调与讲述者的情调是一致的：它试图使读者与讲述者等同，让他用自己的眼睛观察诗境，用自己的心灵感受诗境。

李白乐府的主题范围，覆盖了此前乐府主题的大部分：相思和征人之苦的主题较突出，但还有游侠诗，游仙诗，感伤短暂事物的诗，宴饮诗，描绘某一地区的美丽或艰险的诗，表现普通百姓苦难的诗，以及其他许多题材。与《长相思》一样，李白经常采用这些诗题的传统成分，但虽然受到这些限制，他的乐府在风格上却呈现出极其丰富的变化。如果说在《长相思》中，李白是从情人的内心来处理相思主题，那么他还能够从完全外部的观察来处理这一主题，如著名的《玉阶怨》（08005）：在诗中，读者可以看见女主人公的行动和姿态，并可以知道她内心的纷乱情绪，但诗人对这一情绪并没有作任何明确的提示。虽然李白缺乏京城诗人的圆熟精致风格，但他以一种熟练的独创技巧加以弥补并超过他们，这种独创没有一位同时代诗人（除了杜甫）能够匹敌。事实上，由于李白作品的创新和变化极大，竟难于从较多诗篇中归纳出共同特征。

前面所译的李白乐府，大多采用不规则的音节格式。虽然这种形式在较早的唐诗中已出现，但李白的运用远比任何先行者或同时代者频繁。初唐乐府主要是五言诗，其格式与其他诗的形式无法区别。八世纪初，随着七言歌行的流行，七言和杂言乐府也较多见了，七言歌行本身也经常含有少量杂言。这种杂言歌行和乐府，是以七言句为基础，加入少数三言句，也有五言句，但较不常见，由此构成音节的变化。但是在李白之前，没有一位诗人敢于像他的许多著名乐府那样，采用极端杂乱的句式。在最放任不羁的时候，李白用了长达十二音节的句子，并经常不顾诗歌的节奏，采用散文和赋的节奏。由于许多最早的汉乐府十分不规则，故李白诗的不规则具有一种原始的成分。但在李白乐府中，更重要的效果是一种自由的感觉，一种超越普通音节法则的愿望，与他自如地超越主题和类型成规相一致。

有时，李白也乐于尝试采用南朝和初唐乐府的守旧模式。《玉阶怨》就是一首这样的诗，诗中出色地将南朝"宫体"与盛唐绝句技巧结合在一起。李白的著名组诗《塞下曲》（07997—08002）中的几首诗，明显地试图捕捉初唐边塞乐府的风貌。李白在接近其模式上的特殊"失败"，标志着前几十年中诗歌所发生的巨大变化。他未能充分消除诗歌个性以写出真正的初唐风格，"祸因"正在于他的天才。如《塞下曲》之三的开头：

>   骏马似风飙，鸣鞭出渭桥。

熟悉初唐诗惯例的读者，会立即看出这一开头是现成的陈套：皇家军队走出京城。修饰手法也是初唐的："鞭"指代骑士，"出"是恰当的雅词，安置于句中的恰当位置。可是，"鸣鞭"却近于粗俗，而第一句相对来说，又太新异，太放肆，太直接。在骏马"似风飙"的充沛活力和鞭子的激烈响声中，李白所努力要获取的宫廷尊严又丧失了。但恰恰正是这种活力使得李白诗成为其后千百年中的审美享受，在这期间只有最忠实的古董研究者才会去读初唐乐府。

与许多同时代诗人一样，李白是绝句简洁艺术的能手，经常采用南方乐府风格。在这类诗中，李白往往捕捉优美动人的、令人难忘的瞬间形象。孟浩然常描写他的家乡襄阳，而李白描写襄阳时，却显得比本地人还要地道。李白提到了诸如"白铜鞮"的地方歌曲，以及著名的地方人物，如晋代的长官山简，襄阳历史上最大的酒鬼。

襄阳曲四首之一

>   襄阳行乐处，歌舞白铜鞮。
>   江城回渌水，花月使人迷。（08006）

孟浩然和每一位游览襄阳的人都不能不提到"堕泪碑"，此碑由贤明的地方官羊祜树立。游览岘山一带的人都应该读此碑，并记起羊祜的美德而落泪。李白却扭曲和否定了这一惯例，以十分特别的方式采用了它，从而将自己与其他人区别开来：

> 且醉习家池，莫看堕泪碑。
> 山公欲上马，笑杀襄阳儿。（08009）

李白可以用储光羲《长安道》的起兴手法作为开头，引出长安的少年豪侠，但他在结尾留下的是声色之乐的笑声，而不是感伤的传统形象：

少年行二首之二

> 五陵年少金市东，银鞍白马度春风。
> 落花踏尽游何处，笑入胡姬酒肆中。（08045）

由于李白偶尔会提及为大多数诗人所忽略的日常生活的某些方面，一些现代批评家在他的作品中发现了"现实主义"。但事实上，真理多走一步就成了谬误，李白所描绘的是程式化场景中的理想情境和传统角色，经常表演集中体现他们存在的重要姿态（与同时代诗人的绝句技巧一样）。下引诗未包含在乐府中，但却是李白绝句技巧的出色范例：

越女词五首之三

> 耶溪采莲女，见客棹歌回。
> 笑入荷花去，佯羞不出来。（08827）

此类诗表现了天才,但却是能够捕捉幻想的天才,而不是热心观察现实世界的天才。

李白集子中对乐府和歌行的区分,可能不是出自诗人之手,而是出自某位编集者,甚至可能是一位宋代的编集者。尽管歌行比乐府更倾向于应景性,这两种形式仍相当接近。其接近的程度,可以从收于歌行部分的长篇《襄阳歌》(08072)中看出:这首诗中的一些部分是由四首《襄阳曲》(08006—9)中的片断组成,后者收于乐府。根据唐代诗题的自由变换(特别是在歌和曲一类诗体术语中),我们可以明白对这两部分的划分是十分武断的。

"歌"的部分包括了李白最著名的两组诗,《秋浦歌》(08100—16)和《横江词》(08087—92)。在许多方面这两组诗都是李白天才的标志:它们看起来简单明了,却无可否认地打下了李白诗歌个性的烙印。在这些诗篇的各色人物后面,站着诗人李白这一操纵的人物,诗人幽默地玩弄他的创造能力,让读者面对的是明显的不真实和嘲讽般的距离。

在《横江词》之一中,李白扮演了南方乡下人的角色,大声地恐吓风暴的威力,读者和诗人则在诗篇后面带着优越的微笑观看。

> 人道横江好,侬道横江恶。
> 一风三日吹倒山,白浪高于瓦官阁。(08087)

注意前两句对立的典型行动,诗人在这里反对任何人的观点。但李白只是在诗中装腔作势,无论是他还是任何人都不会相信,因为诗篇的中心并不在这一角色,而是在诗人创造和扮演角色的能力。

随着组诗向前发展,李白发明了自己的各种新角色,补救了第一首的可笑人物,但同时也显示了诗人凌驾一切角色的力量。如第五首:

> 横江馆前津吏迎,向余东指海云生。
> 郎今欲渡缘何事,如此风波不可行。(08091)

在快速简洁的叙述中,我们看到焦急的津吏正指着背景上即将到来的暴风雨。但诗篇的真正中心是诗人的隐蔽角色:头发在风中飘拂,勇敢地面对即将来临的风暴,周围涌起山一般的浪涛。不过,诗人与其所装扮角色之间的嘲讽距离在此处依然存在。

组诗的第六首也是最后一首,显示了诗人角色的最后变化和极点。

> 月晕天风雾不开,海鲸东蹙百川回。
> 惊波一起三山动,公无渡河归去来。(08092)

"公无渡河"是乐府题,基于下述传说:朝鲜的一位津吏看见一个老狂夫,披着白发,提着壶,想渡过风暴中的河流。其妻追逐于后,想阻止他下河,但未能使他返回,老人堕入风涛汹涌的水中淹死。其妻援箜篌而奏《公无渡河》,然后也跳入乱流中。

组诗第一首的乡下角色,用南方的第一人称"侬"表示,在组诗第五首转变成愚昧而勇敢的"郎"。在最后一首诗中,他又成为神秘的、悲剧性的"公",而"恶"的横江则变成巨大的、变幻不停的暴风景象,江中翻滚着鲸鱼,天上布满了不祥的预兆。但组诗的整体背景表明,甚至连最后一种角色也是伪装,是诗人装扮出来的。这组诗并不是真的"关于"渡河,真正的兴趣中心在于创造的诗人,他对于艺术的彻底掌握,及他的控制和变化力量。在最佳状态下,李白通常写的是他最喜爱的对象——李白。

以《古风》为题、包括了五十九首诗的一组诗,被置于李白诗歌的最早刻本之首,并且很可能至少曾被置于一个原始集本之首。虽然"风"字还意味道德影响的感人力量,"古风"大致指"古代的风格"。《古风》的命题,这些诗篇的编成组诗,及被置于全集之首,到底是出自李白之手,还是编者所为,无法确定。但《河岳英灵集》收入了这组诗的第九首,题为《咏怀》,这就启示我们,这组诗原来可能没有题目。《咏怀》这一诗题出自阮籍的著名组诗,但是到了唐代,它已经成为一个题材名称,殷璠将它安在一首无题诗上是十分自然的。无论《古风》这一诗题是出自李白还是编集者,都应解释为我们已经用过的题材意义:以建安、魏及晋风格写成的复古诗。

除了第一首诗,或许加上最后一首,《古风》的编排并没有明确的次序。第一首是复古陈套,用诗歌表达对文学衰颓的感叹,体现了复古的文学史叙述,最后赞美唐代复兴了古代的价值观。最后一首则哀悼"道"的堕落。我们同样无法弄清这一构架出自李白抑或编者。在这一构架中,诗篇本身显得杂乱无统,没有理由设想它们是同时之作;然而,那些想证明这一组诗作于不同时期的尝试,都基于极其无力的时事解说上,同样难于令人信服。

第八章 李白：天才的新观念

李白的《古风》突出地沿袭了陈子昂《感遇》的传统。一些《古风》显然是单篇《感遇》的仿制品，在这里李白表现了出色的模仿力。《古风》所涉及的主题范围与《感遇》十分相似，包括了贤人失志、游仙、咏史、边塞及咏物寓言；这些主题的处理，采用的是从《感遇》发展而成的公认的盛唐古风格体。即使这些诗未被当成组诗，它们也是对陈子昂的承袭。李白扮演的是蜀地诗人的现成角色。陈子昂的《感遇》、张九龄的《感遇》及李白的《古风》是七至八世纪最著名的三组复古诗，而这三位作者都来自边远地区，这是一个颇有意味的现象。

正如可以预期的，李白对于刻板的正规讽谕诗束手无策，对于允许驰骋想像的题材则得心应手。咏史诗和游仙诗使他的天赋得到了格外出色的发挥，这两种题材都涉及看不见的世界。陈子昂的《感遇》中，有一首咏周穆王周游天下（04372），表现统治者狂热求仙的主题。这一主题确实十分古老，在早期道家经典及传说中已出现。在复古诗中，它要求做出道德评判，但只能是否定的，在两首《古风》中（07867，07912），李白吟咏了秦始皇及其带有传说色彩的求仙狂热，把这位皇帝描绘得威力强大但又疯狂无成。九世纪初，李贺沿袭了李白的秦始皇形象，将他改造成与时间和变化斗争的狂热巨人（20685）。李白所描绘的第二种秦始皇形象见于《古风》之四十八，这首诗基于一个传说：秦始皇想要建造一座横跨东海的桥，以到达日出之处；建桥时，他让一位术士驱动十一座山的石头，用鞭子把它们赶向海边。

秦皇按宝剑，赫怒震威神。
逐日巡海右，驱石驾沧津。

> 征卒空九寓，作桥伤万人。
> 但求蓬岛药，岂思农扈春。
> 力尽功不赡，千载为悲辛。（07912）

从最后一句看，这首诗可能含有某些时事意义。这句诗袭自《感遇》（04376），在那里它确实指向时事阐释：由于古代的一些弊病复现于现在，所以引起悲酸。但是没有读者会忽略李白对秦始皇神奇形象的真实迷恋，这一点远胜过任何时事解释。

与乐府一样，古风为李白提供了虚构想像的机会。李白描绘逢遇仙人或遨游天空的情景，比描绘他实际出席的社交情景要更令人信服，这是李白才赋的一个突出特征。在想像中他最为自由自在，他的心灵眼睛格外清澈明晰。在《古风》之十九中，李白从空中俯瞰，看见了远处密集的安禄山军队：

> 西上莲花山，迢迢见明星。
> 素手把芙蓉，虚步蹑太清。
> 霓裳曳广带，飘拂升天行。
> 邀我登云台，高揖卫叔卿。
> 恍恍与之去，驾鸿凌紫冥。
> 俯视洛阳川，茫茫走胡兵。
> 流血涂野草，豺狼尽冠缨。（07883）

李白现存集子的最后，还有一些未收于《古风》组诗的古风诗。这些诗用的是较常见的唐代古风诗题：《效古》（08694—95），《拟古》（08696—707），《感兴》（08708—13），《感遇》

(08718—21),及《寓言》(08714—16)。这些诗可能是后来搜集的诗篇或伪作,最早的编辑者或其中之一未拥有它们,也可能表明了李白古风诗原本有过的题目。

李白集的其余部分,包括了个人诗和应景诗的通常范围,此处李白显示出对律诗的一定反感。有关李白宫中生活的一则轶事说,玄宗传召李白,要试验他的诗歌能力,因为玄宗知道李白"薄声律,非其所长"。[1]与大多数同时代诗人的集子相比,李白的集子中,个人诗所占比例比应景诗大了一些。在其为数不少的应景诗中,有不少率意而为的作品,或被粗劣字句破坏了的好诗。李白所自豪地采取的自由放任笔调是需要付出代价的:他所喜爱的意象和词语一再重复出现,以至那些最陈旧的滥调流利平滑地经过读者眼前时,已不再会引起注意。率真自然的诗篇与仅仅是率意而为的作品之间,往往难以划分界线。

有时李白能够和写简朴的诗一样,写正规修饰的诗,虽然他缺乏写此类诗的雅致。即使在他最富于想像的描绘中,他的词汇仍相对地简朴。同样,在正规作品之外,他通常总是避免迂回曲折,他的句法异乎寻常地直截了当。他的作品充满了似乎曾经是口语或口头成语的词汇。冗长的、散文式的诗句所起的作用,普通诗歌语言用两三字就能达到(参08231第21句)。

同时代的贵族趣味可能会对李白的缺乏技巧反感,但他的流畅简朴风格使其作品有着持久的魅力。李白风格的最重要特征或许是简化和限制诗句之间和联句之间的联系。同时代诗人普遍地将一联诗看成基本的构思单位,结果他们的诗经常倾向于不用连

---

[1]《本事诗》,页7b,收《续历代诗话》(台北:艺文印书馆,无日期)。

接词的极端排比。李白使诗句重新成为基本的语法单位（虽然他也用过跨句法），在他的诗中，思想自如地、连续地通过诗句和联句之间的缝隙。读者从李白诗歌中感受到的活力和直率，多数来自他对联句之间障碍的减弱。京城诗人尽可能设法使诗篇的一句之间、一联之间和各联之间的联系复杂化，李白则设法使这些联系简单化，使它们直接可以理解。

李白在其他方面对突出气势和不受制约的关注，超过了文体方面。他在诗中所扮演的各种角色——仙人，侠客，饮者，及狂士，全部都是处于士大夫兼宁静隐士的双重角色之外的行为类型。李白多数应景诗隐含着拒绝扮演"普通"诗人角色的信息，他扮演的是其他诗人从远处渴求的角色。通过这些角色，李白表明了他是"区别于"其他诗人的，而"区别于"意味着"高于"。作为一位生长于京城中心诗坛外部的人，李白以其独立性形成了一种新价值：他不仅仅是与众不同，而且是由于超越众人而与众不同。由于李白缺乏合法的社会背景，他不得不成为一个"发明自己"的诗人，不仅他那些自夸的书信如此，他的诗歌也主要与创造和解释李白相关。通过这种对自我的关注，李白将自己从诗歌传统中一些最严格限制的方面解放了出来，这些方面包括观察对象的被动性，人生欲望的压抑，及外部世界的专制。王维可能是"诗匠"，李白却是第一位真正的"天才"。实际上，李白的风貌后来被用来界定诗歌天才。

《河岳英灵集》中选入的一首李白诗，正以这种异常而超越的李白作为对象。殷璠对这首诗的选择，表明李白所创造的自我形象在天宝时是受到赏识的。

山中问答

问余何意栖碧山,笑而不答心自闲。

桃花流水窅然去,别有天地非人间。(08465)

如果李白与其他人的社会相隔离,他就会成为独立的仙人或桃花源中的居民。题目的问答并未发生,李白已经与世间俗人隔断联系,故没有社交活动。李白本人扮演了高适诗中不回答的渔父角色。其他诗人可能会说曾经遇到这样一个人物,但李白却自称是这个人物。

王维的一首名诗也运用了阻拦式的问答,但与上引李白诗有所不同,其不同的地方典型地代表了两位诗人的区别。

送 别

下马饮君酒,问君何所之。

君言不得意,归卧南山陲。

但去莫复问,白云无尽时。(05811)

在王维诗中,确实出现了对话的部分,但这一部分掩盖了处境的基本情况,因为细节是不重要的。这样一来,对话的中断涉及到共同的性情和感觉,允许当下的理解。与之相反,李白的中断传达,所带来的是基本的、无法跨越的裂缝,将他与其他人分离开来。

李白的多数诗篇热衷于形成和突出自我形象,这一形象部分地被描绘为创造的诗人。这种情况出现在诗中的角色和各种转变的技巧,这些角色和技巧揭示了隐藏在诗后的创造、操纵的诗人。所有的唐代重要诗人都描绘出了某种自我形象,但是在李白这里,这一行动处于中心位置。与王维不同,李白对如何感受外界没有多大兴趣;与王昌龄不同,李白对情调也无首要的兴趣。他只写一个巨大的"我"——我怎么样,我像什么,我说什么和做什么。他对外部世界几乎全不在意,除了可以放头巾的支挂物。李白的诗是一种创造自我的诗:感怀诗人可以通过内省来表现自我,李白则通过独特的行为,通过不同于他人的姿态来表现自我。

夏日山中

懒摇白羽扇,裸袒青林中。
脱巾挂石壁,露顶洒松风。(08669)

自 遣

对酒不觉暝,落花盈我衣。
醉起步溪月,鸟还人亦稀。(08679)

在李白集中,社交应景诗要多于类似上引二首的"个人"诗。然而,除了乐府之外,读者将此类"个人"诗最紧密地与李白联系在一起。

甚至在社交应景诗中,李白也经常将自己放在舞台的中心,如《宣州谢朓楼饯别校书叔云》(08454)中的名句:

抽刀断水水更流,举杯消愁愁更愁。

即使是在饯别朋友时,李白也是诗歌的主人公,与他在离别时的狂热情绪相比,别人的一点忧愁显得无足轻重。

与七世纪初的王绩一样,李白发现酒是获得精神自由和直率行为的工具。也与王绩一样,李白的诗所主要关注的是饮者而不是饮酒。此类诗中最著名的是组诗《月下独酌》之一:

> 花间一壶酒,独酌无相亲。
> 举杯邀明月,对影成三人。
> 月既不解饮,影徒随我身。
> 暂伴月将影,行乐须及春。
> 我歌月徘徊,我舞影零乱。
> 醒时同交欢,醉后各分散。
> 永结无情游,相期邈云汉。(08651)

在这首诗中,以及在大多数李白的作品中,孤立既不是孤独,也不是宁静的隐逸,而是为诗人提供了机会,显示创造性的、丰富的自我,以及以自己的想像控制周围环境的能力。只要有诗歌活动(以及来自世俗世界的观众),他就不会孤独。如果鸟和云离开了他,他能够找到更可靠的伙伴。

独坐敬亭山

> 众鸟高飞尽,孤云独去闲。
> 相看两不厌,只有敬亭山。(08678)

在诗歌想像中,诗人能够想入非非,任意地构造和理解世界。

李白不仅通过各种面具来展露他的存在和创造力量,而且还通过描写及诗歌技巧的其他方面来表现。同时代人和后代批评家在李白作品中看到的"奇",其作用是引人注意诗歌后面的诗人,他的创新和独特之处。王维在描写中运用句法组合创造了"奇",从而在最终说明感觉的性质。李白走向更大的极端,通过这样做强调诗人的构造和改造力量。李白可以令人惊奇地颠倒感觉,出现在地平线上的三座山峰变成了(08569):

> 三山半落青天外。

夸张是使世界变"奇"的另一手法,如著名的《秋浦歌》之九:

> 白发三千丈,缘愁似个长。
> 不知明镜里,何处得秋霜。(08114)

李白的放任不羁,夸张,以及近于戏谑的机巧,这一切都促使读者对这首诗保持着嘲讽的距离。诗人既不寻求真实,也不寻求"真实的幻想";诗中的虚假暴露无余,从而体现了那位强大的作假者。诗人的狂放和夸张走得有点过远,但恰好用来不知不觉地破坏读者对诗篇的注意力,从而体现了李白,这位创造的、充分控制的天才。

这位付出如此多的精力以创造诗歌自我形象的诗人,也能将自己从通常要求个人反应的诗中完全退出。这似乎是自相矛盾的,但实际上并非如此:创造自我的力量中,隐含着否定自我的力量,这一点是王维所做不到的。正由于李白缺乏京城诗人对真实的追求,他才能驰骋虚构想像,从眼前的世界及作为补充的个人反应中解放出来。例如,李白的怀古诗经常十分接近乐府,而不是在景象中明显插进个人反应的传统怀古诗。面对着古迹,其他诗人看到的只是古迹和自己的感伤,李白却看到了古代人物的纷繁演出。

越中览古

越王勾践破吴归,义士还家尽锦衣。
宫女如花满春殿,只今惟有鹧鸪飞。(08617)

简朴的语言,直露的旨意,以及生动呈现的想像,这些都是李白出自同一模式的作品的特征。

批评家和传记家经常讨论李白对道教的倾心,特别是他对神仙的崇拜。李白交结著名的道教人物,接受初级的道箓,有时在诗中显示对道教密旨的了解,这在大多数诗人那里是罕见的。玄宗对道教的扶植,使它成为宫廷宠臣的迷人捷径,李白走的正是这条路。李白从未参加进士考试,也从未表示在这方面有何兴趣,似乎也不可能为获得必不可少的引荐而努力。即使他参加考试,也极不可能通过,因为要想成功通过这条指向恩宠的标准"文学"之路,就必须结合社会和教育的有利因素。与王维相比,李白更算不上是宗教诗人:他所深切关注的,既不是道家的宇宙法则,也不是道教炼丹术的原始科学。对于李白来说,神仙不过是驰骋幻想的对象和释放想像力的工具。他们的异常与李白个人的异常感觉相应:"别有天地非人间。"

仙人经常出现在李白的《古风》中,以及他的一些最出色的乐府和描写遨游宇宙的"歌"。

元丹邱歌

> 元丹邱,爱神仙。
> 朝饮颍川之清流,暮还嵩岑之紫烟。
> 三十六峰长周旋。
> 长周旋,蹑星虹。
> 身骑飞龙耳生风,横河跨海与天通。
> 我知尔游心无穷。(08079)

就像李白的多数作品,在这首诗中,感觉的活动远远超过理智。如同赋中所曾达到的那样,诗人试图通过语词创造一种直接的、感官的体验。

李白描写在幻想中逢遇仙人的诗中,最出色的两篇也都是应景诗:《梦游天姥吟留别》(08332)和《庐山谣寄卢侍御虚舟》(08303)。[1]这两首诗描绘了想像中的精神遨游,沿袭了楚辞的传统,不过在李白这里,遨游天空被理性化为做梦。虽然李白在一些《古风》诗中讽刺求仙,光明绚丽的神仙对他仍有着不可抗拒的诱惑力。

---

[1] 关于这两首诗的翻译和讨论,见艾龙(Elling O. Eide)《李白论》,收芮沃寿(Arthur Wright)和崔维泽(Denis Twitchett)编,《唐代研究诸视角》(纽黑文,1973),页367—387。

第八章 李白：天才的新观念

李白与诗歌传统保持一种奇特的联系：此前从未有诗人如此熟悉较早的诗歌，但又对这些诗歌的伟大成就满不在乎。李白坦然自若地从古代诗人那里借用著名词语和完整诗句，却从未真正感到被迫面对另一位诗人的天才——司马相如可能是个例外。甚至在实际上由别人的诗句杂凑而成的诗篇中，李白也体现了自己的特征，从未与别人相似。这一点可能像孟浩然，但李白表现得远为突出。相比之下，杜甫不是将诗歌传统看成诗句的巨大集子，而是看成一系列鲜明有力的声音；作为一位诗人，杜甫试图掌握这些声音，将它们同化进自己的特殊声音中。李白高度赞赏谢朓，经常提到他，从他的作品中借用词语，却从未写过一首与谢朓的代表作品有些微相似的诗。

鲍照或许是例外：他的乐府中有几首十分接近李白风格。可是，李白虽然会在诗篇开头采用鲍照的语调，却很快就转向完全属于自己的方向。例如，每一位唐代读者都会熟悉鲍照的《行路难》之六[1]：

> 对案不能食，拔剑击柱长叹息。
> 丈夫生世会几时，安能蹀躞垂羽翼。
> 弃置罢官去，还家自休息。
> 朝出与亲辞，暮还在亲侧。
> 弄儿床前戏，看妇机中织。
> 自古圣贤尽贫贱，何况我辈孤且直。

---

[1]《鲍氏集》(《四部丛刊》)，卷8页3a—b。

熟悉李白的读者都可以推断，在先唐的所有诗集中，这首诗的开头对李白最有吸引力。事实上李白在写自己的《行路难》时，开始时显然想到了鲍照的诗，但他不动声色地彻底清除了鲍诗的刻板拘束：他拒绝仅满足于珍羞和美酒。而一旦李白在困境中抽出宝剑，他就转入了一个完全属于自己的狂放世界：

> 金樽清酒斗十千，玉盘珍羞直万钱。
> 停杯投箸不能食，拔剑四顾心茫然。
> 欲渡黄河冰塞川，将登太行雪满山。
> 闲来垂钓碧溪上，忽复乘舟梦日边。
> 行路难，行路难，多歧路，今安在？
> 长风破浪会有时，直挂云帆济沧海。（07936）

从鲍照那里，李白仅借来愤懑的姿态。对鲍照诗的较深理解，将使诗人注意其心理呈现，其动荡情绪和不平决定。李白追随着鲍诗的行程，一直到结尾，但他那夸张的狂放表现了豪侠行为，与鲍照那可信的普通人的愤懑完全不同。这种方式与京城诗人对陶潜的理解和阐述恰相对应：虽然他们所描绘的盛唐式陶潜与那位晋代诗人大不相同，他们的修改却产生自对陶诗特性的真实兴趣。

在许多方面，李白对于同时代的京城诗歌世界都是一个局外人。他忽略京城诗人，而京城诗人也忽略他。王维或许是李白最著名的同时代诗人，但李白从未提及王维，王维也无视李白。这可能是由于两位诗人属于不同的社交圈子，或由于他们的诗歌观念相距甚远，缺乏遇合的共同基础。就我们所知，孟浩然并没有酬答李白的狂热赞美。王昌龄可能写有一首不重要的诗赠李白，这两位诗人处理绝句的方式有些相似,但王昌龄要较温和,较有节制。京城群体的所有诗人中,只有李颀可能为李白的天才所动心,不过这一可能性还无法证实。而放在李白的最优秀作品之旁,李颀的诗黯然失色,变成仅是大声呐喊。

李白至少结交了两位重要诗人:高适和杜甫。高适遇见李白时,还不是名闻天下的诗人,但他似乎并未受到李白的明显影响。而杜甫遇见李白时,还仅是一位有前途的青年,李白对杜甫的崇拜的回报,仅是几首平淡的诗而已。传说中的两位诗人的友谊,不过是杜甫赠送和描绘李白的诗的产物。李白确实对杜甫诗产生了影响,但这一影响是在经过改造之后才渗入杜甫自己的复杂诗歌个性。在天宝中,李白的诗歌的确有一定程度的流行和影响:在岑参和几位次要诗人的作品中,以及在杜甫和李颀的作品中,都可以清楚地听到李白的回响。李白的"奇之又奇"对天宝趣味的形成起了重要作用,包括狂士角色、追求奇异及虚幻想像。但李白的影响产生自对一个独立的人的赞美,而不是通过共同诗歌交换而获得的稳定风格转变。李白的伟大无可怀疑,他在后代的影响巨大无比,但从宽泛的意义上说,他一直保持着孤独的、独一无二的形象。

吴 筠

虽然李白基本上是一位独立的诗人,他的多彩作品的不同方面,仍可追溯至几种诗歌传统。醉酒狂士的模式,在张旭、贺知章及王翰一类人物那里已可见到。他的《古风》直接承袭了陈子昂和张九龄的传统。而他的游仙诗则与吴筠有着密切联系。吴筠是一位道教学者,也是李白的朋友和恩人。

吴筠(卒于778年)在进士落第后,转向道教的神秘理论。他在儒学上失败了,在道术上却获得了成功。他寻找皇帝的扶持,通过了道家经典考试。在742年,吴筠奉召,带了李白一起入宫,两位诗人都被授予翰林院的职位。他们都为权势熏天的宦官高力士所敌视,李白在宫中的问题,看来可能产生自他与吴筠的关系。在安禄山反叛前某年,也可能早在744年,吴筠退出宫廷,以道教隐士的身份在东南地区度过其后的生涯。

吴筠写有一些应景诗,但在其现存集子中所占比例异乎寻常地小。有四组诗占了他现存诗篇的大部分:两组是游仙诗,即《游仙》二十四首(46738—61)和《步虚词》十首(46776—85);一组是有关历史的伦理思索,即《览古》十四首(46762—75);最后一组咏典范的隐士、贤士、方士及炼丹术士,即《高士咏》五十首及一篇序(46800—49)。

复古道德诗与游仙和道教主题诗有着长久而稳固的联系,这一联系见于王绩、陈子昂、张说、李白及其他人的作品。诗人们并不是没有意识到儒家说教和道教、佛教之间的基本区别,但这些区别不是盛唐诗人的首要关注对象。在他们看来,首要的区别存在于应景诗和体现理想、价值观的诗之间,前者是社交需要的产物,后者则超越了日常生活。吴筠的游仙诗比他的咏史诗要有兴味得多;历史伦理教训的严肃观察者,与神志恍惚地飞升重重天空的术士自然地并列在一起,这是不足为奇的。

在初唐,"银河"曾经直接流下洛阳和长安,它的"河水"

曾分流过闪光的韦家别墅。宫廷诗所赞美的风景中渗入了光辉绚烂的幻术。在开元中，随着个人诗和日常应景诗发展为重要的题材，渗透一切的幻术离开了风景，获得象征的价值。王维或孟浩然的景象可能是具有超越意义的"迹象"，但这一"迹象"存在于世俗的现象世界，可以被行、坐及注视。在一定程度上，游仙诗满足了诗歌的需要，重新获得失去的幻术——其渗透一切的光辉。游仙诗缺乏盛唐隐藏意义的倾向，如同李白的《元丹邱歌》，其目标是呈现感官的直接景象。与初唐宫廷诗一样，游仙诗是一种呈现和赞美的诗歌。它可能不是体现理想和价值观的诗，但它确实超越了世俗社会的社交方面。

虽然盛唐游仙诗是适应盛唐需要而发展的，它基本上是一种诗歌旧形式的再创造，就像盛唐古风对与其密切相关的形式的再创造。盛唐游仙诗的源头是道教的"游仙诗"传统，其中最著名的典范出自晋代诗人郭璞之手。郭璞保存在《文选》中的《游仙诗》，与他保存在其他地方的同题诗相比，显得十分严肃。与吴筠诗关系最密切的是郭璞收于《文选》之外的那些《游仙诗》。吴筠诗中的拟古语言和技巧，明显地模仿了晋代诗歌的这一传统。

拟古语言在李白的游仙诗中较不突出。例如，在《古风》之十九中，诗人从高空俯瞰，看见人类世界的混乱，"豺狼尽冠缨"，此处表现了盛唐对戏剧性对照的兴趣。吴筠也看见了下面人类世界的微小混乱，但这仅是作为壮伟地上升超越的一个过程。

游　仙

九龙何蜿蜿，载我升云网。

> 临眺怀旧国,风尘混苍茫。
> 依依远人寰,去去逖帝乡。
> 上超星辰纪,下视日月光。
> 倏已过太微,天居焕煌煌。(46748)

这是吴筠升天诗中最容易理解的一篇作品;他的大多数诗篇充满了无法理解和翻译的道教神秘词语。[1] 上引诗代表了吴筠游仙诗的最普遍写法,即逐渐升上天空,到达幻想中的神仙世界。吴筠的诗虽然很独特,却结合了天宝诗歌中最有力的两股潮流:对于奇异的兴趣和对复古诗的新冲动。

---

[1] 关于吴筠有一个简短的讨论,见薛爱华(Edward Schafer),《步虚》(伯克利,1977),页244—246。

第九章　高适

适诗多胸臆语，兼有气骨。

殷璠《河岳英灵集》高适诗序

对于诗人作品的当代评论，罕有平允的评价，但他们经常提供某种基本的观点，使我们在理解作品时，对于后代批评家的各种兴趣能够加以区别和平衡。殷璠为入选诗人所作小序，虽然局限于这些诗人的范围和有关方面，但他作为同时代人的看法，有时能够帮助我们纠正围绕着盛唐大诗人而形成的各种影响深远的神话。

殷璠的"胸臆语"意译为"表达有力豪壮情绪的语言"，直译为"从胸中流出的语言"。它指的是抒情的语言，但所涉及的情绪具有不同的性质，派生自敏感的、被动的"情"，"情"较接近于英语的"感情"。"胸臆语"形成与豪壮人物相联系的强烈有力反应，它们是"悲壮"的语言，而悲壮是和古风相关的类型术语。伴随"胸臆语"而来的是"气"，这是诗人精神的感人力量，包含在诗中并传达给读者。还有"骨"，这一术语前面已讨论过，是形式的内在力量，一种有着明显复古联系的标准。这些都是有着丰富联系的含糊术语，那些联系最后指向唐代对建安和魏诗歌的阐释,也就是古风。

殷璠对高适诗的古风阐释,有助于区别高适诗和岑参诗。由于这两位诗人都写了大量有关边塞体验的诗,他们的名字和声誉被不可分离地联系在一起。但这两位诗人的并称是后出的现象,最早见于南宋。在殷璠看来,岑参诗的风格属于一种与高适的风格完全不同的范畴,这位盛唐批评家的感觉在此处是正确的。

岑参是较年轻的诗人,表现了新的天宝风格。他基本上是一位天才的描写诗人,喜爱单纯的瑰奇和异国情调。他属于盛唐的第二代诗人,是"后生"之一,面对着上一代的天才而写出自己的诗作。与之相反,高适是一位有着特定风姿和情调的诗人。他的诗篇中极少真实描写,所描绘的都是用来激发悲壮情调的萧瑟荒莽景象。此外,高适基本上是盛唐的第一代诗人,在相对地独立于同时代京城诗人的情况下,形成了自己的独立风格。高适是一位理性的诗人,了解并强烈感受到历史的影响,超过了对同时代诗歌才子的感受。他在成名之后,与同时代诗歌有了较接近的接触,这使他成为一位较平庸、较缺乏独创的诗人,但除了主题的一致外,他的作品从未与岑参的作品相似。

在盛唐,几种关于诗歌本质的观念在暗中竞争;这些观念既没有彼此排斥,也没有以单纯形式出现于任何单一诗人那里,但它们是当代诗歌评论的标准。在大多数诗人看来,诗歌是社交过程的特定形式,是与别人交流的工具,它具有说服力,可以肯定特定的行为和态度,并赋予说话者或接受者的复杂情感以明白易懂的形式。

与此相关的另一种观念,将诗歌看成是诗人内在本质的纯粹表现,是自我的扩张,是个体可能被认识或使自我被认识的工具。这是一种非常古老的诗歌理论，它与前一种社交理论的主要区别不在本质，而在着重点。将诗歌作为入仕的资格考试，以及寻找潜在扶持者的介绍，其基础正是表现的理论。它设想诗歌通过真实表现个人的内在本性，可以使默默无闻的诗人被"认识"。在盛唐的重要诗人中，将诗歌看成自我扩张的理论逐渐脱离了那些社会动机，成为它本身的目标。狂士和隐士被认为是漠不关心的自我形象，但仅是作为这些人物而真实地表现。从这一观念又发展出第三种观念，将诗歌看成是自由的创造性活动。这一观念源于艺术的理论，以及早期的文学理论，将文学创造看成是更强大的宇宙创造力量的产物。李白的作品与突出或表现诗人的本性相关，但这种表现既不真实也不直接。相反，他的作品是控制和力量的体现。

第四种观念也将诗歌看成表现和反应，但具有独立的传统，其反应以古代诗人的反应和持久的文化标准为背景。这就是复古的传统，而复古诗人是孤立的，在他们看来，诗歌的意义在于文字本身，而不在于表演。他也可能写诗赠同时代人，但他同时又处于全部文学传统的背景，为后代而写诗。他的目标是普遍和一般，他用的是"古老"的语言，盛唐读者将这种语言与永久的正确相联系，这就是古风的语言。高适就是这样一位诗人。

高适的传记资料虽然较丰富，但其生年仍无法确定，几种原始资料和学者们所提供的范围涉及696年至707年，后一日期较有可能。[1] 高适的家族出自边远的东北，但他本人可能出生于其

---

[1] 此处及其他地方有关高适生平，我根据的是阮廷瑜的《高适年谱》，收其《高常侍诗校注》（台北，1965），页9—38。

他地方。高适的父亲曾在现代的广东任长史,这是一个不受欢迎的职位,表明失意于中央朝廷。高适的家族并不著称,传记资料甚至说他年少时曾被迫乞讨。他在宋州度过大部分少年时代,宋州在现代的河南,这一地区后来在安禄山叛乱的最后决战中遭到极大破坏。八世纪二十年代中叶,高适成年后,来到长安寻求进身,但由于没有任何关系,他很快就失意地返回宋州。虽然八世纪二十年代中叶长安有许多新诗人,高适所遇到者可以确定的只有王之涣一人。

在"十年为文"(指学习和伴随学习的写作)之后,高适在737年赴东北边塞,或许是为了寻求军幕职位。从朝廷获取官职的失败,常常促使外地文士到军幕求职,因当权的将军有权任命官属。这些官职通常是处理文字工作,而不是武职,在唐代众多曾在军中任职的诗人中,没有几个人曾拔剑杀敌。与有权势的军将发生联系,极大地加强了将来入京任职的可能性。

东北军队正与契丹作战,高适在军中待了一年,然后返回宋州。这一年是高适诗歌创作的丰收期。他作于东北边塞的诗显示了另一位诗人的突出影响,这位诗人也曾经参加过对契丹的作战,并游览过高适所游览的许多地点,这就是陈子昂。比起其他任何诗人,陈子昂更明显地成为高适早期诗作的模式:两人都是京城诗的局外人,都转向古风和"胸臆语"。李白盯上了陈子昂的《感遇》,高适却为陈子昂的边塞诗所吸引。前者是虚构想像的古风——寓言,乐府主题,贤人失志主题,及游仙;后者是应景的古风——怀古,感思,及"志"。

高适题为《蓟门》的五首诗(10238—42),与陈子昂的著名组诗《蓟丘怀古》(04388—94)具有相同的形式和风格。两组诗都采用了六行体：古风不仅积极地界定自己，试图重现古代风格，而且还对抗格律形式。六行诗是短篇古风的理想形式，因为它避开了两种最常见的格律诗体，八行的律诗和四行的绝句。陈子昂可能还未将六行诗作为独立的形式，但高适显然这样做了：他重复地采用这一形式，不仅用在上面提及的两组诗中，而且用在其他几组诗中，那些诗于八世纪三十年代和四十年代初作于宋州或附近一带。下引诗是《蓟门》之五：

黯黯长城外，日没更烟尘。
胡骑虽凭陵，汉兵不顾身。
古树满空塞，黄云愁杀人。（10242）

高适喜爱激烈的、几乎黯淡无光的景象（10253）：

惊飙荡万木，秋气屯高原。

与在他前面的魏征、李百药、薛稷及陈子昂一样，这位应景古风的作者放眼巨大荒莽的景象，从中发现了某种道德或社会的真理。在上引诗中，诗人看到了边塞紧张形势下中国军队的忠诚决心，并以深挚悲愁的直接、陈旧表达作为反应。

有时高适会采用较典型的盛唐弃世姿态：

蓟中作

策马自沙漠，长驱登塞垣。

> 边城何萧条，白日黄云昏。
> 一到征战处，每愁胡虏翻。
> 岂无安边书，诸将已承恩。
> 惆怅孙吴事，归来独闭门。（10323）

孙吴是古代军事理论家，他的"事"指战争。诗中设想东北边塞诸将都不愿采取强烈行动，害怕因失败而失去已有的恩宠。

类似上引二诗的作品占据了高适的东北边塞诗的较大部分，但他最著名的一首诗却写于不同的风格。这就是《燕歌行》，这首七言歌行将歌行体那眼花缭乱的描写特征与高适自己较严谨的感觉结合在一起。很可能就是由于这首诗及其他几首七言歌行的声誉，高适的作品被与岑参的作品联系在一起。但高适是一位抒情的诗人，而不是描写想像的诗人，在七言歌行的绚丽宏放背景下，《燕歌行》是一篇严谨凝重的作品。

开元二十六年，客有从御史张公出塞而还者，作《燕歌行》以示适。感征戍之事，因作和焉。

> 汉家烟尘在东北，汉将辞家破残贼。
> 男儿本自重横行，天子非常赐颜色。
> 摐金伐鼓下榆关，旌旆逶迤碣石间。
> 校尉羽书飞瀚海，单于猎火照狼山。
> 山川萧条极边土，胡骑凭陵杂风雨。
> 战士军前半死生，美人帐下犹歌舞。
> 大漠穷秋塞草腓，孤城落日斗兵稀。
> 身当恩遇常轻敌，力尽关山未解围。

> 铁衣远戍辛勤久，玉筋应啼别离后。
> 少妇城南欲断肠，征人蓟北空回首。
> 边庭飘飖那可度，绝域苍茫无所有。
> 杀气三时作阵云，寒声一夜传刁斗。
> 相看白刃雪纷纷，死节从来岂顾勋。
> 君不见沙场征战苦，至今犹忆李将军。（10358）

"忆李将军"具有双重意义。这位杰出的汉代"飞将"被唐王室认为远祖，是一位极其成功的军事家，末句可能表示面对眼前的无能者，思念古代的能人。用王昌龄的话来说就是（06785）：

> 但使龙城飞将在，不教胡马度阴山。

另一方面，高适的结尾还可能表示仿效李广的愿望是无益的，这种愿望导致了无穷的战争，给人们带来如此巨大的苦难。而在军队英勇地自我牺牲的背景下，对李广的回忆可能还有第三种作用，提醒人们朝廷给予有功者的奖酬太薄：那位汉将以自杀作为对上司忘恩的反应。高适的歌行是酬和某人的《燕歌行》的（见序文），很可能原诗中述及李广，但此诗已佚，否则就可表明这一引喻在此处的作用。

高适歌行中的大多数要素是边塞诗的陈套，虽然如此，这首诗仍然体现了鲜明的独创性，具有完整的效果，完全符合它所获得的声誉。王维的短诗《从军行》（05782）可能作于同一年，李白的《战城南》（07930）则无法系年；与此二诗一样，高适的《燕歌行》通过一组小场景，形成某种近于叙事的结构。与岑参对边塞奇异景象的单纯关注不同,高适诗的中心是在军队,他们的勇气和所受苦难,景象仅是表现其苦难的工具。在社会关注方面,高适是杜甫歌行的先声,但在艺术上他要较守旧。岑参和杜甫作于八世纪四十年代末和五十年代初的歌行,是较为统一的作品,前者统一于描写,后者统一于叙述。而高适的《燕歌行》属于开元风格,是一种景物片断的印象杂凑,只用来暗示叙述的延续。

高适诗的较大部分作于宋州,但无法确定作于737年至738年赴东北之前或之后。宋州诗明显地沿袭了古风传统,其中有一组诗《宋中》(10313—22),甚至比《蓟门》组诗更接近陈子昂的《蓟丘览古》。《宋中》第一首写的是富于传说色彩的梁王宫殿的遗迹。

> 梁王昔全盛,宾客复多才。
> 悠悠一千年,陈迹唯高台。
> 寂寞向秋草,悲风千里来。(10313)

对照陈子昂吟咏燕昭王的诗,虽然高诗中没有任何一句模仿陈诗,两首诗的情绪和风格却是一致的:

> 南登碣石馆,遥望黄金台。
> 丘陵尽乔木,昭王安在哉。
> 霸图怅已矣,驱马复归来。(04389)

语言和旨意都是简单的,但风格和主题的类型联系深深触动了同时代读者,引发起对古代质朴的感受,以及对消逝了的高贵人物的感觉。

> 那些生活于我们之前的人们现在何处?
> 是谁领着猎狗,擎着鹰,
> 并拥有这些田园和树林?

翻译高适和陈子昂的古风,就像将中世纪抒情诗翻译成现代英语一样:诗篇的文学价值主要依靠读者对文化和文学史的感觉,这种感觉产生自古代风格,措词方式,或一种浪漫地投射于过去的质朴。

高适也能写较深奥、较正规的风格,但古风继续出现于他作于八世纪四十年代的作品中。有时,高适的复古冲动超过了古风,达到元结一类八世纪中叶诗人的极端拟古主义。例如,他的《登子贱琴堂赋诗三首》(10306—8)包括了一篇序文,其中明确概括了每一首诗的道德要旨。将道德评说包括在诗篇中的作法,与高度说教的"古诗"相关联,有几种原始出处:毛公对《诗经》的时事阐释被置于文本中,作为每一首诗的序;收于《文选》中的束皙的组诗《补亡》,也用了这一技巧。高适的《登子贱琴堂赋诗三首》是最早的唐代例子之一,可能早于元结的《补乐歌》。后来,白居易写《新乐府》时,在组诗的序中宣布了这一法则:"首句标其目。"[1]

在744年,高适在其家所在的宋州遇见了李白和杜甫。三位

---

[1]《白氏长庆集》(《四部丛刊》),卷3页1a。

诗人聚会的几个月，给易受影响的杜甫留下了极深印象，但李白和高适似乎都不留恋这一聚会。此时高适正开始获得诗人声名，此后不久就被荐举入京。在张说和张九龄掌权时，地方文士有一定的提拔希望；但在天宝中，权贵李林甫独擅大权，不愿意太多地方文士围绕皇帝。可能主要是出于一般情况，而不是特定的敌意，李林甫阻止了高适在朝中任职的机会，正如同他试图阻止杜甫一样。结果高适被任命为处于河南北部的封丘尉，这是京城所任命的官僚阶层中最低的一级。高适对这一新职位极其不满，这是可以理解的。在749年，高适再次赴东北边塞，此次是履行职责，监送地方征兵。

在752年，高适的政治命运突然起了变化，玄宗最重要的将领之一哥舒翰看中了他。在754年，哥舒翰任他为掌书记，带他赴中亚的军幕。高适曾于753年在京城遇见年轻诗人岑参，虽然次年他们都在中亚任职，但似乎并没有相互联系。在岑参大写描绘中亚奇异风景的奔放歌行时，高适平稳地离开了复古的质朴风格。他与京城一些最著名诗人的新近接触，微妙地影响了他自己的作品，湮没了他的一些特性，使他靠近了八世纪五十年代初京城流行的几种风格。下引诗是一首律诗，它与高适较早的边塞古体诗的区别，主要是诗体差别的作用。但写这样诗题的作品，选择精致的律诗而不用古风是正确的。

金城北楼

北楼西望满晴空，积水连山胜画中。
湍上急流声若箭，城头残月势如弓。

第九章 高适

> 垂竿已谢磻溪老，体道犹思塞上翁。
> 为问边庭更何事，至今羌笛怨无穷。（10432）

磻溪老指太公，他垂钓溪边，遇见文王，被擢为丞相。这一故事成为帝王赏识和迅速擢升高位的标准隐喻。高适的太公还在等待"发现"，但高适本人却要离开，放弃赏识的希望。下一句诗安慰了高适的失望，用的是《淮南子》的典故：有一位老翁，其马亡入胡地，邻居们表示同情，老翁只是回答："此何遽不能为福乎。"后来，其马带回一群胡马，邻居们表示祝贺，老翁又回答："此何遽不能为祸乎。"不久其儿子骑了胡马外出，堕马摔折大腿，邻居们再次表示同情，老翁照样询问了其命运的性质。最后，胡人入侵，这一地区所有年轻人都被征入军，大多死于战场，只有老翁的儿子因跛腿而留在家中。高适从这一故事中找到了慰藉，使他得以询问未能得位的厄运，能否在最后转为好运。这一慰藉是预言的真实。

安禄山叛变爆发并攻陷洛阳后，哥舒翰奉命据守潼关，这是通向长安路上的重要堡垒。在朝廷的压力下，哥舒翰被迫离开城堡，与安禄山军队在城外作战。唐朝军队被致命地击败，但高适设法逃生，投奔玄宗在成都的避难所。在那里高适为哥舒翰的失败辩护，由此得迁侍御史。后来新帝肃宗决定将军权分授诸王，高适作为侍御史，激烈反对这一计划。永王的愚蠢叛乱爆发后（涉及到李白），高适由于出色的预见而被信任，授予一系列高官，包括节度使。在节度使任上，他参与了镇压永王的行动。

与大多数在战乱中新任命为朝官并与失位的丞相房琯有关系的人一样，高适在两京收复后就失职了。在760年，高适改任蜀地的彭州刺史，在那里他再次显示了军事才能，帮助粉碎了两次对朝廷的反叛。第一次胜利后，他重新成为节度使。其后，在763年，吐蕃入侵陇右，高适率兵出境迎战。此次他的军事才能失败了，但他仍被荣耀地召回京城，封侯并连任高官。此后不久，在765年高适去世。正如《旧唐书》所评："有唐已来，诗人之达者，唯适而已。"

政治成功的希求使高适的诗歌创作付出了代价，这是不足为奇的。他在安禄山叛乱后的最后几年中，所作诗相对地少。这一点与《旧唐书》的一个记载相矛盾，这一记载十分奇怪，说高适在五十岁时才开始认真地注意诗歌，数年之间，风格大变。这一评述不是文学人物传记的陈套，可能在一定程度上基于当时的资料，或许是散失的书信序文。可是，无论如何曲解高适的生年，他现存诗的较大部分肯定作于五十岁前。此外，高适后来确实逐渐放弃了年轻时的古风体，但他的作品并没有发生激烈的转变。最可能的解释涉及风格的传统联系和皇帝的道德影响：可以设想高适或序文作者提出这样的说法，以颂扬756年的肃宗即位和王朝复兴。

在作于762年的一首赠杜甫的诗中，高适显示了某些杜甫晚年作品的圆熟优美，但这并不是风格转变的标志，而是高适的诗歌特性全面减弱的信号，以及对其他群体和诗人的风格的顺从。

人日寄杜二拾遗

人日题诗寄草堂，遥怜故人思故乡。
柳条弄色不忍见，梅花满枝空断肠。

第九章 高适

> 身在南蕃无所预,心怀百忧复千虑。
> 今年人日空相忆,明年人日知何处。
> 一卧东山三十春,岂知书剑老风尘。
> 龙钟还忝二千石,愧尔东西南北人。(10360)

人日是元月七日,前面几日给予了一些小动物。这首诗的出名主要由于赠给杜甫,不过结尾半嘲谑的谴责确实很动人。

高适的集子原有二十卷,现在存有二百五十首诗,但已无法知道在原来的较大集子中,诗歌和文章的比例如何。由于卷的长度和页的字数有很大变化,故也无法确定现存集子的卷数比原始书目所著录的少,是否表明有所散佚。但是保留在早期选本中的许多诗篇,并未收入高适作品的本集,这一点确实说明了高适集子的现存形态很不完整。

除了少数例外,如出色的《燕歌行》,对于现代读者来说,高适诗可能比其他任何唐代重要诗人的作品难于欣赏。在唐代,特别是在八世纪中叶,高适的名气很大。杜甫显然偏爱高适,认为这位老诗人是当代的中心人物(11173):

> 当代论才子,如今复几人。

但随着高适的名字变得日益与岑参联系在一起,他逐渐被认为仅是一位边塞诗人,《燕歌行》的作者。在这变形的面具下,高适成为略次于岑参的诗人。[1]现代读者可以理解地为天宝的宏衍夸

---

[1] 陆侃如、冯沅君,《中国诗史》(香港:1968),页440—441。

诞风格所吸引，并以此标准为背景进行评判，故高适被认为低于岑参是不足为奇的。但要赏识高适在唐代被称赏的才赋，就必须将其诗置于不同于天宝歌行作者的美学标准背景来阅读。

在唐代重要诗人中，高适是最缺少形象描写的一位，是除了杜甫之外最富于理性的一位。高适的晚期作品多数具有一种引喻的、严格的规范，标志着令人满意的美学转变。在这里高适成了重要的台阁诗人，赞美帝国秩序的神话和伟大的功绩，以及中国传统文化的伦理价值观。高适诗中的个人反应成分并不是个性的信号，而是力求包含关注道德的、敏感的儒士的标准反应。在《燕歌行》中，高适生动地描写了战争的艰难，但他还严肃地歌颂了李宓的征南诏之战（10309）：

> 圣人赫斯怒，诏伐西南戎。
> 肃穆庙堂上，深沉节制雄。

当哥舒翰击败了吐蕃时（10437）：

> 泉喷诸戎血，风驱死虏魂。
> 头飞攒万戟，面缚聚辕门。
> 鬼哭黄埃暮，天愁白日昏。

岑参沉迷于将边塞战争描绘成异国奇丽世界的一部分，与之不同，高适却将战争处理成帝国政策的产物。许多盛唐诗人为之震惊的残酷战争，此处却可以直接地、合法地描绘成帝国力量的展示。

第九章 高适

由于复杂的原因，高适的多数个人诗甚至比他的台阁诗更难理解。高适是一位类型诗人，但和王昌龄属于极不相同的类型。王昌龄的诗盛行不衰是由于其美学感染力。与之相反，高适的诗主要依靠唐代读者赋予古风的情感气势。到了九世纪中叶，随着唐代的古风意义开始消失，对围绕古风而产生的诗歌的兴趣也消失了。下引诗是组诗《东平路作》（10342—44）之一，诗中投合了唐代特有的美学标准。

> 南图适不就，东走岂吾心。
> 索索凉风动，行行秋水深。
> 蝉鸣木叶落，兹夕更秋霖。（10342）

有两个典故需要解释一下。"南图"涉及鹏，飞越世界的大鸟，唐代读者将它看成精神伟大和政治杰出的象征。根据《庄子》，只有当强劲的旋风将大鹏举至几千里高时，它才能"图南"，到达宇宙另一头的南海。所以，这一成语表示了伟大的抱负。"秋水"也出自《庄子》，讲的是秋天江河上涨，但仍限于"道"，一齐流向巨大无别的海洋——终极的"道"。但诗歌的忧郁情调暗示了一种较不祥的洪水形象，这种形象出自《论语》（18.6）。孔子"迷津"，遇见道家狂士长沮和桀溺，就派学生向他们"问津"，他们将此问题作为隐喻，答以天下皆是滔滔洪水，没有直接的"道"或津。在孔子看来，他们的看法不是指自然界的状况，而是指人类文明的衰颓。

高适的诗远远超出了这两个典故。几乎每一句诗都引发建安及魏诗歌的秋天模式，即在萧瑟衰颓的世界中，诗人日觉孤独。

诗人沿着没有明确方向的道路奔走,所见到的是萧瑟黯淡的景象,没有地名或路标,只有风,秃树,及上涨的水。诗中缺乏应景诗通常的空间和地理方向:它是"一切地方"。典型的盛唐式客观结尾延续了这一情绪,并指向未知的未来:随着世界进入夜晚和年终黯淡的"阴",河水将继续上涨,汹涌的洪水将淹没一切地方。

虽然高适后期的作品较接近同时代人的作品,他在开始的时候却和李白一样,是一位孤独的诗人。不论是开元京城诗人中那些杰出的同时代者,还是宫廷诗及其技巧,都未引起高适的注意。在早期,"诗歌"就是他在陈子昂作品和《文选》中所读到的东西,它主要不是特定时间里所从事的活动,而是作品的集子。诗歌材料不是用于各种陈旧题材的修饰技巧,而是从经典著作、哲学家、历史家及较早诗人那里所读到的一切。高适的作品成为一种严肃的模式,体现了最宽泛的中国"文学"观念,但只有一位诗人真正对这一模式做出反应,这就是杜甫。他对所有文学天才的所有形式都做出反应,并使它们成为自己的东西。

第二部分

「后生」：盛唐的第二代和第三代

引　子

　　诗歌的代不是历史的统一体，而是一种联系，不能单纯地按编年方式来界定。成熟于开元时期的诗人构成了一代，松散地统一于与宫廷诗和初唐风格的否定联系。比起高适、李白一类外来者的作品，京城诗人的作品可能较深地融入了宫廷诗的技巧，但所有这一代诗人都拥有创新的自由，这在初唐是不可能的。这一代重新产生了对于隐士、狂士、创造自由、贤士高风等价值观的兴趣，从而将个人及其内在特性置于社会角色之上。

　　天才很容易地出现于那些岁月中，这部分地由于几世纪来未出现过真正的伟大诗人，[1]个人才华有着较多的施展空间。从宽泛的意义上看，未出现"伟大"的宫廷诗人，是由于宫廷诗基本上是一种无个性差别的活动。"天才"等待着李白和将诗歌作为个性表现的观念。

　　但是，八世纪四十和五十年代的年轻诗人却面对着一群声望卓著、各具特色的天才，这在中国文学史上是空前的。青年王维可能曾称赞宋之问或沈佺期，并掌握了他们的技巧，但这一掌握

---

[1] 大多数现代文学史家会认为庾信是重要的天才，但杜甫及后代读者对庾信的崇敬，在开元时是见不到的。

对他自己发展中的诗歌个性并无威胁。在八世纪四十年代，青年岑参赞美了李白，但掌握李白艺术最多只能使他成为李白的无力回声。以沈宋的风格作诗，王维可以被称为"诗匠"；而以王维或李白的风格作诗，岑参却会被称为"模仿者"，因为他所采用的诗歌声音与其他人的名字连在一起。当许多第二代诗人逐渐成熟时，第一代的大师们并没有去世或过时；当岑参、杜甫、元结及钱起努力寻找自己的诗歌声音时，王维和李白正处于他们创造力量的高峰。

这样，第二代诗人可以被称为"后生"。他们作为一代诗人的统一，在于前面已经有了第一代的大师，以及他们不得不在诗歌中对这些年长的天才做出反应这一事实。一些年轻诗人为其前辈所笼罩，成为真正的"追随者"。这些诗人主要沿袭了京城诗的传统，王维被认为是这一传统中无可争辩的宗师。通过京城诗人的第二代和第三代，开元的共同风格实际上无变化地被带入了九世纪。

另一些年轻诗人试图超越他们的前辈，这种超越的激情体现为一种风格、主题及类型都过度的诗歌，即放纵衍丽的天宝歌行体。还有一些年轻诗人力求否定他们的天才前辈，复古传统的对立论辩性质为他们提供了工具，使他们得以宣称对所有"现代"诗歌成就的优势。最后，还有一种最困难的态度：模仿前辈和掌握那些大师。在这些可能的反应中，钱起及其他一群诗人是京城诗传统的守旧者；岑参是过火的天宝歌行体大师；元结是复古激进派；最后是杜甫，吸收和超越了所有前辈诗人。

关于安禄山叛乱所导致的文化创伤，已经谈了很多，这里再讨论将是多余的。的确，除了杜甫外，战乱后的诗歌几乎普遍地收敛了。在八世纪五十年代后期，高适、岑参及元结的作品明显地转向守旧；甚至连豪放的李白，在最后几年的诗作中似乎也减少了放纵。其后，八世纪中叶的诗人一个接一个地逝世；几十年的军事和政治骚乱损害了虚弱的唐王朝，在这过程中，一种严格守旧的风格统治了京城诗。盛唐的第三代已无法创造性地对过去的天才做出反应，而是满足于有能力地追随开元天宝的伟大诗人。

在760至790的几十年间，东南地区成为一个与京城相匹敌的诗歌活动中心。在那里，八世纪后期最有才华的诗人韦应物写出了适合时代的风格：对逝去的繁荣的哀悼追忆，包括文学的、政治的及文化的繁荣。与此同时，东南僧人皎然从本世纪丰富多彩的诗歌中总结了重要的经验，并传授给几位前程远大的年轻诗人，这些诗人后来成为中唐的重要人物。诗歌既不是无时间限制的技巧，也不是单一的"古代"的风格，用来倡导所有诗人；甚至不是用尽各种可能性的一组惯例，让"新"诗人得以从中发展特色。相反，文学传统成为各种个人声音和时代风格的巨大集合体，每一种都有自己的个性、特质及联系。这些特色能够为诗人选择运用，并不妨碍独创，但从整体上说，它们是诗歌的材料和语言。正是皎然第一位对诗歌传统作了完整的文学史观照，他还在自己的作品中包含了广泛的趣味。这种在时代风格和个性诗人之间自由移动的能力，后来成为中国后期诗歌最重要的特征之一。

第十章 岑参：追求奇异

> 参诗语奇体峻，意亦造奇。至如"长风吹白茅，野火烧枯桑"，可谓逸才。又"山风吹空林，飒飒如有人"，宜称幽致也。
>
> 殷璠《河岳英灵集》岑参诗序

> 属辞尚清，用意尚切，其有所得，多入佳境。
>
> 杜确《岑嘉州集序》

如同高适需要解脱与岑参并称而较缺乏才赋的名声，岑参也需要弥补作为名副其实的边塞诗大师的声誉。唐人评论岑参诗，称赏的是一位技巧的大师，一位成功地创造奇峻效果的文体家。到了二十世纪，这位能够捕捉"幽致"的诗人成为最伟大的边塞诗人，他的吸引力不是在技巧范围，而是在热心描写直接体验的"现实主义"：

> 岑参是开、天时代最富于异国情调的诗人。……唐诗人咏边塞诗颇多，类皆捕风捉影。他却句句从体验中来，从阅历里出。[1]

---

[1] 郑振铎，《中国文学史》（香港，无日期），页324—325。

岑参诗被称赏的特性的这种戏剧性变化，反映了唐代和后代读者兴趣的基本不同。盛唐的重要诗人肯定都超出了技巧的关注，但除了李白和古风诗人是值得注意的例外，诗人和读者双方都保持了对技巧圆熟的认真关注。技巧主要地但并非惟一地用于格律诗。评价孟浩然的诗，如果不是从技巧方面考虑，那就是从人格方面考虑。如果将他的诗作为诗来评价，就意味着从技巧方面考虑，从诗句的"清绝"考虑。盛唐的技巧观念与初唐可能有所不同，但盛唐诗人的这种关注还是更接近于六七世纪的前辈，而不是中唐诗人。在殷璠看来，在飒飒落叶声中仿佛出现的脚步声，这是一种脱离全诗特性的美学胜利。确实，一位诗人可能擅长于某些主题，无力于其他主题，但是在盛唐，诗人们并不太注意主题的一致，而主要注意的是情调、风格及表现特性的一致。

相比之下，后代读者没能从历史范围看盛唐诗，这是将盛唐看成诗歌和中世纪文化顶点的神话的最明显迹象。于是，岑参之被突出称赞，不是由于技巧的微妙特性，而是由于代表了盛唐文化一个方面的一种主题：唐代对中亚的扩张。这种趣味转变的第一个暗示出现于南宋的《沧浪诗话》，书中开始将岑参作品与高适作品联系在一起；严羽不恰当地将岑诗描绘成悲壮，这是古风的类型特性，经常与边塞诗相联系。

岑参的诗在宋代未得到广泛讨论，对其作品的新兴趣似乎产生于明代的新拟古派及其对盛唐诗的独尊。在为岑参《嘉州集》所作的序文中，拟古主义者边贡走得极远，甚至说岑参超过了李白和杜甫，因为他的作品结合了两者的基本特性。不过，比起边贡对自己诗歌的评价，这样说可能还不算太过火，他的诗实际上为较著名的同时代人所掩盖。明代以后，岑参的声誉稳步上升，他的边塞诗逐渐被用来界定他的作品。

但是，比起现代批评家所肯定的，岑参是一位更为丰富多彩的诗人，中亚的异国风味在他的作品中仅是一个方便的题材，用来满足天宝对奇异的渴求。异国题材是岑参兴趣的必然表现，请注意殷璠说他"语奇"、"意亦造奇"。岑参在战乱前所作诗篇，从各个方面致力于新奇，以便能超过前辈的作品。

岑参约生于715年，出于大族南阳岑氏的一个衰落分支。从后凉以来，南阳岑氏掌握了一系列政府高位，在唐代有三位成员成为丞相，其中包括岑参的曾祖父，当过太宗的丞相。可是，在岑参出生前几十年，这个家族的另一分支显赫了起来，而岑参的父亲只任过几个地方职务，官至刺史。岑参的家庭声望卓著，但在社会地位和权势方面都不再显赫。

岑参的早期生活所知不多。诗人年少时，父亲去世，其家遂移居洛阳南面的嵩山地区。岑参依照惯例谦述其家在洛阳一带的生活境况，杜确在集序中甚至称其"家贫"。但其家可能维持有中等水平。

大约在734年，岑参赴长安，献书皇帝，希望能得官。他选择这条求仕之路，而不是较艰险的进士考试，可能表明他对家族的声望很有信心，认为没必要参加考试。他的请求未被接受，后来他再返回京城时，就成为地方荐举的进士了。

岑参最典型的诗篇一直到八世纪四十年代中叶才出现，但一些较早作品存留了下来。这些早期作品极为重要，显示了王维、孟浩然及稍后的李白的重要影响。岑参与这些第一代大诗人没有社交联系：他似乎并不认识王维和孟浩然，与李白的结识也仅是一种可能。是他们的诗歌天才将岑参引向他们的风格，而不是与

他们过从的社交压力。八世纪三十年代是隐士诗和陶潜复兴的高潮,青年岑参在忙于求仕的同时,也大写宁静的诗(09546):

　　夕与人群疏,转爱丘壑中。
　　心澹水木会,兴幽鱼鸟通。

在同一诗中,岑参扮演了孟浩然:

　　溪云淡秋容。

此句模仿孟浩然已经出名的句子:

　　微云淡河汉。

同诗中还有一句:

　　胜惬只自知。

此句无误地接近于王维晚期诗篇中的名句(05968):

　　胜事空自知。

岑参在八世纪三十年代末显然无法模仿王维作于八世纪五十年代末的作品,但这是典型的王维语气,可以设想他在较早的诗中已写过相似的句子,而现在已散佚。岑参其他一些早期诗甚至更明显地体现了王维的影响（09645）：

> 胜事那能说，王孙去未还。

在这两句诗中，青年岑参简洁地结合了整个隐士诗传统的要点。诗中暗示无法说出的高尚的自然体验，如同陶潜著名的《饮酒》之五；但这种似乎不可言喻的体验又被转换为无法表现自我，因为缺乏赏知的朋友，如同谢灵运诗中所写。而这位不在的朋友最后成为楚辞《招隐士》中的"王孙"，这一人物被王维多次恰当地用于诗篇结尾（05967，06107）。

在八世纪二十年代中叶，王维感到（06954）：

> 心与广川闲。

其后岑参发现理想的隐士兼渔父是（09631）：

> 心与沧浪清。

八世纪四十年代初，当岑参还笼罩在王维那优美圆熟风格的魅力之下，一位新的诗才出现在京城，这就是李白。大约同时，李白的各种面具也出现在岑参的诗中。如同李白在八世纪三十年代赞美了襄阳的狂饮者，岑参在742年经过古城邯郸时，也赞美了这一著名地区，准确无误地模仿了李白的声音（09633）：

> 邯郸女儿夜沽酒，对客挑灯夸数钱。

第十章 岑参：追求奇异

酩酊醉时日正午，一曲狂歌垆上眠。

在岑参诗中，到处可以看到对王维和李白的具体借用和风格模仿。有时岑参似乎暗中在与李白较劲：李白出色地描绘了庐山的瀑布（08570—157），岑参就描绘一个更为急湍炫目的飞泉（09511）。岑参后来将七言歌行用于应景诗，可能就出自李白的先例。但李白作品对青年岑参的最大吸引力是想像描写技巧，豪放诗人兼歌者的形象，以及对极端的迷恋。殷璠概括李白和岑参作品的特性，都用了"奇"字，这并不是偶然的。这一时代的另一位重要诗人王昌龄，与岑参相识，但在岑参作品中较少见到对王诗的直接模仿，不过他在绝句技巧上受到王昌龄不少影响。

与八世纪四十年代其他青年诗人一样，岑参感觉到第一代大师的魅力，并经常屈从于落入其风格的诱惑。但岑参还通过创造性地综合京城诗歌技巧和新天宝风格，努力避免推崇的限制。这一努力在对句中得到实现，他将形式约束与想像隐喻相结合，效果十分显著。

对于文体的关注多数集中于后来所谓的句"眼"——五言句的第三字。在八世纪四十年代，岑参开始在这个位置上运用奇峻的隐喻，如下引摘自作于742年的一首诗的对句（09644）：

孤灯然客梦，寒杵捣乡愁。

诗人从梦中醒来，看见灯火在眼前闪烁，仿佛使他的梦中幻象燃烧闪耀。杵衣声使得旅客思念家乡，于是在通感上杵声似乎"捣"着他的愁思。

在五言句的第三字用隐喻动词本是宫廷诗的特色，但此前从未出现如此奇峻复杂的隐喻。此类对句经常出现在岑参作于八世纪四十年代的律诗中（09759）：

药椀摇山影，鱼竿带水痕。

但是，就像李白写水声中的犬吠过于唐突简单，这些隐喻对句也破坏了律诗的平衡（从西方标准看还是温和的）。上引两首诗的其他部分都用窘迫平板的句子围绕出色的对句。岑参在边塞歌行中能够保持别出心裁的描绘，但在盛唐律诗美学中却做不到。

在744年，岑参考中进士，在右内率府任职，这是一个不重要的职位，表明他缺乏影响力。在749年，大将高仙芝入朝，可能由于岑参的前一职务可以作为"军事"官历，高仙芝表任他为幕僚，带他返回驻地安西，在中亚的库车。751年，高仙芝在恒罗斯城战役中惨败于大食，落魄地返回京城。

752年，岑参自己也返京，在那里与杜甫和高适结识。至754年，岑参又返回中亚，此次是去北庭和轮台，在节度使封常清的幕府中任判官。安禄山反叛爆发时，岑参还在中亚；他在756年动身返回，757年抵达行都凤翔。

从749年至757年，是岑参最富于创造力的时期。在西北幕府中，岑参写下了至今享有盛名的边塞歌行，而他在752至754年短暂居留长安时，也写下许多优秀作品。如同前引文学史家郑振铎所言，岑参对中亚地区有个人的体验，而大多数诗人只能从报告和诗歌惯例中了解。然而，我们仍然需要牢记诗歌中的中亚主要是一种文学题材；与这一题材相联系的风格，构成边塞景象的各种要素,以及恰当的反应,这些都产生自漫长的诗歌传统,出自从未靠近边塞的诗人之手。岑参所知道的中亚情况比任何前辈要完整全面,他显示了对地名和异国细节的极端熟悉,这是边塞诗人所乐于描写的。但岑参边塞诗的较大部分还是建立在惯例的基础上,他沿袭前人,省略实际的战争描写,写出军幕宴饮的段落,描绘荒漠图景,夸大寒冷气候,等等。并不是岑参试图遵循惯例,而是诗歌传统教会这位有修养的访问者如何观察边塞景象。

虽然岑参的边塞诗无愧于其声誉,他事实上处于传统的末尾,是最后一位广泛描写边塞生活的盛唐重要诗人。在他之前,有王翰的《凉州词》,高适的《燕歌行》,李白的《战城南》,以及王昌龄的许多边塞诗。高适、李白及其他诗人已经将边塞诗的惯例改用于七言歌行。虽然岑参是一位才华洋溢的诗人,但在他那些最著名的诗篇中,他却不是一位独创者:为了超过高适、李白及王昌龄,他不得不在他们自己的那"类"诗中出奇制胜。结果岑参写出了同"类"诗中的一些最优秀作品。

白雪歌送武判官归京

北风卷地白草折,胡天八月即飞雪。
忽如一夜春风来,千树万树梨花开。
散入珠帘湿罗幕,狐裘不暖锦衾薄。
将军角弓不得控,都护铁衣冷难着。
瀚海阑干百丈冰,愁云惨淡万里凝。
中军置酒饮归客,胡琴琵琶与羌笛。

>纷纷暮雪下辕门,风掣红旗冻不翻。
>轮台东门送君去,去时雪满天山路。
>山回路转不见君,雪上空留马行处。(09591)

边塞的寒冷是边塞诗中最流行的主题之一,经常被加以详细描写:雪片与李花相比,冰冻和雪云全景,弓的僵硬,及幕中宴饮的温暖,这一切都属于这一主题。但岑参运用了天宝的诗歌艺术,以色彩缤纷的描写和戏剧性并置改变了旧的意象,使它们获得从未有过的活力。此外,这里的结尾也十分巧妙,具有特别的艺术效果(殷璠的"意奇")。事实上,这种巧妙十分接近绝句技巧,以致这四句诗很像挂在歌行后边的独立绝句。

《白雪歌》的魅力与游仙诗和游侠诗十分相似:它是一种"不同"的诗歌,一种产生迷人幻想的诗歌,引人设想在不同地点、人物及时间的情况下可能如何。值得注意的是,没有一首边塞歌行被收入唐代和宋初选本,这些作品所创造的奇异幻想对于后代读者有更大吸引力,因为岑参的边境对他们来说要更具有异国风味。

有时岑参明确选择表现异国特色的诗题,如描绘为火山灼热的湖的诗(09592),或描绘火山灰云的诗。

火山云送别

>火山突兀赤亭口,火山五月火云厚。
>火云满山凝未开,飞鸟千里不敢来。
>平明乍逐胡风断,薄暮浑随塞雨回。

缭绕斜吞铁关树，氤氲半掩交河戍。

迢迢征路火山东，山上孤云随马去。（09596）

在这首及其他作于社交场合的歌行中，岑参总是气势淋漓地描绘出一些边塞景象的要素，然后以最无力的方式将其与场合联系起来。甚至有人认为应景结尾是被加在已完成的歌行之上。[1]在《白雪歌》中，描写主体与结尾四句成功地、含蓄地结合在一起，但在《火山云》中，诗人从"旅行纪录片"般的火山灰云画面中，不协调地裁下一小片云气，跟随行人上路。

岑参的七言歌行与其朋友杜甫的同类作品十分相似，无法清楚是谁学谁。岑参作于758年的《卫节度赤骠马歌》（09616），显然受到杜甫作于八世纪五十年代初的《高都护骢马行》（10505）的重要影响。二诗都从较宽泛的咏马诗传统中汲取了成分（例如，04301，04279）。另一方面，岑参描绘舞蹈的诗（09617）似乎要早于杜甫。

在752年，薛据（702？—？）、高适、储光羲、杜甫及岑参一起登上长安慈恩寺大雁塔。[2]第二代诗人与其前辈的这次有趣聚会，最明显地体现了天宝诗人的衍丽豪放风格。这些诗人中，虽然最年少的岑参与最年长者只差十三岁，但长辈诗人储光羲和高适的诗（薛据的诗未存留下来）较为正规和较讲修饰，杜甫和岑参的天宝风格较有气势和较富想像力，二者之间有着明显区

---

[1] 铃木修次，《唐代诗人论》，第1册，页423。
[2] 关于这一事件的详细讨论，见前野直彬，《唐代的诗人们》（东京，1971），页88—149。

别。储光羲的诗在开头部分混合了正规修饰和京城诗人的有意简朴:

> 金祠起真宇,直上青云垂。
> 地静我亦闲,登之秋清时。
> 苍芜宜春苑,片碧昆明池。
> 谁道天汉高,逍遥方在兹。(摘自06560)

两代诗人差别的程度,可以从岑参诗中生动有力的描写、隐喻及夸张看出:

> 塔势如涌出,孤高耸天宫。
> 登临出世界,磴道盘虚空。
> 突兀压神州,峥嵘如鬼工。
> 四角碍白日,七层摩苍穹。
> 下窥指高鸟,俯听闻惊风。
> 连山若波涛,奔凑似朝东。
> 青槐夹驰道,宫馆何玲珑。
> 秋色从西来,苍然满关中。
> 五陵北原上,万古青濛濛。
> 净理了可悟,胜因夙所宗。
> 誓将挂冠去,觉道资无穷。(09534)

岑参的灵感显然在诗篇中途消失了,后半部分是由游寺诗和登塔诗的最差陈套构成的。事实上,岑诗前半部分的想像活力与储光羲较传统的修辞一样,也是一种"修饰"的形式。就像在边塞诗中一样,岑参并不是一位激进的创新者,他所说的正是这样一首诗被预期的话,寺院"通向"上天,提供了崇高的视觉,使他体悟到精神的真谛。不过,尽管沿用了主题和结构惯例,岑参的"修饰活力"仍投合了新的美学观。杜甫的诗比岑诗较不宏放,也沿袭了同样的结构惯例,但他以真正的创造天才,将惯例改变成某种较深刻的东西。

岑参一些最优秀的绝句也作于749至757年间。边塞绝句的形式已经比长篇边塞歌行更为牢固地确立,岑参对这一形式的处理,明显受到王昌龄简洁优美的绝句技巧的影响。

赵将军歌

九月天山风似刀,城南猎马缩寒毛。
将军纵博场场胜,赌得单于貂鼠袍。(09882)

如同在王昌龄绝句中常可见到,此处的文学标准是类型,而诗歌的感染力在于含蓄的并置,由两联诗所描绘的场景构成。军队和马都待在冬天的住所,闲散着和等待着。赌博是战斗的替代,将军的胜利和"战利品"是充满信心的期待气氛中的吉兆。

岑参最出色的绝句之一是《逢入京使》:

故园东望路漫漫,双袖龙钟泪未干。
马上相逢无纸笔,凭君传语报平安。(09877)

将期待颠倒是绝句结尾的常用技巧，有着悠久传统，可以追溯至六七世纪绝句的精警妙语。但第一人称主人公将意思反说，却是罕见的；他的嘱咐是严肃的，这一口信中带着谎言。就像李白的《乌栖曲》，读者的注意力被沉痛地引向外表与实际的不同，但在此处诗中主人公与读者的认识一致，惟一受骗的是接受者——一位朋友或亲属，而欺骗正是爱的行动。

在757年，岑参加入了肃宗在凤翔的行朝，经杜甫的荐举，授右补阙。他跟随朝廷返回了长安，但在758年，前丞相房琯失位，他的整个小集团被清除。岑参、杜甫、高适及朝中许多新任命的官员被贬任地方官。也正是在这一年，王维这一旧统治家族的成员，被赦免罪并擢升高位。

岑参被送往长安和洛阳之间的虢州任职。他在虢州的几年有一些乐趣，但其中有一度十分压抑，写了一些忧郁沉思的诗，表现离开朝廷的愁绪和个人政治生涯失败的感觉。这是一种缺乏描写的黯淡诗歌，与早期诗歌的宏丽和奇峻隐喻形成鲜明对照。

题虢州西楼

错料一生事，蹉跎今白头。
纵横皆失计，妻子也堪羞。
明主虽然弃，丹心亦未休。
愁来无去处，只上郡西楼。（09774）

当然，西楼是面对长安的楼。

第十章 岑参：追求奇异

虢州任满之后，岑参被召回京，连任几个中级官职。在765年，他再次出任地方官，在蜀中任嘉州刺史。由于回纥和吐蕃入侵，外加一次地方叛乱，岑参延迟出发，直至下一年才赴蜀。他在嘉州任上几乎毫无乐趣可言，但此次他并没有做出虢州几年中的忧愁反应，而是在诗中出现一种罕见的放诞情调。有趣的是，高适和杜甫大约作于同时的蜀中诗也出现了相似的情调。

寻杨七郎中宅即事

万事信苍苍，机心久已忘。
无端来出守，不是厌为郎。
雨滴芭蕉赤，霜催橘子黄。
逢君开口笑，何处是他乡。（09757）

第二联的温和嘲讽——郎是岑参在京中所任最后一个官职——特别令人联想到杜甫的蜀中生活。末句有趣地窃用了李白一首绝句的结尾（08593），仿用了盛唐流行的一个慰藉主题：眼前的朋友可以代替家乡。

上引二首作于虢州和嘉州的诗，明显地体现了岑参乱后作品的守旧性。生动的并置，夸张的描绘，及峻奇的隐喻，这些实际上都从他的作品中消失了，留下来的只有一些以前风格的痕迹。燃烧的意象重复出现在岑参的诗集中：灯火隐喻性地燃烧客梦，中亚的热海能"燃虏云"（09592）。下引作于嘉州的诗保留了火焰，但此处成为山林之火，只燃烧了云层。这一意象较缺少精心构造，律诗也重新获得恰当的形态，但人们仍可感觉到失去了一些特性，正是那些特性使岑参作品体现出个性风格。

江行夜宿龙吼滩临眺思峨眉隐者兼寄幕中诸公

官舍临江口，滩声人惯闻。
水烟晴吐月，山火夜烧云。
且欲寻方士，无心恋使君。
异乡何可住，况复久离群。（09646）

在768年，到任后不久，岑参就弃官客居成都，于770年卒于那里。

岑参卒后，其作品是否马上编集流传，无法确知。但在800年，杜确编了一个集本，按题材编排诗篇。最早的刻本出自明代，它显然基于持续的系统，而不是从选本中重辑，有将近四百首诗保存了下来。殷璠十分看重岑参的诗，但《国秀集》却未收岑诗，其后的唐代选本亦未充分选录岑诗。

岑参缺乏盛唐最伟大诗人的高度，但他或许是第二代诗人的最突出代表。他是数十位天宝诗人中的一位，他的作品在唐代只有中等程度的流行；但他的集子偶然地保存了下来，并引起了后代读者的兴趣。他们对岑参作品所称赏的，仅是天宝风格的一个很有限的方面。但他们所看到的蓬勃生气是值得他们称赏的，唐代对岑诗的普遍不感兴趣，主要是出于一种忽略的倾向，如果不是忽略其最伟大的诗人，也忽略了其"非常优秀"的诗人。

第十一章 杜甫

> 尽得古今之体势，而兼人人之所独专矣。
>
> 元稹《杜甫墓系铭》

杜甫是最伟大的中国诗人。他的伟大基于一千多年来读者的一致公认，以及中国和西方文学标准的罕见巧合。在中国诗歌传统中，杜甫几乎超越了评判，因为正像莎士比亚在我们自己的传统中，他的文学成就本身已成为文学标准的历史构成的一个重要部分。杜甫的伟大特质在于超出了文学史的有限范围。

在九世纪初，元稹已经看出杜甫天才的基本特征，即丰富多彩，涵括万象。杜甫吸收同化了前此的一切，并通过这样做决定性地改变了自己的根源。杜甫作品的丰富多样成为一个泉源，后代诗人从中汲取各不相同的方面，从各相矛盾的方向发展了它们。实际上，杜甫研究中有一个陈套，即列举后代某一位名诗人从杜甫作品的某一方面发展出了自己的风格。每一时代都从杜诗中发现他们所要寻找的东西：文体创造的无比精熟，特定时代的真实个人"历史"，创造性想像的自由实践，及揭露社会不平的道德家声音。杜甫诗歌作品的影响一直到他卒后几十年才产生，但他的杰出地位一旦确立，他就成为中国诗歌的顶点人物，没有一位后代诗人能够完全忽略他。

由于杜甫在诗歌的未来发展中扮演了构成的角色，说他处于"时代之前"恐怕是不恰当的。然而，在杜甫的时代，诗人们已经形成了统一的、无区别的诗歌特性，以对抗题材传统有力的离心影响，而杜甫却体现出多样化的才赋和个性。杜甫是律诗的文体大师，社会批评的诗人，自我表现的诗人，幽默随便的智者，帝国秩序的颂扬者，日常生活的诗人，及虚幻想像的诗人。他比同时代任何诗人更自由地运用了口语和日常表达；他最大胆地试用了稠密修饰的诗歌语言；他是最博学的诗人，大量运用深奥的典故成语，并感受到语言的历史性。文学史的功用之一是指出诗人的特性，但杜甫的诗歌拒绝了这种评价，他的作品只有一个方面可以从整体强调而不致被曲解，这就是它的复杂多样。

复杂多样不仅表现在杜甫的全部诗篇，而且表现在单篇的诗作，他在诗中迅速地转换风格和主题，把属于几个范围的问题和体验结合起来表现。从这种"转换风格"中产生出新的美学标准，最后取代了统一情调、景象、时间及体验的旧关注。在较深刻的文字层次上，复杂多样体现为模糊多义的句法和所指，以及极端矛盾复杂的旨意。

有关杜甫的传统评价中，特别是唐代作家的评价，宇宙和造化的用语起了重要的作用，这些联系不仅说明了一种与自然的生成力量类似的诗歌，而且指出一种超越特定表现形式的统一诗歌性质。这同样是对杜甫作品复杂多样的认识，还可以用来部分地解释传统上在阅读杜甫作品方面的强烈传记兴趣：能够统一这种复杂多样的诗人不能以任何简单的、缩小的类型来界定，如隐逸诗人，复古诗人，或"悲哀"诗人。统一的诗人只能是历史的人，创作诗篇的人。

文学史所关注的惯例、标准及其在时间发展中的转变，对于理解杜甫诗歌的作用很有限。在较早的唐诗中，惯例是基本的问题，它在暗中引导着创作。一首诗是艺术材料共同体中或多或少带有个性特点的作品。惯例的生成力量十分巨大，以致在小诗人那里，诗歌实际上是"自动合成"。对于王维一类大诗人，惯例是诗人可以用来产生个性的"语言"，诗人可以使用惯例，也可以避免它，或把它改造成某种个人的东西，但诗歌惯例始终是赋予所有变体意义的重要标准。甚至连极端个性化的诗人李白，也是通过嘲笑惯例，通过要求否定某些事物的对抗态度，才获得独立。

杜甫也从惯例中解放了出来，但却是一种不同的、较深刻的变化。有关杜甫的一个批评滥调是"无一字无来处"，但对于杜甫的运用传统，这一滥调不仅在表面层次上是错误的，在较深层次上也是错误的。杜甫对较早文学的掌握远远超过在他之前的任何诗人，但他真正地"运用"了传统，充分体现了运用一词的控制和掌握涵义。传统文学和惯例极少支配他的创作。必须仔细检查杜诗，才能寻找熟悉的唐诗结构，而即使找到此类结构，也会发现它们在诗歌的整体结构上作用甚小。例如，攀登山峰是觉悟过程的相应模仿，这是一个古老的主题，已经产生过千百首诗篇。王维在《登辨觉寺》中，用这一主题写出了优美的、高度个性化的作品。可是，结构和主题的惯例仍是构成这首诗的原始材料，就像其他同类诗作，"觉悟"是诗中的真正目标。在杜甫最早的诗作之一《望岳》中，也可以看见同样的惯例；但此处惯例模式是隐蔽的，而且其作用也是从属的，诗中真正的艺术和理性关注在于别处（见后）。阅读杜甫作品时，辨别诗人如何使用较早的特定字句和风格是一个基本的工作,但巨大的、变化不停的诗歌惯例整体,对于理解杜诗既不足够,也不重要。

考虑到杜甫诗歌的数量(大约一千五百首诗),以及加在它上面的价值,它与历史事件的密切联系,千百年来学者们竭尽心力追寻杜甫的生活细节,精确地为他的作品系年,是十分自然的事。许多困难的问题已经得到解决,其他一些无法解决的问题曾经被热烈地讨论。我无意于此处为历史问题加上什么新东西;而且,我将经常离开许多明确的、但并不可靠的结论,这些结论都是根据感觉的推论和渊博的学识得出的。[1] 对于文学史,传记只是一种构架,通常不要求精确的日期。但在阅读单篇作品时,有关事件的精确历史背景可能较为有用。

杜甫的许多诗篇无需涉及传记或历史背景就能读懂,但也有同等数量的诗是对重要政治历史事件的反应,其契合程度远远超过大多数同时代诗人的作品。这种与政治历史的契合,特别是与安禄山叛乱中事件的契合,使杜甫赢得了"诗史"的称号。对于杜甫卷入政治和社会问题的程度的估计,既不可过高,也不可过低。无关的或不清楚的历史背景必须排除,但在其他一些诗篇中,当时的政治问题在表面的事物和通过这些事物而增加的意义之间,起了重要作用,而在古代读者理解杜诗的方式上甚至更重要。政治和传记背景扩充了许多作品的范围,这些作品被看成是特定个人在特定历史时刻的言论。

杜甫出自京城地区杜陵的一个古老而有名望的家族,这一家

---

[1] 在生平部分,我通常采用一致的、证据充分的观点。较详细的传记可见洪业(William Hung),《杜甫:中国最伟大的诗人》(坎布里奇,1952)。

第十一章 杜甫

族与洛阳地区似乎也有关系。杜甫是第一位家族根基在京城地区的唐代诗人，王昌龄可能是例外，他似乎出自太原王氏的一个分支，这一分支也落根于京城。杜甫对帝国的持久关注，很可能由于其家族与京城地区的联系而加强，因为只有在那里才会感觉到帝国对地方隶属的绝对统摄。那些产生过王维一类诗人的大家族，虽与王室有密切联系，但对帝国本身的观念却较淡薄。

在杜甫之前，杜氏家族在唐代出现的最杰出人物是杜审言，他是杜甫的祖父，武后和中宗朝的宫廷诗人。可是，作为一个家族，杜家缺乏社会声望和权势。与许多到长安碰运气的地方人物不同，杜甫与大世族的成员并不缺少联系，但他与他们的联系却是高度从属性的。

杜甫生于712年，正与玄宗的漫长统治的开始一致。关于他的少年生活所知甚少，诗人后来自称是神童，其早熟的才华为年长的学者所称叹。他无疑希望这一传记惯例将充分引起他的后代传记家的注意（后来确实如此）。杜甫对自我形象的关注并不少于李白，但他通常更多地对后代人述说，而不是对当代人，那些未来的传记家是帮助他获得所渴求的后代声名的必不可少人物。与许多年轻诗人和文士一样，杜甫在二十岁左右漫游东南地区。其后，在735或736年，正当张九龄掌权时，杜甫返回长安，作为京兆府荐送的进士参加考试，却落第了。诗人再次外出漫游，此次是到东北，最后返回洛阳，在那里待了几年。

根据杜甫的自述，他在早年写了大量的诗。这些早期诗可能有一些保留了下来，散布于他的集子中，被系以后来的日期。有可能系年的最早诗篇可以定于八世纪三十年代末；直至八世纪四十年代前半叶，杜甫已经三十余岁时，才有一些诗篇可以肯定系年。在这些"最早"的诗作中,杜甫已不是初学的诗人,而是充分成熟的诗人,体现了稳定的笔调和鲜明的个人声音。有可能杜甫的少作在安禄山叛乱中及诗人晚年变迁不定的漂泊中丧失,但也相当可能杜甫实际上从集子中去掉了天宝前的所有作品及战乱前的大部分作品。

下引诗《望岳》,作于杜甫在八世纪三十年代末第一次东游时,或后来在744年的旅行中。这首是传统系年中最早的诗篇之一,但甚至在这首诗中,已经无可否认地出现了杜甫个人声音的标志:

岱宗夫如何?齐鲁青未了。
造化钟神秀,阴阳割昏晓。
荡胸生层云,决眦入归鸟。
会当凌绝顶,一览众山小。(10498)

这首诗的出色文体经翻译后黯然失色。这是一首戴了一半律诗面具的"古体"诗。诗中迅速的风格转换是杜甫艺术的特征:首联是随意松散的散文式语言,中二联转变成宏丽、曲折、精致的诗歌语言,尾联又变为直截了当的期望,模仿孔子的登泰山而"小天下"(《论语》,7.24)。

较接近的翻译是理性兴趣,就像王维的理性兴趣,但属于极不相同的种类。中国赋予这座伟大山岳的近乎宗教的虔敬,使得杜甫将其描绘成一座巨大的、象征性的山,置于阴与阳之间的宇宙位置上(见第四句:暗的北面山坡是阴,阳光照耀的南面山坡是阳)。这座山是一个将被"认识"的秘密(见第一句),在询问这一认识中,诗人已经敏锐地意识到,从远处望山和从山上俯瞰,对于山的认识是不同的。对于"岱宗夫如何"的回答,只能从这两种认识的平衡中找到,这两种认识界定了登山的点,旅行正是开始于"望",结束于"览"。在杜甫的想像性登山中,山没有形状,开始于宽广的全范围视界,一直绵延至古代的齐国和鲁国,诗人只看见无边的青翠,处于阴和阳的交接处,由其相互作用而调节。在他的眼光中,他逐渐地登上山,追随着飞鸟,直到最后在想像中完成登山,从绝顶获得补足的巨大视野。

在杜甫这首现存的最早作品后面,隐含着什么样的诗歌传统?这里见不到岑参对第一代诗人的接近模仿。杜甫既不屈从也不避开诗歌传统,而是用它来为自己服务。三部式结构保留了下来,作为单纯的形式构架,但在主题上诗篇却分成两个四句。结尾反应不是从体验中得出的"结论",而是一种平衡的选择。诗中不用时间顺序的直线进程,而是从眼前视境转向对过去的观察,又回到现在,最后指向未来。

开头的询问是咏物传统的基本问题,但这首诗并不同于此前任何咏物诗。在想像中登山并与觉悟相关,这方面的先例是苏绰的《游天台山赋》,可能还有李白的幻游庐山(08303)和天姥山(08332)。但是在他们手中,这些传统不是独立的模式,用来服从诗人所乐意的任何结合;而是带着某些伴随成分——佛教的觉悟或道教的幻想。杜甫则将登山主题作为独立的模式,用来服从重新阐释的需要,这里不是佛教或道教的价值观,而是模仿孔子的登泰山,将山置于宇宙秩序的地位,处于阴和阳之间。诗人的重新解释看起来可能十分温和,只是以一种幻想体验取代另一种,但却显示了处理传统材料的自由,这在他的唐代前辈的作品中是非常罕见的。

744年,在靠近洛阳的地方,杜甫遇见了高适和李白,李白当时失去了朝廷的恩宠,正在东行的旅程中。杜甫和两位诗人一起东游,访谒了年老的文士李邕,杜甫较早时已于长安认识他。关于李白和杜甫的友谊已经有许多叙述,而描述两位诗人的区别一直是中国批评家最喜好的事情之一,包括传统批评家和现代批评家。李白和杜甫确实是很不相同的诗人,并列在一起时尤其引人注目,但从中国诗歌的标准看,他们之间的差别并未构成一些批评家所指出的基本对立。杜甫会有相当的理由看到自己作为一位诗人,正与李白处于同一传统,而在李杜作品所代表的诗歌类型与王维作品所代表的京城诗歌传统之间,存在着更为重要的差别。

杜甫十分崇敬李白。崇敬其他诗人本是杜甫的特点,被扩展至许多地位远低于李白的诗人。但是,李白对于杜甫具有特别重要的意义,在杜甫作于乱前的诗篇中,李白的声音可以较清楚地听到,超过了其他任何诗人。正如前面所提到,他们的著名友谊是一边倒的,他们最共同的基点可能是对李白的共同赞美。杜甫在一生中一再作诗赠李白,许多成为著名的诗篇,主要是由于两位诗人友情的神秘光彩,而不是由于内在的优点。这些诗中最出色之一是作于744年的早期绝句《赠李白》:

秋来相顾尚飘蓬,未就丹砂愧葛洪。
痛饮狂歌空度日,飞扬跋扈为谁雄。(10914)

葛洪是《抱朴子》的作者,这是一部包括了许多炼丹经验的道教杂录。

诗中所描绘的狂放激情,被一种明确的忧郁情绪暗中削弱,这是一种失败无成的感觉,一种在衰颓的秋天世界里徒耗精力的感觉。诗篇采用了经常由李白扮演的狂士这一流行"类型",但情调和背景的复杂改变了类型惯例的价值。同样的矛盾心理几乎重复出现于杜甫所描绘的所有人物类型中,从而使他比此前任何诗人更为复杂深刻地揭示了人的本质。

离开高适和李白后,杜甫在745年返回京城,再次决心求仕。在747年,玄宗下诏,为以前的落第者举行一次特别的考试,这似乎是一次很好的机会。可是,宰相李林甫使所有应试者都落第,以向玄宗证明没有贤人从以前的考试中漏网。在745至755年间,杜甫实际上付出了整整十年的时间,试图建立在朝中任职的必要关系。在751年,诗人采取冒险的方式,向皇帝献上三篇赋。根据杜甫自述,这些赋获得了玄宗的宠顾。结果杜甫被召考试,通过之后,被通知等待吏部的职位。

获得任职资格与实际得到官职是大不相同的两码事,即使即将授予一个官职,其品类也在很大程度上依靠社会政治关系而定。杜甫过了几年也没等到任命。很多人已经证明这是由于李林甫的敌视,先是试图阻止杜甫中举,后来又阻止他授官。但杜甫当时地位低微,李林甫不可能对他有特别的敌意,更可能的是,反对杜甫的原因是与他有社交联系的某个人是李林甫的真正敌人,如李邕。

李林甫死后,杨国忠成为丞相,杜甫还是未得到任命。在754年,四十三岁时,诗人试图追随岑参和高适的榜样,向哥舒翰请求入幕,却未得到理睬。随即出现那一年的大暴雨及由此产生的饥馑,杜甫带领全家北迁奉先。返回京城后,杜甫的任命终于来临,是朝廷所任命的最低县职。杜甫拒绝了这个毫无吸引力的官职,被改授太子府的一个官职。在755年末,他赴奉先探家,就在他离开时,安禄山率领东北军队叛变了。

杜甫的乱前诗与后来的作品相比,较明显地体现了与其他同时代人诗歌共同的成分。《饮中八仙歌》(10520)一类七言歌行,出自李白和李颀的醉酒狂士诗。一些七言歌行如《丽人行》(10522),是对八世纪初流行的七言歌行体的时事改造。咏马诗如《高都护骢马行》(10505),与岑参的诗相应,还有一些虚幻想像的诗如《渼陂行》(10524),也与岑参相关。两组游何将军山林的诗(10936—50),出自京城应景诗传统。甚至著名的《兵车行》(10504),也与张谓同时而较逊色的《代北州老翁答》(09450)相应。但这些相应只用来说明杜甫如何从根本上改造了他所触及的一切,他与同时代人的共同兴趣只在于最宽泛的风格、主题及类型范围。

杜甫与岑参的联系可以作为恰当的例子。在八世纪五十年代初,岑参已写出想像的、描绘的歌行,如前一章所述。杜甫陪伴岑参兄弟游览长安附近的渼陂,写了一首模仿岑参风格及其"好奇"特点的歌行。出于友情和礼貌,杜甫沿用了一般的写法,以其主人或同伴的风格作为模式。但只要将杜甫的"模仿"成果与岑参的任何歌行比较,就可以看出杜甫的超越和极大的创新性。

渼陂行

岑参兄弟皆好奇,携我远来游渼陂。
天地黯惨忽异色,波涛万顷堆琉璃。

> 琉璃漫汗泛舟入，事殊兴极忧思集。
> 鼍作鲸吞不复知，恶风白浪何嗟及。
> 主人锦帆相为开，舟子喜甚无氛埃。
> 凫鹥散乱棹讴发，丝管啁啾空翠来。
> 沉竿续蔓深莫测，菱叶荷花净如拭。
> 宛在中流渤澥清，下归无极终南黑。
> 半陂已南纯浸山，动影袅窕冲融间。
> 船舷暝戛云际寺，水面月出蓝田关。
> 此时骊龙亦吐珠，冯夷击鼓群龙趋。
> 湘妃汉女出歌舞，金支翠旗光有无。
> 咫尺但愁雷雨至，苍茫不晓神灵意。
> 少壮几时奈老何，向来哀乐何其多。（10524）

月亮出现于蓝田关，倒映在湖中，成为骊龙吐出来的珠：杜甫的虚幻想像将岑参对荒漠景象的夸张描写降低为拘谨的呼喊。杜甫准确地看出岑参的基本特征是"好奇"，一种想以奇异超越别人的愿望。此处超越者被超越了。

有许多成分将这首诗与岑参作品及其他同时代人作品分别开来，其中之一是有意地打破类型的统一，这就是标志着杜甫一生诗作的"转换风格"。而且，很可能就是这一特征使杜甫未能得到同时代人或直接后辈的充分赞赏。在八世纪，情调统一的要求十分强烈，岑参可以不注意结构的统一，将应景结尾挂在边塞歌行的后面，但他却小心翼翼地遵守情调一致的要求。无法想像杜甫的同时代人会如何看待上引这样一首歌行，诗中在描绘天气的多变时，也暗中多次改变情调和风格。《渼陂行》开始于事件的直接陈述，很快转向可怖的暴风雨和想像的魔怪，接下来是快乐的船歌，然后"登上"倒影的山。正如可以预期的，登山的高潮是众神狂欢的光怪陆离幻象，但杜甫以凡人对风暴的畏怯暗暗削弱了神灵的光辉，因为"雷雨"将伴随众神而来。结尾诗句有意地写得古朴，采用了汉武帝《秋风歌》的陈语，放在此处表明平凡的诗人未能知晓的"神灵意"，由于神灵呈现的雷雨而可以理解了。从始至终，杜甫的主题穿过各联诗的界线，然后却在同一联诗的中间转换旨意。

杜甫的繁富变化在同时代人看来，可能太过分了，但恰恰正是这种体验的丰富多变吸引了许多后代的赞赏者。气候、情调及主题不断地变化，戏谑和敬畏和谐地并置。诗歌传统并未被遗忘：游湖可以成为登天（参张说诗，04821）；可以用古老的真理结束全诗，如同王维的一些诗；及传统上众神光辉幻象的难以知晓。但从未有一位诗人会由于忧虑气候变化而不能理解"神灵意"。

由于杜甫有意地忽略类型的统一，故他从未为约定俗成的诗歌题材规则所阻碍。以前此的诗歌为背景阅读杜甫作品，没有一位读者不会注意到，杜甫写了许多其他诗人未曾提到的事物。后代诗人虽然学习杜甫的自然主义，处理日常生活细节，却很少能够达到他在态度和意旨方面的自由随意。这种自由随意使得杜诗体现出一种宽容的人性，甚至连现代西方读者都能明显感受到。这种随意不拘可以出现在最简单的方面，如善于讲述在有关场合中最自然的事情。在过访从侄杜济时，杜甫告诉他不要由于从叔而困扰（10517）：

所来为宗族，亦不为盘飧。

在较重要的方面,这种随意不拘可以表现为严肃情形下的幽默闪光,而这种幽默丝毫不会损害严肃意义。下引诗是吟咏754年的暴雨的组诗《秋雨叹三首》之二(10508—10):

> 阑风伏雨秋纷纷,四海八荒同一云。
> 去马来牛不复辨,浊泾清渭何当分。
> 禾头生耳黍穗黑,农夫田父无消息。
> 城中斗米换衾裯,相许宁论两相直。(10509)

结尾对市场价格的简述,以前都是杂史和轶事集的材料,而不会进入诗中。三世纪时张协的《杂诗》在诗歌方面最接近:

> 尺烬重寻桂,红粒贵瑶琼。

张协的对句为对偶而作的夸张、修饰变化,代表了晋代诗法。而杜甫的市场景象,及论价成功和情愿如此的语言,与张协的诗属于不同的世界。更重要的是杜甫的场景中那轻微的谐趣笔触,这是一种与购物者——或许是他自己——的冷漠距离,这位购物者正急于用昂贵的衾被交换"仅仅"一斗米。这种谐趣并没有削弱情形的真正严肃性,而是指出了以米为重的价值观的真实次序,与平时市场的错误价值观相对立。杜甫是最早发现悲喜剧力量的中国诗人之一,在悲喜剧对立冲力的结合点,显示了标志杜甫作品复杂性的另一方面。杜甫总是喜好复杂化,进入对立范围,"完成"对事物和体验的认识。

上引诗同样明显地体现了"转换风格":诗篇开始于宏壮的

诗歌措词,以宇宙视野描绘巨大云层下面的整个世界,然后在第二联接以伦理和哲理的联系(三句出自《庄子》,四句是成语)。第三联出自农村谚语,并引向尾联的城市简述。此外,开头一句还否定了"无一字无来处"的说法:不仅没有前人用过"阑风"和"伏雨"的词语,而且没有一位评注家能够完全确定这两个词语的意思。这两个词语既响亮又不祥,混合了威胁和毁灭的言外之意;它们给诗篇开头带来的混乱和不定,一直贯穿全诗,表现在无法分辨事物,消息断缺,以及最后的价格混乱。

杜甫的复杂多样最鲜明地体现在叙述个人经历的长诗中,他一生中都在写着这类诗。最早的重要范例作于755年,正当反叛爆发前夕,这就是《自京赴奉先县咏怀五百字》(10534)。几年后,跟随着这首诗,出现了更著名、更充分地发展了这一形式的典范诗:《彭衙行》(10557)和《北征》(10558)。第一首诗太长,无法全部引出,但作一些摘录可以提供对此诗丰富内容的认识。诗篇开始于自我嘲讽和自负傲气的奇妙混合,这种混合后来成为杜甫自我形象的特征。

> 杜陵有布衣,老大意转拙。
> 许身一何愚,窃比稷与契。
> 居然成濩落,白首甘契阔。
> 盖棺事则已,此志常觊豁。

散漫的自我分析在中国诗歌中有其先例,但杜甫的复杂陈述——结合了嘲讽、严肃及辛酸,反映了一种矛盾和深度,没有一位前此的诗人能够匹敌。诗篇的前三十二句是扩大的独白,诗人在其中与自己争论,为自己不管反复失败而坚持求仕的行为辩护。然后在第三十三句,诗人突然转向诗篇的主题——旅程的叙述。

> 岁暮百草零,疾风高岗裂。
> 天衢阴峥嵘,客子中夜发。
> 霜严衣带断,指直不得结。
> 凌晨过骊山,御榻在嵽嵲。
> 蚩尤塞寒空,蹴踏崖谷滑。
> 瑶池气郁律,羽林相摩戛。

杜甫在凌晨穿过寒冷黑暗的旅行是不祥的、神秘的。他在清早经过的宫殿,并不是宫廷诗人所描绘的园林、池、亭、台的宫苑,而是一个戒备森严的堡垒,羽林军在此似乎真正发挥了作用,而不是如同大多数诗歌所描绘的装饰品。杜甫继续推想森严戒备后面的世界,正在举行欢宴,赏赐权贵。这种欢宴对于唐代读者本来是很熟悉的,但杜甫却以普通百姓的贫困苦难作为平衡对照,正是这些普通百姓提供了宴饮和赏物。

接下来杜甫转向对后戚的谴责:

> 朱门酒肉臭,路有冻死骨。

诗人很快又转回来叙述旅程,生动描绘了波涛汹涌的河水,塞窣作响的桥梁,及过桥的危险状况,行人的互相牵携。最后,杜甫到达了其家所在的奉先。

> 入门闻号咷，幼子饥已卒。
> ……
> 所怀为人父，无食致夭折。
> 岂知秋禾登，贫窭有仓卒。
> 生常免租税，名不隶征伐。
> 抚迹犹酸辛，平人固骚屑。
> 默思失业徒，因念远戍卒。
> 忧端齐终南，澒洞不可掇。（10534）

这种体验在杜甫之前的诗歌中极少见到，即使出现（如《悼亡》题材，或卢照邻自伤疾病的抒情诗）也通常是风格仿效多于体验认识。而杜甫不仅表白了心迹，还交织融会个人体验与民众体验，个人价值观与民众价值观，以及劝说评论、叙述、象征描绘及抒情感怀。为了抵抗这种复杂化的离心冲力，杜甫以新的统一法则将诗篇集中起来，包括类似仿效（皇帝对大臣的赏赐和父亲对子女的供养），主题的微妙延续（诗人希望像后稷和契一样，成为伟大家族的创立者，而后来却是其子的死亡），及神秘的时事象征传统（朝廷中过度的阴律体现于黑暗意象和洪水景象）。这些安排全无人工的痕迹；相反地，杜甫似乎在无意中掌握了事物的内在模式，能够统摄此前诗歌结构的一切惯例。

安禄山率领东北军队反叛是八世纪中叶的中心事件。盛唐诗人不可能没看到它的重要性，但八世纪五十年代的重大事件却很少被写进诗歌，这一事实主要是关于诗歌本质的普遍观念在起作用，而不是无动于衷的表示。在岑参看来，中亚的风雪是合适的诗歌题材，而怛罗斯河的战斗却不合适。战争只能在送别、个人叙述及游览战场的诗中顺便提及。所以只有极少数诗人描写了安禄山叛乱本身。目前关于安禄山叛乱是唐诗重大题材的说法，几乎可以完全归因于杜甫，归因于他对叛乱中的战争及个人经历的描写。

在755年底，东北军队攻陷洛阳，安禄山在洛阳称帝，叛军向西击溃了唐军，占领长安。玄宗仓促逃离京城，途中皇家卫兵呼吁并得到允许，处死了丞相杨国忠和玄宗宠妃杨贵妃。在756年夏，玄宗让位太子；不久肃宗在长安西面的行都凤翔组织了军队。

叛乱爆发时，杜甫似乎在北部的奉先，他很快将家庭迁移至更北的羌村。几年后，他写了一首诗叙述此次旅行，即《彭衙行》。

> 忆昔避贼初，北走经险艰。
> 夜深彭衙道，月照白水山。
> 尽室久徒步，逢人多厚颜。
> 参差谷鸟吟，不见游子还。
> 痴女饥咬我，啼畏虎狼闻。
> 怀中掩其口，反侧声愈嗔。
> 小儿强解事，故索苦李餐。
> 一旬半雷雨，泥泞相牵攀。
> 既无御雨备，径滑衣又寒。
> 有时经契阔，竟日数里间。
> 野果充餱粮，卑枝成屋椽。
> 早行石上水，暮宿天边烟。
> 少留同家洼，欲出芦子关。
> 故人有孙宰，高义薄曾云。
> 延客已曛黑，张灯启重门。

> 暖汤濯我足，剪纸招我魂。
> 从此出妻孥，相视涕阑干。
> 众雏烂漫睡，唤起沾盘飧。
> 誓将与夫子，永结为弟昆。
> 遂空所坐堂，安居奉我欢。
> 谁肯艰难际，豁达露心肝。
> 别来岁月周，胡羯仍构患。
> 何当有翅翎，飞去堕尔前。（10557）

这首诗和《自京赴奉先县》有较大区别，这就警告我们不要将杜甫对既定主题的处理一般化。《彭衙行》未采用"转换风格"，是一首简单动人的叙事诗，比杜甫之前的任何诗人更自然主义地处理一次经历。杜甫称这首诗为"行"，但它并不符合八世纪关于"歌行"的观念。它事实上是一首特殊类型的应景诗，是写给某人看的个人叙述，一封韵文信。但这一题目所代表的诗体含有乐府意义，允许自然主义的细节描写，并赋予其经历以普遍的意义。

杜甫将家庭迁移至安全地点后，就返向南方，却被叛军捕住。在叛军占据的长安城中，杜甫悲叹着唐军的一再失利和伟大城市的衰败。在757年春，杜甫潜逃过叛军阵营，到达凤翔行都，被授予左拾遗的要职。由于支持无能而善意的丞相房琯，杜甫陷入了严重的麻烦。事后他请求离开朝廷省亲。正是在此次赴羌村的旅途中，诗人写下了最著名的长篇叙事诗《北征》。

杜甫回到羌村数月后，长安被收复，紧接着洛阳也被收复，但叛军残部仍占据着东部和东北部。肃宗和退位的玄宗回到长安，杜甫亦返京重任左拾遗。758年，在对房琯的拥护者和叛乱中新任命官员的大清洗中，杜甫被贬至华州任低职，华州在长安和洛阳之间。与正在邻近的虢州的岑参一样，杜甫对此次贬逐极其不满。在759年杜甫五十八岁时，他辞官奔赴远在西北的秦州。杜甫的一千五百首诗中，约有六分之五作于赴秦州之后，即他生活中的最后十一年。

杜甫在叛乱中所作的诗，包括了许多最著名的作品，但与较早的诗作相比，这些诗的绝大多数并未形成真正的变化。它们所描写的感情往往更激烈，所体现的风格往往更精熟，但它们的丰富变化大多数属于杜甫在乱前就已形成的各种诗歌类型。如著名的《哀江头》（10540），部分出自《丽人行》（10522）的七言歌行风格；分为两组的六首社会批评歌谣《三吏》（10578—80）和《三别》（10581—83），出自《兵车行》（100504）。但这一时期还出现了一些杜甫所写过的惟一的真正守旧诗：在任左拾遗期间，杜甫写了一小批应景诗和台阁诗；这些作品在同类型诗中是最出色的，但基本上与其同僚岑参、贾至甚至王维的诗属于同一模式。杜甫作有一诗赠王维。

杜甫在这一时期的作品中，真正出现重要创新的方面是律诗。妻子和家庭历来极少出现于诗歌中，最多只在个别主题和题材中偶尔提及（例如，陶潜模式的隐逸诗），但肯定不属于律诗。而杜甫不但在古体诗中大量写了他的家庭，如《彭衙行》，而且还在律诗中优美地描绘了他的妻子，如下引作于沦陷长安时的著名诗篇。

月　夜

今夜鄜州月，闺中只独看。

遥怜小儿女，未解忆长安。

香雾云鬟湿，清辉玉臂寒。

何时倚虚幌，双照泪痕干。（10974）

这首诗的突出特征，不仅在于所抒写的人情极其感人，而且在于改造了一些最古老、最做作的诗歌比喻。杜甫的妻子是用"美女"的传统特征构成的，她变得洁白如玉，云鬟袅袅，周围缭绕着香气和湿气。这些是后妃、宫女及乐府程式化角色的特征，从未用来描绘妻子。分离的朋友或情人共享月光，并由于同一明月和相同的注视而团聚，这也是古老的写法。还有折射思念，诗人思念着远处的某人，设想他反过来也一定正在思念自己，如王维著名的思念兄弟的绝句（06137）。诗篇以妙语结束，写得和宫廷诗时代的作品一样精巧：月光能够使泪痕变干，因为他们正并肩共享明月。从这种陈套化的传统中，杜甫写出了流传千古的诗，动人地、自然地抒写了夫妻情爱。

与早期诗歌一样，杜甫较自然主义地描写了前人从未提及的题材。诗人们可以合法地抱怨官场的束缚，可以希望躲入较自由的生活，但此类诗中从未允许提及其作者被迫做累赘公务。在表现仕宦生活与个人生活相冲突的诗中，从未出现讲述坐在书案前，面对大堆紧迫公文的情景。但杜甫却以一个幽默的诗题生动地讲述了这种情景，《苦热》的诗题出自南朝（王维也写过此题，05849）。

早秋苦热堆案相仍

七月六日苦炎蒸，对食暂餐还不能。

第十一章 杜甫

> 每愁夜中皆是蝎,况乃秋后转多蝇。
> 束带发狂欲大叫,簿书何急来相仍。
> 南望青松架短壑,安得赤脚踏层冰。(11027)

王维在《苦热》中,大概也有十分相似的感觉,但由于他对诗歌典雅法则的敏感,只以温和的夸张处理这一主题,以脱离乏味的世俗生活来解脱酷热。

对于杜甫诗歌的后来发展更重要的是一种较深刻的感觉,一种世界的内在象征秩序。大多数唐诗是非虚构的,诗人们观察实际世界,发现其中包含着意义丰富的结构。在大多数诗人的作品中,世界秩序相对地简单和可以理解(如山的结构引人"向上"达到超越);此外,景象的所有组成部分不必具有意义,读者允许诗中的各种成分简单地呈现,因为这些成分被呈现于景象之中(虽然它们可以渲染情绪)。而在杜甫的诗中,意义和秩序的各种可能性被复杂化至矛盾的地步,并回响于诗中的每一个字。

对 雪

> 战哭多新鬼,愁吟独老翁。
> 乱云低薄暮,急雪舞回风。
> 瓢弃樽无绿,炉存火似红。
> 数州消息断,愁坐正书空。(10973)

此处所描写的政治形势,使得传统批评家一直将这首诗定于杜甫沦陷长安时,作于唐军败迹青坂和陈陶之后。

在季节的象征循环中，冬天紧接秋天的衰颓，是最黯淡消沉的时刻。它是"阴"和"玄"的季节，但又是允许再生的季节。政治世界和季节所体现的宇宙循环及眼前景象之间的各种对应，都出现在杜甫所描绘的雪景中。

题目《对雪》包含了诗人和外部冬天世界的主要对立。实际上，杜甫对这一主题的处理，明显地模仿了七世纪诗歌修辞的正规描述。首联以列名的方式重复了主要的对立：外面，在天边的战场上，有许多"新"鬼，年轻人未到时间就非自然地被杀死；里面，是孤独的"幸存者"，本来符合死亡年龄的老年人。城市在诗中消失了，只有诗人"对"着被"对"的雪的世界，死亡和冬天的世界。自我孤独地处于无人的或鬼魂出没的世界，这是杜甫诗歌的典型场景，此诗则是其最早范例之一。

在次联中，所对的世界更接近了，先是天上的云，然后是窗前飘舞的雪。这些是无秩序和叛乱的自然界对应：乱云是"叛乱的云"，"混乱的云"；急雪是"战争紧急的雪"，"急迫的雪"。这些双重含义标志着人类世界与无人景象的神秘对应。诗人面对着一个无秩序的世界，夜晚日益增加的黑暗中又出现一片白色，而黑与白、暗与明的突出呈现，仿效了（如同杜诗在其他地方所表现的）宇宙力量的交互作用。

第二联处理了"所对的事物"，第三联则处理了平衡的"对者"——诗人及室内世界。每一联处理了主要对立的一个方面，引申了首联的一句。冬天世界的对立面是温暖、光明及色彩——酒已喝尽，炉火正在熄灭，并在烧成灰烬时变得更红。

这首诗一直在向内集中，从天边逐渐接近，进入房间，到达温暖鲜亮的火炉。故结尾的"反应"要求相应的向外运动，但在此之前，还应在"对"的联系中引入一个新的方面，即隔断，消息被隔断了，进不来，信息也被隔断了，出不去。诗人在两个世界的交接处做出了无效的反应姿势，在空中写字，这是无法传达的迹象，无法穿越障碍进入冬天的无秩序世界。《对雪》在形式、风格和关注点上，都是杜甫的"经典"律诗的早期范例，在此类律诗中，诗人面对的是一个充满神秘对应的世界。在此诗中，这一神秘世界可以被解说，而在杜甫后来的诗中，这一世界可以是片断的组合，保留了象征，却不再落入这种容易理解的模式。

在759年，杜甫放弃了华州的官职，往西北赴秦州，在那里待了不到两个月。不再在朝中求官后，杜甫似乎开始将全部精力用在诗歌上，虽然他如同大多数退向个人生活的诗人一样，从未完全放弃政治价值。在杜甫生活的最后十一年中，政治事件和"外部传记"减少了重要性，诗人的"内部传记"占了主导地位。杜甫最后十一年的诗发生了重大的变化，但仍需简要概述一下外部的传记。

在760年，杜甫从秦州向西南出发，翻越山岭，到达成都，这是西部最大的城市，他的几个朋友已经在此任职。杜甫抵达未久，严武也来此任节度使，严武及其父亲都是杜甫的朋友。杜甫在城郊盖了著名的"草堂"，在此度过了一生中一些最快乐的日子。在762年，严武入朝，成都军队作乱，杜甫从城中逃走，大概是怕受牵连。叛乱平息后，严武复职，杜甫被任命为节度参谋，这一任命可能主要是出于赞助，而不是考虑他的军事才能。在765年，严武去世。杜甫在同一年开始沿长江而下，一路上在几个城市停留。其中停留最久的是夔州，即白帝城。从766年至768年，诗人在那里写了近乎现存作品四分之一的诗，包括许多最著名的作品。从夔州诗人沿江下行,到达江陵,然后往洞庭湖及周围地区,于770年卒于那里。

大多数诗人在发誓放弃仕宦、过简单的"隐居"生活时,已拥有充足的资产庄园,可以优雅地享受隐居乐趣。杜甫显然没有这样的财产。他的放弃政治生涯和华州官职,奔赴无把握的秦州,是一个重大的、富于戏剧性的决定。这种严肃的生活决定,对于以"诗言志"的诗歌观念为背景的作家,必然要产生影响,这样的作家所表现的是个人对历史世界的反应。

秦州是杜甫诗歌的变化期。这一时期最著名的诗大概是《秦州杂诗》二十首(11036—55)。他前一时期在京中任职时与京城诗人的密切联系,在这组诗中的一些篇章还可轻微听到,如组诗之十与王维的后期作品十分相似,只是改换成边塞背景。

> 云气接昆仑,涔涔塞雨繁。
> 羌童看渭水,使客向河源。
> 烟火军中幕,牛羊岭上村。
> 所居秋草静,正闭小蓬门。(11045)

在所有中国诗人中,杜甫或许是最不愿意让自然界以本色呈露的一位,在他笔下,自然现象极少看来是随意的或偶然的,也极少仅因其存在而引起注意,如孟浩然一些最优秀的诗所描写的那样。物质世界充满了意义,有时是明显的对应,有时是逗人的隐藏。但是,在杜甫诗歌中,连这种观察也从属于特殊的情况——符合多样性的较大真实。在一些秦州诗中,特别是在《秦州杂诗》中,象征世界未出现,代替它的是同时代人的类型诗法的熟练运用：世界的各种事物不是隐蔽秩序的象形文字，而是复杂的心理状态的标志。下面是组诗之十七：

> 边秋阴易夕，不复辨晨光。
> 檐雨乱淋幔，山云低度墙。
> 鸬鹚窥浅井，蚯蚓上深堂。
> 车马何萧索，门前百草长。（11052）

夜晚增长，秋空暗晦，秦州成为"北"的类型标志：阴暗，潮湿，及孤独。

《野望》历来被划归于秦州时期，这一系年的证据不足，主要基于内证，但对杜甫的风格变化具有敏锐感觉的数百年来的批评家却认为是可信的。这是杜诗中写得最为荒凉的作品之一，将秦州时期的类型兴趣与宇宙明暗力量交互作用的象征模式结合起来，描写阴暗逐渐覆盖了秋天的萧瑟荒莽山野。

> 清秋望不极，迢递起层阴。
> 远水兼天净，孤城隐雾深。
> 叶稀风更落，山迥日初沉。
> 独鹤归何晚，昏鸦已满林。（11089）

阴—阳象征在杜甫诗中起了重要的作用，宇宙论词语是讲述普遍事物时最现成可用的词汇。这位经常被引向矛盾的诗人，不会错过各种秋天传统特征的自相矛盾：秋天以清澈而著称，故允许第一句的远方视野，结尾增加的黑暗和"阴"的力量却成为诗的结尾。阴影扫过秋天的远景，只有落尽树叶的树枝空隙偶露光亮。但随着黑暗的逼侵，落叶也被新的暗点取代，被黑夜返巢的黑色不祥乌鸦取代。独鹤是诗人的自然对应，正处于黑暗中间，孤独无依，无法找到栖息之地。

祈愿是杜甫逃开黑暗死亡世界的典型反应。早在青年杜甫面对未登的泰山的诗篇中，已出现祈愿语气。它经常重复出现在他的后期诗作中，如在成都时，诗人在自己的屋顶被秋风刮走后，祈求出现一座大厦，庇护天下寒士。在现实世界的形式中受到限制的，诗人就在祈愿中寻求解脱。

万丈潭

青溪合冥寞，神物有显晦。
龙依积水蟠，窟压万丈内。
蹐步凌垠堮，侧身下烟霭。
前临洪涛宽，却立苍石大。
山危一径尽，岸绝两壁对。
削成根虚无，倒影垂澹瀩。
黑知湾澴底，清见光炯碎。
孤云到来深，飞鸟不在外。
高萝成帷幄，寒木垒旋饰。
远川曲通流，嵌窦潜泄濑。
造幽无人境，发兴自我辈。
告归遗恨多，将老斯游最。
闭藏修鳞蛰，出入巨石碍。

何当炎天过，快意风雨会。（10632）

与《渼陂行》中的纷繁神灵相比，秦州附近的潜龙属于不同的世界。在秦州时，杜甫晚年的沉郁风格开始出现，虽然主题转变，风格却相对地一致（秦州诗及赴蜀旅行诗尤其如此）。但与《渼陂行》相比，诗人与所观察世界之间的区别关系甚至更明显。

渼陂之游曾经是杜甫实践自由想像的机会，其奇幻设想基本上结束于设想本身。"登"游倒影中的山并不是统一象征幻象的一部分，而是作为想像"材料"的场合的一部分。光辉神灵的旨意是不可知晓的；诗篇以人世欢乐变化无常的"古代真理"结尾，如同原始的汉诗，这一"真理"与游览本身的体验相关。

在《万丈潭》中，倒影成为世界的镜子，悬崖环绕的神秘小湖，投射出诗人为"根虚无"的巨石所环绕的形象。倒影的表面是交接的路口，只有龙能够通过，它从蛰伏之处伸展跃出，在云中施展力量。这一幻象的全部意义可能无法彻底了解——这是自然界的"秘密"；但这一体验并非有意展示诗人的独创力量，相反，诗人力求表现奇特的经历。帝王主题在诗中起了一定作用，但帝王与龙之间并没有简单的隐喻等同，龙只是包含了一种帝王也具有的力量。

杜甫从秦州地区翻山越岭，到达成都，为纪念这次旅行，他写了一些宏壮的山水诗，风格与《万丈潭》相似。但诗人一到成都，似乎就觉得自己和世界都较安定舒适了。对于杜甫来说，成都的几年是丰富多产的时期，他在继续发展旧的诗歌兴趣的同时，又形成了新的关注。成都诗的最突出特点，大概是作为老人的成熟的、半幽默的自我形象。这一自我形象明显出自旧狂士的传统"类型",但杜甫已将其复杂化得面目全非了。

《江畔独步寻花七绝句》(11218—24)是这一自我形象的著名范例。下引是组诗之二。

> 稠花乱蕊畏江滨,行步欹危实怕春。
> 诗酒尚堪驱使在,未须料理白头人。

这首诗可以引起幽默感或畏惧感,但诗人"在两者之间"的状态体现了其典型的复杂多样,他还年轻,足以被繁盛逼人的春天所"驱使",但又已经太年老,无法适应它——"欹危"。但作为老年人的主要作用是别人的、驱使自我的距离,这一距离允许他以幽默的畏惧观察自我。

在著名的《茅屋为秋风所破歌》中,杜甫这种半幽默、半怜悯的自我形象表现得最明显:

> 八月秋高风怒号,卷我屋上三重茅。
> 茅飞渡江洒江郊,高者挂罥长林梢,下者飘转沉塘坳。
> 南村群童欺我老无力,忍能对面为盗贼。
> 公然抱茅入竹去,唇焦口燥呼不得,归来倚杖自叹息。
> 俄顷风定云墨色,秋天漠漠向昏黑。
> 布衾多年冷似铁,娇儿恶卧踏里裂。
> 床头屋漏无干处,雨脚如麻未断绝。
> 自经丧乱少睡眠,长夜沾湿何由彻。
> 安得广厦千万间,大庇天下寒士俱欢颜,风雨不动安如山。
> 呜呼!何时眼前突兀见此屋,吾庐独破受冻死亦足。

杜甫在描述的自然主义世界和象征幻想的世界之间自如地移动：隐喻的大厦在稳固性和规模上都与茅草屋顶的易破小屋不同，这一区别超过了现实和隐喻之间的强烈区别。这两个世界统一于诗人的形象，既滑稽可笑又豪壮英勇，既富于同情心又幽默诙谐。个人叙述变成了祈求，不是如同社会批评歌行中的向朝廷权威祈求，而是向宇宙秩序的更高权威祈求。而在向这些看不见的力量祈求时，诗人采用了帝王礼仪的方式，说明祈请者愿意以死表白真诚。

在成都时期，随着杜甫自我形象的成熟和深化，一种对于诗人的本质和角色的新兴趣出现了。在一些诗中，杜甫严肃地陈述了文学的价值：在晚年他认为文学是（11547）：

> 文章千古事，得失寸心知。

但在这些传统文学理论的回响之外，诗歌的性质成为杜甫自我形象的一部分（11167）：

> 为人性僻耽佳句，语不惊人死不休。
> 老去诗篇浑谩兴。

这些诗句的轻松、通俗语调是杜甫成都时期诗篇的特色，嘲讽地反射了狂士的自我形象。第二句很著名，在戏谑的背景下有着严肃的一面：诗歌应该"惊"人的观念，基于天宝的标准"奇"，殷璠的评语中经常用到。但更重要的是赋予诗歌的隐含重要性：如果诗人无法产生预期的效果，那就至死也不得安宁。

李白和杜甫都赋予诗歌一种重要性，这在同时代人的作品中见不到。在李白看来，诗歌是使天才在现世被承认的工具（诗歌是使自己被认识的工具，这是"获取资格"的理论）；在杜甫看来，诗歌关系到他在后代的声誉和历史地位。由于在政治世界的失败，杜甫日益将志向投向诗歌。对著名诗人的抨击，总是使杜甫感到不安，故在复古与六七世纪诗人的迷惑冲突中，杜甫很自然地成为公开为前几世纪诗歌辩护的极少数人之一。虽然杜甫对古代诗人和复古诗人都加以赞美，但他致力于为复古作家所攻击的诗人挽回声誉，特别是庾信和初唐四杰。这种辩护的最突出例子是一组特别难懂的警句诗——《戏为六绝句》（11228—33）。下引诗为庾信作辩护，是组诗的首篇，较容易理解：

> 庾信文章老更成，凌云健笔意纵横。
> 今人嗤点流传赋，不觉前贤畏后生。（11228）

最后一句引用《论语》（9.22），说明现代的"后生"，有可能超过古人。唐代诗人的最高目标是重获古代风格，从而与古人并肩：所以尽管杜甫的观点有经典的证明，但在唐代仍是惊人的提议。在将庾信和四杰从"现代"的诋毁解放出来的同时，杜甫也为自己的成就清出了位置。

在庾信的"流传"赋中，有一篇格外深刻地触动了杜甫，这就是《枯树赋》，其中那落尽树叶、即将枯死的树成为伟大和失败的隐喻形象。卢照邻和骆宾王曾多次处理过这一题材，这或许是杜甫为四杰辩护的部分原因。在一组吟咏病树和枯树的四首诗中，杜甫有意地模仿了这一传统。

病　柏

有柏生崇冈，童童状车盖。
偃蹙龙虎姿，主当风云会。
神明依正直，故老多再拜。
岂知千年根，中路颜色坏。
出非不得地，蟠据亦高大。
岁寒忽无凭，日夜柯叶改。
丹凤领九雏，哀鸣翔其外。
鸱鸮志意满，养子穿穴内。
客从何乡来，伫立久吁怪。
静求元精理，浩荡难倚赖。（10676）

虽然枯树是"现代"主题，杜甫却用与复古相联系的隐喻模式处理它。其中可能有时事含义，但已无法寻绎。此诗虽然用了复古模式，却与任何"古代"形式没有相同之处，最后四句的对话是盛唐手法，而结尾从主要题旨宕开，则是杜甫的特色。

在成都期间，杜甫的律诗创作占据了更重要的地位。在《对雪》和《野望》一类沉郁严肃的律诗之外，杜甫还形成了一种律诗风格，具有"古体"隐逸诗的全部轻松明快笔调。在此类诗中，经常出现快乐自得的形象，老狂士在小农舍中过着朴素的生活，周围是优美的自然风景。

客　至

舍南舍北皆春水，但见群鸥日日来。

> 花径不曾缘客扫，蓬门今始为君开。
> 盘飧市远无兼味，樽酒家贫只旧醅。
> 肯与邻翁相对饮，隔篱呼取尽余杯。（11139）

轻快的笔调加上完美的形式，使这首诗备受赏爱，几乎没有一位重要诗人没模拟过首联。

在成都连续的政治骚乱之后，诗人沿长江而下，后来到达夔州。杜甫在夔州期间成果丰硕，处于创造的高峰。一种严肃冷静甚至忧郁沉重代替了成都诗中那嘲讽的、半幽默的自我形象。在夔州及其后的岁月中，杜甫在风格上作了最激进的试验，夔州诗的象征世界最神秘、最迷幻，达到了极端的复杂多样。

成都之后，杜甫的诗日益与自我相关。他是一位关注基本问题的诗人，如同他早年曾询问雄伟的泰山似什么，在沿长江而下时他转向"我似什么"的问题，并反复从大江的各种形态和生物中寻求答案（11433）：

> 飘飘何所似，天地一沙鸥。

杜甫看见自己处于笼罩一切的巨大背景中，包括天和地，乾和坤，日子及季节的晦和明，以及各种宇宙要素，这一背景不可避免地使他感到既矜持又无力渺小。他住在山崖和江水之间的一座高阁上，这是地和天、石和水的交接处：

> 暝色延山径，高斋次水门。
> 薄云岩际宿，孤月浪中翻。

第十一章 杜甫

鹳鹤追飞静,豺狼得食喧。
不眠忧战伐,无力正乾坤。(11465)

杜甫较早诗篇中的许多主题和问题重新出现在夔州诗中,而且往往由于夔州诗十分著名,使得较早的处理变得黯淡无光。著名的《古柏行》(10768)咏夔州诸葛亮庙的柏树,由他自己沿袭枯树传统的较早诗篇发展而来,但这首后出诗的深度和复杂性,使它成为这一主题的经典处理。诸葛亮这位三国时蜀汉的丞相,久久萦绕着杜甫的成都诗和夔州诗。他是生于错误时代的天才人物,徒然地试图恢复一统帝国。这位被崇敬和纪念的伟大失败人物,对于诗人有着特殊的意义。杜甫在成都时,已经在著名的律诗《蜀相》中处理了诸葛亮(11101)。在夔州,他一再转向这一主题,最著名的有《八阵图》(11519)及《咏怀古迹五首》中的几首(11556—60)。这组诗或许是杜甫最成功而又最难解的怀古诗。

杜甫在夔州期间所作律诗特别值得注意。五言律诗构成了大部分,但他对七言律诗形式的完善,给后代批评家留下了最深刻的印象。夔州律诗中,有较多吟咏气候和一日的组成部分(黄昏,半夜)的诗,这些都被处理成宇宙力量交互作用的体现,融合了杜甫对阴阳象征、宇宙要素及代表造化的大江的兴趣。著名的夔州律诗有:《宿江边阁》(11465),《阁夜》(11474),《白帝城最高楼》(11527),及《返照》(11639)。《阁夜》可以作为范例:

岁暮阴阳催短景,天涯霜雪霁寒宵。
五更鼓角声悲壮,三峡星河影动摇。

> 野哭几家闻战伐,夷歌数处起渔樵。
> 卧龙跃马终黄土,人事音书漫寂寥。(11474)

杜甫晚年的诗篇经常采用模糊多义句法,创造出一个各种联系仅是可能性的世界:诗句中的各种意象确实相互配合,但却没有排除其他可能性,从而使得诗旨的阐述难于实现。这是一种余味无穷的语言,在这种语言中,世界成为一种持续的预兆,可以用众多的、经常是矛盾的方式来解释。上引诗的第五句,可以是"几家"正在为死于战场上的人哭泣,也可能他们正在聆听战场上的哭声,或可能是诗人听到了战场上或流离漂泊家庭的哭声。相对的另一句,本来被认为可以帮助理解模糊多义句法,却毫无用处,连它自己也要求从前一句得到句法阐释,这显然是不可能得到的。

在较早的《渼陂行》和《万丈潭》中已出现的倒影世界,重新简短地出现于第四句,稳定的、定向的银河随着江上波涛而动摇。这是一个秩序分崩离析的世界,理性的联系正在分解,在弥漫扩展的黑暗和空虚寂寥的空间中,一切声音和视境都沉寂不见了。

杜甫夔州诗的核心作品是两组诗,《秋野五首》(11490—94)和《秋兴八首》(11548—55)。在这些关于秋天世界及其意义的复杂感怀中,夔州诗的丰硕成果达到了高峰。《秋野》较直接地陈述文化的分崩离析、荒芜及培植等问题,以及诗人对老年的调解。《秋兴》则可以作为中国语言运用的最伟大诗篇。[1]在这组

---

[1] 关于此组诗有一个出色的研究,见高友工(Kao Yu-kung)和梅祖麟(Mei Tsu-lin),《杜甫的〈秋兴〉:语言学批评的实践》,《哈佛亚洲研究学报》,28卷(1968),页44—80。

诗中，杜甫将夔州景象与对朝廷的忆念交织在一起，并通过这样做，引出对于时间和诗歌艺术不朽之间的联系的广泛思索。

一组诗是一个统一的整体，不能脱离整组诗的背景对一首诗作哪怕是概括的阐释。不过，如果只说明这组诗的几个主题，我们可以选择第七首：

> 昆明池水汉时功，武帝旌旗在眼中。
> 织女机丝虚月夜，石鲸鳞甲动秋风。
> 波漂菰米沉云黑，露冷莲房坠粉红。
> 关塞极天唯鸟道，江湖满地一渔翁。（11554）

昆明池确是汉代长安的人工湖。织女是星宿名，天上的仙女（经常出现在宫廷诗中）。汉宫中有织女和石鲸的石雕。

仙人和汉代历史的世界（这是唐代宫廷和帝国的标准隐喻）与玄宗宫廷的历史混合在一起，这一切都消失于往事和遥远的距离（在天上或长安，超出了第七句的关塞）。然而通过诗歌的想像和追忆，他们又都奇妙地变得可以接近："汉时"正"在眼中"。这种想像中的往昔景象是鬼魂萦绕的、荒芜的，充满了"功"和碑，却没有人。荒弃的雕像看起来孤独而不祥，在月光下织着空幻的丝，在衰飒的秋风中摆动着人工的鳞甲。想像的眼光集中于最微小的事物，在波涛（显然是天上云层的镜子）中漂浮的细米，从秋天的莲花上坠落的红粉。在《秋兴》中，想像中的往昔景象通常色彩鲜明，而对夔州眼前秋景的描绘往往灰暗苍白，二者形成鲜明对照。这一想像世界的纷繁色彩，再次出现于组诗的最后一首，诗中引喻了郭璞的"彩笔"。

甚至连波中漂浮的菰米和红粉的微小世界，也充满了预兆——无助，分崩，结束，及秋天。第七句将诗人带回夔州的现实，面对着将他与长安和过去隔绝开来的关塞。最后，末句最复杂地运用了对偶的类比可能性——结构的重复，这一技巧用于整组《秋兴》。在新的视野中，"大"池中的菰米的形式重新出现在巨大的水的世界中，这一世界没有别人，只有单独一个渔翁，这就是沉思的诗人，梦想着、描绘着色彩缤纷的过去和坠红的诗人。

杜甫离开夔州后所作的诗，与夔州诗没有重要的不同。但一些诗篇显得萧瑟凄凉，并具有一种连王维都未达到的严谨。

江　汉

江汉思归客，乾坤一腐儒。
片云天共远，永夜月同孤。
落日心犹壮，秋风病欲苏。
古来存老马，不必取长途。（11627）

乾和坤是《易经》中两个首要的宇宙法则，也就是天和地，阳和阴。读者分不清是云还是诗人与天共远。这是一个奇异的自我象征世界，在老马的形象中达到顶点，老马就像年老的官员，在其临终时应该给予照顾，而不应放任其不停地漫游。

依照我写下的指令，财务大臣，
带进这匹灰马，老但巴，
在忠实地为我服务时

第十一章 杜甫

> 他的头发变成灰白。
> 现在安置他以抵御圣诞期间的寒冷,
> 将他装饰得如同主教的骡子,
> 因为我已经亲笔签署
> 偿付他的服饰的所有费用。[1]

与但巴的请求不同,杜甫的请求并没有收到《国王的答诗》。

除了京城收复后在朝中任职的短暂期间,杜甫从未处于他那一时代诗坛的中心。他最后的多产时期是在漫游偏远地区度过的。杜甫卒后不久,樊晃为其作品的一个小集子写了序文,文中提到杜甫的较大集子曾在南方流行。因此,杜甫卒后三十年中,他的作品基本上被忽视的情况,就不会令人感到十分惊奇了。令人惊奇的地方在于,经过湮没无闻之后,他竟能很快地就被推认为那一时代最伟大的诗人(与李白一道)。在八世纪后期,他实际上未被提及,几乎听不到他的作品的回响;但在九世纪的头十年,他的名字已和李白并称,成为文学成就的公认标准。

同时代对杜甫的颂扬性评价不可全信,这些主要不是对天才的承认,而是出于社交礼节的陈套。杜甫确实拥有一小批赞美者,但并未见到对其伟大成就的普遍承认。甚至连樊晃集序的赞词也异乎寻常地拘谨。任华赠杜甫的诗可能是例外(13475),与他对李白和书法僧怀素的赞美一样,他用了空洞夸张的语言来称

---

[1] 此八行诗题为《国王的答诗》,附于苏格兰诗人威廉·但巴(1456?—1513?)的名诗《老但巴——一匹灰马的请求》之后。关于此首短诗的作者,一般认为出自英皇詹姆斯四世之手,是对但巴的请求诗的回答;但也有人认为是但巴本人以国王的语气虚构。——译者注

赞杜甫。[1]

九世纪初对杜甫的复兴作出贡献的，都是中唐的主要文学人物：韩愈（17828，17922），元稹（21415，及《乐府古题序》、《杜公墓系铭》），及白居易（22636，及《与元九书》）。除了这些对杜甫成就的较为直接的评价外，韩愈、元稹、白居易及其他较不著名的同时代人，还有许多关于李白和杜甫的随意评论。这些评论开始采用引人注目的"李杜"并称，作为诗歌成就的公认标准。

但杜甫卓著声誉的真正形成，主要不是靠颂扬和轶事（张籍据传曾将杜诗烧成灰和水吞下，以便吸收杜甫的天才），而是靠中唐作家对其诗的反复模仿，韩愈的诗特别突出，但还包括孟郊、张籍、白居易及元稹的诗。中唐的许多著名诗篇回响着杜甫的声音，如白居易和元稹的"新乐府"，或韩愈著名的《石鼓歌》（17913），后者是对杜甫《李潮八分小篆歌》的模仿（10824）。整个九世纪都在持续不断地提及杜甫或利用杜甫。到了北宋，杜甫已获得在中国古典诗歌中普遍承认的杰出地位，并一直保持至今。

杜甫的诗作为千百年的后代诗人所逐篇模仿，但他对中国诗歌发展还有重要的一般性贡献。其中，他对题材的处理是最重要的贡献之一。在杜甫之前，诗人们写什么和如何写，主要是根据题材。杜甫不但大大超出了传统题材的限制，而且扩充了现成题

---

[1] 任华这些诗最早见《又玄集》（序文标明900年），如果可靠的话，这些诗是八世纪中叶独一无二的篇什。但在我看来，其风格和观念在九世纪初更典型。

材的范围,并将分散的诗歌"类型"的各种要素重新结合,创造出混合形式。杜甫名望在中唐的上升,正与题材在诗歌创作中的重要地位的大幅度下降相一致。这种情况在许多方面反映了中唐的特殊兴趣,但中唐重要诗人的范围也反映了杜甫的典范意义。

杜甫对不定场合诗歌的处理具有特别重要的意义。[1]在整个八世纪前期,不定场合的诗得到了重要发展,王维和李白的许多著名诗篇就是以这一形式写成。可是,在已经有了现成应景题材的情况下,不定场合的诗篇普遍受到限制,如王维的《送别》和《终南别业》,就受到访问诗传统的影响。杜甫的晚期作品中,不定场合诗特别突出地构成较大的比例。杜甫将这一形式扩展至较不常见的题材(如《客至》,11139),并应用于新的场合(如《卜居》,11102)。在许多情况下,不定场合诗与较旧的、纯修辞的题材结合在一起。例如,当杜甫写一首题为《雨》(他曾写过多次)的诗时,通常是一首不定场合诗,而不是咏物传统的修辞练习;可是,它又包含了某些所咏对象的一般意义,这正是咏物的特征。[2]不定场合诗成为中国抒情诗最重要的类型之一,它深深植根于场合和眼前的非虚构世界,却又转向一般的意义。杜甫自由开辟了许多新题材,如儿子生日,庭树枯死,及公务烦杂,从而为中唐诗、特别是北宋诗的广阔范围提供了模式。诗歌不再

---

[1] "不定场合"的诗,指的是旨在表现特定时刻和场合,但诗题中的场合定义和诗中对场合的处理都具有普遍意义的一类诗。这样,此类诗既跟特定时刻有关,又涉及一般情况,例如"新睛"和"秋夜"。这一术语是我的创造,不是中国的分类。

[2] 这一模式可能产生于应景七言歌行对咏物题材的运用,这是天宝中日益普遍的实践。

受制于特定的程式化事件，而是适合于生活体验的宽广范围。

组诗是杜甫对诗歌传统的另一重要贡献。在杜甫之前，将诗篇组合在一起已经形成传统，但杜甫是第一位充分发展组诗的诗人，在他的组诗中，每一首诗只有放在整组诗的背景里才能体现出完整意义。这种组诗完美解决了中国抒情诗的一个中心问题：既能充分展开题目，又不破坏短篇的简洁、密度及强度。写作组诗的最早冲动见于杜甫一些较早的诗篇组合中，如《秦州杂诗》。在这组诗中，诗人从组诗较前面的诗篇中抽取主题和意象，将单篇作品结合成大致连续的组合体。到了夔州时期，在写《秋兴》时，杜甫已经将这种组合技巧与一些较古老的组诗技巧相结合，如毗邻的两首诗的末句和首句相重复（如曹植的《赠白马王彪》）。此外，组诗的前三首按照从黄昏到第二天清早的时间顺序，较紧密地结合在一起。上述各种持续因素在《秋兴》中形成了复杂的连续发展，各种结构模式、主题及意象在这种发展中经历了复杂的修改和变形：夔州的长江先被长安的曲江所取代，其后又被"银河"和御宿所取代；隔绝和突破的意象以各种形态重复出现；色彩缤纷的世界与黑白的世界交替出现。

杜甫被公认为文体和诗歌语言大师，但他的精湛造诣并非简单的特征说明所能概括。寻找通俗诗人的批评家们指出了他的诗中一些看起来是口语的语言（洪业甚至认为这种通俗语言的倾向使他进士落第）。寻找学者的批评家们指出了古语和对诗歌成语的模仿。寻找唯美诗人的批评家们指出了圆美精致的语词。寻找语言试验者的批评家们指出了异常句法和新奇语义的段落。所有这些成分都存在于杜甫的诗中，都超出了八世纪中叶习用的诗歌语言，但没有一种能够界定文体家杜甫。

第十一章 杜甫

杜甫的风格既朴素又古雅，但他最富于独创性的文体特征是语言的复杂化，与主题的复杂化相应。语言的复杂以模糊多义的形态出现，在两种文体极端中可见到：陈述的语言和对句的"联想"语言。在这两种情况下，杜甫作品的模糊多义有时会达到无法理解的地步。

陈述语言的模糊多义最棘手，因为陈述体向读者表明，诗句只能是稳定的语义信息。《戏为六绝句》是杜甫模糊陈述的最好范例。下引是组诗之五：

> 不薄今人爱古人，清词丽句必为邻。
> 窃攀屈宋宜方驾，恐与齐梁作后尘。（11232）

风格和题材在此处都以警句的形态出现，但诗篇读起来仍貌似流利。在组诗的前面，杜甫已经为庾信和初唐四杰作了辩护，反对同时代的复古诋毁者。首句涉及的问题有："今人"到底是杜甫同时代的作家，还是一直追溯到庾信和初唐四杰的时代（按照传统的"古"代文学的结束时期）；同样地，"古人"到底是庾信和四杰，还是先秦的诗人如屈原和宋玉。"今人"一词倾向于指同时代人，"古人"一词倾向于指五世纪前的诗人；可是，这两个词语的传统时代联系留下了三个世纪的裂缝，其中包括了庾信、四杰及第四句提到的齐梁。

这些所指对象的严重问题仅是一个不可靠的基础，在其上面还存在着真正的语言问题。首句还可以解释为：

> 我并不鄙薄今人对古人的爱好，

> 但清词丽句必将是我的邻居。

"清词丽句"与齐、梁、庾信及四杰有着密切的联系。在这种解说中,杜甫说的是他可以接受同时代人对五世纪前诗人的喜爱,但他偏爱的是庾信和四杰。但前两句诗的关系在很大程度上决定于读者如何理解"古人"和"今人":

> 我不鄙薄同时代人,但也喜爱很久以前的诗人(庾信等或五世纪前诗人)
> 他们的(很久以前的诗人,包括上述两种)清词……

或者,扩大至所有人:

> 我不鄙薄近代诗人(庾信等),并喜好古人,
> 但他们(近代诗人)的清词……

或许是:

> 我不鄙薄今人对古人的喜爱,
> 他们(今人)应该以(古人的)清词丽句作为邻居。

另一方面,杜甫可能认为古人和庾信、四杰一类较近代诗人的对立是错误的,并试图消除它:

> 他们的(古代诗人和较近代诗人如庾信)清词丽句都应

该被看成是邻居（即五世纪后诗人和五世纪前诗人比通常认为的有较多的共同之处）。

如果这些还不够混乱，第三句也有合理的不定意义：主语到底是杜甫（在这种情况下，他正在陈述其目标，谦虚地表示不及），还是同时代人，庾信和四杰的诋毁者（在这种情况下，他正在嘲笑他们）。还有，谁是齐梁的"后尘"——杜甫？还是那些诋毁者？或他和同时代人与齐梁一齐成为古人的"后尘"？带着复古标准（杜甫有时也表示拥护）期待的读者，读到的是一首诗；希望看到杜甫称赞南朝和初唐诗的读者，读到的是一首不同的诗；期待着自信的杜甫的读者，与期待着谦虚的杜甫的读者，读到的又是完全不同的诗。这篇无辜的绝句呈现了"有所指"警句的假象，但其"所指"却随着读者的偏爱指向而任意转变。

所指对象的不确定性和联系的无限性是律诗较普遍的文体特性，特别是在对句中。但是，杜甫律诗的模糊多义，特别是他的晚期律诗，却远远超过了同时代人的任何作品。这一点已经见于前面所引《阁夜》的第三联和《江汉》的第二联。而这种模糊多义还可以出现在首联，如《冬深》（11632）：

花叶惟天意，江溪共石根。

第一句是否意味着春天的来临只靠天意？或诗人能活着见到春天只凭天意？或如仇兆鳌所认为，"花叶"是云的形态，随着天意而变幻？是否长江及流入江中的小溪在山石中有共同的根源？或长江和溪流与将在春天萌发"花叶"的植物共用石根？或江水与花叶般的云层共用石根（云与"石根"有着长久的传统联系，即"石根"是山云的起源）？或它们与诗人共用石根，因为诗人就像江水一样，从西方的山上下来，又经常将自己比成浮云？或在"长江和溪流"中一种可能成分与另一种可能成分共用"石根"？紧接首联的对句只能加深这些矛盾。杜甫努力于创造一种重要的诗歌，将世界各种事物奇特地统一在一起，这些事物充满象征价值，与未确定的指示对象形成未充分阐明的联系。通过这样做，他将中国诗歌语言的开放性带进了无所不至的范围。

杜甫的艺术和思想关注的完整范围，远远超出了本章的范围，但作为一个范例，我们可以认为，在他的全部诗篇中，存在着一种以多种形式重复出现的模式，这一模式可以宽泛地定义为文明与野蛮的对立，或相类似的一对，艺术与自然的对立（在西方传统中有着有趣的对应）。这种对立按次序安排，随着衰颓崩解的过程而出现，有时则归入中国宇宙观的较大变化过程。

没有简单的成语可以表达杜甫在这一对立中的"位置"。有时他与许多同时代人一样，表现了对自然的敬畏，但从整体上看，他倾向于秩序、文明及其艺术的一边，这在唐代诗人中是罕见的。在《秋兴》中，艺术和回忆无力地呼吁重兴和保留正在衰亡的文明。在《秋野》中，这种反应表现为无效的耕作和整治荒野，伴随着反对衰颓和野蛮的儒家价值观。但通常是最宏伟壮丽的人工制品为自然的永恒形态所吞没和取代。

这种对立还表现于季节，如《对雪》中对立世界的对抗。但它最经常出现于秋天，这是夏天植物繁盛与冬天衰败的季节交接点。在一日之中，类似的交接点出现于傍晚，特别是在"返照"的时刻，世界转向黑暗之前夕阳的最后光辉。

第十一章 杜甫

艺术基本上是与时间对抗的表示,是与文明的短暂相对抗的"千古事",对于文明正在消失的辉煌秩序,艺术力求保留或重现。在夔州,杜甫观看了李十二娘表演剑器舞。李十二娘是宫廷大舞蹈师公孙大娘的弟子,杜甫在童年时曾经看过原来的宫廷舞蹈,故情不自禁地从眼前的表演看到了往昔的背景和开元盛世的消失(10818):

梨园弟子散如烟,女乐余姿映寒日。
金粟堆南木已拱,瞿塘石城草萧瑟。

金粟堆是玄宗的墓,墓道旁的纪念树已茁壮成拱。夔州的舞蹈保存了过去的舞蹈,诗篇的艺术保存了现在的舞蹈。从原始作品转移的每一阶段,都改变了保存中的艺术的意义,直到这一艺术只能用来暗示失落的事实。

为了对抗这种可悲的艺术退落,产生出一种艺术可以成真的对立幻觉。这种幻觉最经常出现于咏画诗,通过这一题材的中心主题而起作用,即艺术能够创造出真实的幻觉。在杜甫的诗歌天地中,这一陈旧的比喻经常被改造成画中的事物竭力突破画面的界限,侵入实际的世界,成为真实的存在(例如10705,10922)。但更经常的是这位造物者失败了,他的巧计暴露无余:试图挣脱素练的苍鹰仍然"堪摘"(10922),而幻觉中的山水则是(10671):

焉得并州快剪刀,剪取吴松半江水。

艺术是短暂的,而自然是永恒的。与绘画相比,自然的原物显得自

由不朽。杜甫有一首诗咏八世纪初诗人兼画家薛稷的壁画鹤,诗篇结尾讲到壁画虽已消蚀,但仍很壮观,然后评论说(10716):

> 高堂未倾覆,常得慰嘉宾。
> 曝露墙壁外,终嗟风雨频。
> 赤霄有真骨,耻饮洿池津。
> 冥冥任所往,脱略谁能驯。

结尾将真鹤与画鹤并置,从而极大地改变了画的意义:在生气勃勃、永恒不朽的真鹤面前,画鹤的壮观被降低为真鹤的苍白短暂影像。

所有艺术最终都是人类文明的体现,从属于文明的退落性和分解性。[1]当文明消逝时,自然以自己的超越形式嘲讽般地取代了人工制品。如下引咏太宗玉华殿废墟的美丽哀歌:

> 溪回松风长,苍鼠窜古瓦。
> 不知何王殿,遗构绝壁下。
> 阴房鬼火青,坏道哀湍泻。
> 万籁真笙竽,秋色正潇洒。
> 美人为黄土,况乃粉黛假。
> 当时侍金舆,故物独石马。
> 忧来藉草坐,浩歌泪盈把。

---

[1] 唐代没有联结舞蹈、绘画及诗歌的"美的艺术"的观念,但它们都由于体现了高雅和文明而统一在一起。

第十一章 杜甫

冉冉征途间，谁是长年者。（10561）

自然的永恒"艺术"代替了衰朽的人工技巧：它的绝"壁"赫然耸立于破败的宫殿遗"构"之上；它的火栖居于无人的空房；它的真正音乐（庄子的"地籁"）取代了消逝的宫廷笙竽。它湮没了宫女的"假"（含有错的意思）饰和宫女本身。它甚至表演了逝去的人无法再表演的"哀乐"。在这座避暑宫殿的所有人工作品中，自然只留下送丧的石马，作为对人类短暂无常的嘲笑。

面对人类努力的必然短暂，杜甫坚定地作着永久、秩序及文明的诗歌表达。他自信地看到自己的作品是"千古事"，但他还感到（11433）：

名岂文章著，官应老病休。
飘飘何所似，天地一沙鸥。

第十二章　复古的复兴：元结、《箧中集》及儒士

粲粲元道州，前圣畏后生。

杜甫《同元使君〈舂陵行〉》

其心古，其行古，其言古。

颜真卿《元结表墓碑铭》

元结作《箧中集》。或问曰："公所集之诗，何以订之？"对曰："风雅不兴，几及千岁。溺于时者，世无人哉。呜呼！有名位不显，年寿不将，独无知音，不见称显，死而已矣，谁云无之。

近世作者，更相沿袭，拘限声病，喜尚形似，且以流易为辞，不知丧于雅正。然哉！彼则指咏时物，会谐丝竹，与歌儿舞女，生污惑之声于私室可矣。若令方直之士、大雅君子听而诵之，则未见其可矣。"

元结《箧中集序》

盛唐诗人已经成功地在古风中采用了古代风格；文学的大

第十二章　复古的复兴：元结、《箧中集》及儒士

"衰颓"已经被确定于较近的过去，并一直在后退，这是处于古代与现代对古代标准的复兴之间的一段"颓靡历史"（参07865）。但是，养育了唐代古风的复古激进思想，在本质上是论争和不满的。李白和其他人可以庆贺当代作家复兴了文学古风，但这种沾沾自喜并不符合复古的首要倾向，虽然它会称许古风复兴宣言中所包含的忠于王朝的表现。

复古的改革热情不可能长久地满足于古风。盛唐第二代诗人中出现了一位新的复古激进者——元结。元结所反对的目标不是久已体无完肤的南朝诗，而是盛唐诗本身。在上引《箧中集序》的段落中，元结强调真正有价值的诗人却默默无闻，他们的优点为同时代诗人的声名所掩盖，而那些诗人的出名则是由于有害的诗歌实践：自然风景的主题，声调的格律，及为演唱而作的诗。令人不解的是，那些为歌儿舞女写作的不道德诗人到底指谁——李白？王昌龄？王维？

与其他第二代诗人一样，元结不得不面对整整一代的天才和诗歌声望。他通过采纳一种诗歌理论，宣布名声是劣等的标志，从而保护自己和朋友作品的特性。复古观点尚未失去力量，元结的观念和极端的复古态度，得到了一代士人的称赏。但是，与伟大的复古先辈陈子昂不同，元结及其所赞美的诗人的作品，在很大程度上被忽视了。元结试图创造一种新的诗歌语言，以适合复古诗歌所要求的严肃道德，但只有在他转向现成的诗歌模式，并与之妥协的时候，他才获得成功。元结这一创造包含儒家文化价值观的有力诗歌的目标，直到半个世纪后在孟郊和韩愈的诗歌中才得到实现。

复古思想本来就对京城诗歌圈子外部的人具有强烈的吸引力。如同在上引序文的段落中可以看到的，在元结这里，这种吸

引力变成对不成功的推崇。真正的复古作品只能出自被时代遗忘的诗人,这些诗人生活于极度的贫困之中,怀有政治和文学才能,是符合道德标准而未被赏知的人。如果复古与京城社会的辉煌世界相对立,那么它的支持者同样地应该与附着于京城文学人物的声誉相对立。反过来,时代由于不能赏知这样的贤人而被控诉,这同样是合理的。复古与现行文学及政治权力的分离使它走向社会批评:在严格的限度内,它开始为被压迫者讲话,参与民众对政府的反抗。元结甚至颂扬少数民族优于文明的汉族(《论语》9.13 有这种颂扬的可能性),不过复古作家极少走向这种极端。

元结生于 719 年,出自后魏鲜卑统治者的后裔。[1]与京城的王氏大族一样,元氏也出自太原,但是在唐代,这一家族已彻底失去为其成员获取高位的力量。元结的父亲曾在朝中短暂任低职,后来移居鲁山(在今天的河南),过平民生活。与考察其他诗人一样,我们应该记住,中朝官职不一定反映一个人的财产或地方权势声望。

元结早期生活中最重要的人物是其堂兄元德秀。元德秀大概是唐代最接近于儒家圣徒的人物。他是孝敬的典范,成功地依靠道德力量进行统治的地方官员,及复古的诗人(其作品未存留)。他成为散文和诗歌传记所歌颂的理想儒士(例如,20033—42,33474)。元结的少年时代大部分和元德秀生活在一起,很可能在那时遇见与其堂兄相熟的一些大文士,如萧颖士。元结成为复古

---

[1] 关于元结的生平,我根据的是孙望的《元次山年谱》,收《元次山集》(北京,1957)。

第十二章 复古的复兴：元结、《箧中集》及儒士

道德家，正是这种成长环境所期待的结果。

元结可以系年的第一首诗是《闵荒》（12574），作于746年。在这一年，李白已被打发出京城，正漫游东南地区；王维正在长安任重要官职，写着优雅的宫廷游览诗和宁静的隐逸诗；岑参在东宫任职，正试图在李白和王维的模式上建立个人风格。元结的《闵荒》从技巧上说是一首怀古诗，由游览隋炀帝所开古运河引起。但元结的怀古诗与较早的怀古诗大不相同，它的题目表明的是一般意义，而不是场合意义；公开的说教贯串全诗；语言特别古奥；诗中体现了对诗歌正确功用的深刻关注。这些后来成为元结乱前诗篇的重要特征。

《闵荒》与其说是由元结游览运河而引起，不如说是由他所发现的五首隋代民谣引起，那些歌谣表达了隋代百姓对炀帝奢淫的怨愤。它们完成了《诗经·大序》所设立的标准诗歌功用——成为民众上诉的声音，让统治者和上天知道他们所遭受的苦难。

元结惟恐那些特别迟钝的读者忽略这首诗的内在说教，于是加上一个序言，划出所述情况的伦理范围：

> 得隋人冤歌五篇，考其歌义，似冤怨时主。故广其意，采其歌［如同孔子"选"《诗经》中的诗］，为《闵荒诗》一篇。

直截了当是复古作家最赞赏的一种特性，序文既提供了加强诗中道德和思想观点的机会，也提供了场合的背景。因此，我们可以毫不奇怪地看到，比起几乎所有唐代诗人的集子，元结的集子有较多的诗序。

无论是原文还是译文,《闵荒》都不是令人激动的诗,但它是详细阐述历史道德问题的出色诗例。中间段落似乎包含了一首隋代民谣,责怨"天囚"(统治者)将人间世界当成"天狱"。这两个词语又都是星宿名。

> 舡艫状龙鹚,若负宫阙浮。
> 荒娱未央极,始到沧海头。
> 忽见海门山,思作望海楼。
> 不知新都城,已为征战丘。
> 当时有遗歌,歌曲太冤愁。
> 四海非天狱,何为非天囚。
> 天囚正凶忍,为我万姓仇。
> 人将引天钞,人将持天锼。
> 所欲充其心,相与绝悲忧。
> 自得隋人歌,每为隋君羞。
> 欲歌当阳春,似觉天下秋。
> 更歌曲未终,如有怨气浮。
> 奈何昏王心,不觉此怨尤。
> 遂令一夫唱,四海欣提矛。(12574)

正义的反叛,能够影响季节的诗歌力量和人民怨望,及帝王的责任,这些都是古老而有力的主题,但在诗歌中通常是受抑制的。大胆的诗人可能诉说军中的艰苦,有时甚至诉说农夫的苦难;但看到那些同样的农民举起镰刀,以上天的权威推翻昏暗的统治者,这样的诗歌主题是禁忌的,尽管在儒家政治理论中它还是合法的。

在747年，元结和杜甫、高适一样，参加了一场特别考试，此次考试旨在发现以前的考试及荐举、特权等正常渠道遗落的贤人。元结与所有人一样，由于李林甫的弄权而落第了，由此产生的失望恰恰使得元结和文士们确信还有许多不遇的贤人。《箧中集序》对未成功的贤人的赞美，正植根于当代的政治体验和复古传统。那位大权贵李林甫以不明智的方式，对八世纪中叶的复古复兴做出了贡献。

在京城参加制举时，元结呈献了《二风诗》十首（12527—36）。这组诗以古雅的四言写成，五首咏治政，五首咏乱政。每一首诗都有一个小序，明确陈述诗中的道德观点。为了阐述得更清楚，元结加了一个"论"，解释组诗的计划。元结赋予组诗的严肃性和自觉性，比组诗本身远为重要。宫廷诗在应该如何写诗方面，有着不言而喻的法则，但只有复古明确表达了诗歌应是什么样的法则。元结的早期组诗虽然在美学上失败了，但确实呈现出一种有计划的、内在的秩序，用来实现诗歌应是什么样的先行观念。八世纪的文学自觉主要还是体现在技巧上，只有复古保持了关于诗歌的目标和功用的宽广视野。

在747年后的几年中，元结完善了其创造新复古诗歌的尝试。作于751年的《系乐府》十二首（12547—58），在美学上远比《二风诗》成功。这些诗措词较不古奥，并采用了与乐府相应的五言句。组诗体现了复古对于乐府的原始阐释，即被选送至汉代乐府机构的诗篇，这些诗篇表达了民众的思想感情。元结为组诗写了一个总序，陈述这些诗的写作目的，但这组诗缺少《二风诗》的单篇小序和内在统一。

这些诗中最值得注意的是第一首《思太古》，诗中写上古的黄金时代在南方的原始部落出现：

> 东南三千里，沅湘为太湖。
> 湖上山谷深，有人多似愚。
> 婴孩寄树颠，就水捕鲋鲈。
> 所欢同鸟兽，身意复何拘。
> 吾行遍九州，此风皆已无。
> 吁嗟圣贤教，不觉久踟蹰。（12547）

结尾从古风借用了直接表现深沉郁结情绪的行动，但诗歌语言从整体上看朴拙无华，与古风风格大不相同。这是"太古"的朴拙，及还可以在南方部族中看到的原始简朴。虽然中国的"高尚的野人"不像西方的对应者那样是一个可信的神话，但他至少早了一千年。

与《系乐府》大致同时，元结作了另一组《演兴》四首（12570—73），以楚辞《九歌》的形式歌咏神灵。如同前一组诗的朴素是对汉乐府的模仿，这一组诗运用了楚辞传统的富于表现力的繁富词汇。元结还有两组古代风格的诗，《补乐歌》（12537—46）和《引极》（12576—79），这两组诗无法系年，但可能也作于战乱前的时期。《引极》这一诗题无法翻译，元结在序文中解释为"引兴极喻"。与《演兴》一样，《引极》沿袭了楚辞传统。《补乐歌》则试图以保留在古代文献中的歌谣题目写抒情诗，其模式是《诗经》，保留在各种文献中的古代诗歌（其中大多数现在认为是伪作），及束晳的组诗《补乐歌》。

第十二章 复古的复兴：元结、《箧中集》及儒士

元结作于战乱前的诗，其突出特征是认真地寻求和创造一种新的复古诗歌。同样引人注目的是序文的一致运用，用来作为理论文字，证明诗人的尝试是正确的。虽然元结尝试了各种风格，但这些变化都统一于对习用诗歌语言的自觉避开。元结的简朴是拙直的简朴，与王维的精巧的简朴完全不同；他的诘奥是堆聚古语的诘奥，而不是句法和语义的巧用。与岑参一样，元结力求区别于那些"更相沿袭"的同时代诗人。他在诗歌中达到的"异"比岑参更彻底，但这种激进的"异"并不意味着美学上的成功。实际上他在"异"上面的成功恰与诗歌艺术的不成功成正比。

在754年，元结考中进士，返回商余山，他从前与堂兄居住的地方。第二年年底，叛乱爆发，元结举家南逃，最后客居瀼溪（在江西）。在759年，与元结同以古文家著称的苏源明，向朝廷推荐了元结。结果在八世纪六十年代初，元结连任军将，组织地方武装，抗击了几股乡县盗贼。

就是在此时期中的760年，元结编集了《箧中集》，并开始了新的诗歌活动期。可能是以箧中诗人的模式为基础，元结修正了他的复古激进主义，转向较散漫、较不古奥的诗歌。抽象的论述，象征的寓言，及古奥的模拟，这些是这位复古诗人词汇的全部组成，它们与唐诗主流相去甚远，不可能从中产生出重要诗歌。同样符合复古传统而又较可接受的替代诗歌，是描写某种体现"古代"社会道德标准的典范情况。根据他的新治理体验，元结发现虽然上古黄金时代的宁静淳朴社会可以在现实世界窥见，但无论它出现在哪里，就为当时的政治苛求所敌视和威胁。瀼溪成为这种和睦社会及威胁它的危险的具体呈现。

与瀼溪邻里

乾元元年,元子将家自全于瀼溪。上元二年,领荆南之兵镇于九江。方在军旅,与瀼溪邻里,不得如往时相见游。又知瀼溪之人,日转穷困,故作诗与之。

昔年苦逆乱,举族来南奔。
日行几十里,爱君此山村。
峰谷呀回映,谁家无泉源。
修竹多夹路,扁舟皆到门。
瀼溪中曲滨,其阳有闲园。
邻里昔赠我,许之及子孙。
我尝有匮乏,邻里能相分。
我尝有不安,邻里能相存。
斯人转贫弱,力役非无冤。
终以瀼滨讼,无令天下论。(12582)

可以设想,如果瀼溪被知道,将会遭受更大困苦。诗中一方面出于儒家冲动,揭示伦理和社会问题以便加以矫正,另一方面又出于清静无为者的冲动,想保持安全的隐蔽,诗篇不稳定地处于二者之间。诗人也站于对立的两边,既希望有一种公共社会形态,又希求一种完美的政治,在其中无形无为的统治消失于和谐融洽的农耕社会。

返回瀼溪时,元结因瀼人的疏远而感到了更大的忧愁,这是

第十二章 复古的复兴：元结、《箧中集》及儒士

因为官府的失败统治，使百姓有理由对其疏远。

喻瀼溪旧游

往年在瀼滨，瀼人皆忘情。
今来游瀼乡，瀼人见我惊。
我心与瀼人，岂有辱与荣。
瀼人异其心，应为我冠缨。
昔贤恶如此，所以辞公卿。
贫穷老乡里，自休还力耕。
况曾经逆乱，日厌闻战争。
尤爱一溪水，而能存让名。
终当来其滨，饮啄全此生。（12587）

这首诗与孟浩然的庐山诗（07631）十分相似，虽然所透露的价值观并不相同。孟浩然望着庐山，想着那里的隐士，表示希望成为隐士，但又以公事为理由而表示无法立即退隐；然后作为妥协，他承诺有一天会返回。面对田园风光，王维可以解释"为何还不去"（05861），但在诗篇中，这种延迟的快乐是惯例。元结的诗极端散漫，几乎可以称为"散文化"，甚至散文都不至于如此散漫。在同时代诗法的背景下，这首诗成为"非诗"的标本，其目标在于从散漫随意中体现真情。这和王维那神秘伟大的双关目标一样：自我意识的诗人用控制的力量击败了自我意识，用艺术的束缚击败了艺术。

军事职务任满之后，元结在其后的生活岁月中，交替着隐居

和任地方长官,直到 772 年去世。在道州(湖南南部),元结体验到现行政策与社会现实的困厄矛盾,他在《舂陵行》的序文中述说了自己的危险处境(12576):

> 癸卯岁,漫叟授道州刺史。道州旧四万余户,经贼已来,不满四千,大半不胜赋税。到官未五十日,承诸使征求符牒二百余封,皆曰:"失其限者,罪至贬削。"于戏!若悉应其命,则州县破乱,刺史欲焉逃罪。若不应命,又即获罪戾,必不免也。吾将守官,静以安人,待罪而已。此州是舂陵故地,故作《舂陵行》以达下情。

结尾的短语"以达下情",是儒家正统的诗歌功用:诗歌运用动人的、有效的语言,不仅陈述了民众的情况,而且其陈述方式足以打动和说服掌权者。这首歌行本身太长,此处无法全引,但下引段落已经描绘出受苦百姓的可怜图画:

> 朝餐是草根,暮食仍木皮。
> 出言气欲绝,言速行步迟。
> 追呼尚不忍,况乃鞭扑之。

稍早几年,杜甫写了一些相似的叙事诗,描写普通百姓的困境及特定的社会弊政,后来他又写了一诗和《舂陵行》,故元结可能熟悉杜甫的作品。但尽管有这种兴趣的一致,这两位诗人仍极不相同,最突出的区别或许是元结的复古自觉:他忍不住在《舂陵行》的结尾陈述了诗歌的正统功用,仿佛他正在"采"

第十二章 复古的复兴：元结、《箧中集》及儒士

《国风》，代表民众讲话。《国风》是《诗经》的一部分，被认为使普通民众的情绪上达统治者：

> 何人采《国风》，吾欲献此辞。

虽然元结当时能够获准暂免道州赋税，但儒家社会价值观与当代政治的强制现实仍保留着基本的矛盾。[1]虽然我们可以设想一位真正的社会英雄正在接受妥协，尽可能地帮助民众，但儒家传统宣称只有完全的成功才是完美的贤人；如果时代条件否定了完全的成功，完美贤人只剩下逃避这一条路。但是当元结终于采取逃避的姿态时，他仍保留在社会道德的范围，模仿《诗经》（第113首）中的农民发言者，逃避压迫，到"乐土"去。这就是著名的《贼退示官吏》：

> 癸卯岁，西原贼入道州。焚烧杀掠，几尽而去。明年，贼又攻永州，破邵，不犯此州边鄙而退。岂力能制敌欤，盖蒙其伤怜而已。诸使何为忍苦征敛。故作诗一篇，以示官吏。

> 昔岁逢太平，山林二十年。
> 泉源在庭户，洞壑当门前。

---

[1] 这种对朝廷榨取的哀伤描绘，我们在阅读时应该保留一定程度的疑问。我们应该考虑到这样的可能性，即从朝廷的观点看，地方官员可能夸大了情况的严重性，以保持其治区的人口（或保护其经济利益），因此拒绝交给朝廷财赋，而朝廷在八世纪五六十年代为生存而斗争的时刻极其需要这些财赋。

>井税有常期，日晏犹得眠。
>忽然遭世变，数岁亲戎旃。
>今来典斯郡，山夷又纷然。
>城小贼不屠，人贫伤可怜。
>是以陷邻境，此州独见全。
>使臣将王命，岂不如贼焉。
>今彼征敛者，迫之如火煎。
>谁能绝人命，以作时世贤。
>思欲委符节，引竿自刺船。
>将家就鱼麦，归老江海边。（12577）

这首诗所构造的田园诗般的世界，与前引瀼州诗和《思太古》相同。元结这位社会诗人，正逐渐变成个人诗人：诗篇仍为了社会功用而存在，用来"示官吏"，但在最后，自觉的道德诗人服从于为自己行动的诗人。元结的诗歌发展有意地与他的社会政治经历联系在一起，这是他所选择的关于诗歌本质的神话：一种活跃于政治和社会领域的文学，其作用是表达和改变道德标准和政治现实之间的关系。

甚至在任职道州之前，元结已经自称"漫叟"，这一名号倾向于狂士的个体价值。第二次任职道州后，虽然元结又再接受官职，社会诗人不再出现了，取代其位置的是山水诗人和狂士。在许多方面，元结这些晚期诗篇比其复古诗更有吸引力。但是，尽管他的个人诗保留着丰富词汇和宽广的风格范围，他的晚期诗基本上倒退进了诗歌保守主义，这一倒退标志着八世纪中叶复古诗论的失败。元结晚期诗最喜爱的主题之一是相对性——大的事物

第十二章　复古的复兴：元结、《箧中集》及儒士

看起来像小，小的事物看起来像大（例如，12601，12614）。这种视觉的相对性与《庄子》中的价值观的相对性难以分离地联系在一起。这一主题显然是在为他的放弃社会责任作辩护，庄子的道德相对性于此可以作为方便的理由。

窊樽诗

巉巉小山石，数峰对窊亭。
窊石堪为樽，状类不可名。
巡回数尺间，如见小蓬瀛。
樽中酒初涨，始有岛屿生。
岂无日观峰，直下临沧溟。
爱之不觉醉，醉卧还自醒。
醒醉在樽畔，始为吾性情。
若以形胜论，坐隅临郡城。
平湖近阶砌，远山复青青。
异木几十株，枝条冒檐楹。
盘根满石上，皆作龙蛇形。
酒堂贮酿器，户牖皆罂瓶。
此樽可常满，谁是陶渊明。（12607）

"若以形胜论"借用了陶潜著名的论辩诗《形影神》。在陶诗中，神提倡道家的消极无为；影提倡社会价值和个人名誉；而形却代表了酒徒的享乐主义，既不超脱生活兴致，也不正面它们，而是在自得其乐的醉酒中忘记它们。"形"最恰切地代表了唐代的醉

酒狂士"类型",但由于涉及那首论辩诗,从而暗中减少了对这一角色的肯定,将这首散漫的饮酒诗指向了辩护的方面。

元结现存诗中,可系年的最后作品作于767年,即组诗《欸乃曲》五首(12620—24)。元结刚去过京城,正返回任职之处。道德家和思想家后退了,出现的是一种温和的嘲讽,与杜甫的一些后期作品或五十年后韩愈的一些作品颇有相同之处:

> 偶存名迹在人间,顺俗与时未安闲。
> 来谒大官兼问政,扁舟却入九疑山。(12620)

名迹是偶然的;时代是错误的;而诗人这位一度十分自信的复古道德家,现在却以嘲笑幽默的语气讲述向长安大官问"政"之事。现在,他返回充满疑问和不定的现实世界,这种疑问不定表现于自然界的宏大的地貌双关语——九疑山。

元结不是一位大诗人,却是一位"重要"诗人。他是一位创新者,为八世纪后期紧接着他的较优秀诗人打开了一条道路。他坚定地确信诗歌应该是什么样子,并动手创造这种诗歌。但他发现,这种诗歌在现实文学的审美界,比其儒家价值观在政治界还更不成功。儒家价值观必须置于社会进行实践;如果它们退入个人价值观,就倾向于与道家的个人价值观相结合。故儒家隐士与道家隐士的区别在调子,不在态度。与元结一样,杜甫参加了八世纪中叶的复古复兴,但对于杜甫来说,艺术所占据的位置,至少与其社会价值观同等重要。这样,当八世纪六十年代帝国的崩解威胁了这些价值观时,杜甫的诗歌并未像元结的诗歌那样,戏剧性地退入保守主义。

第十二章 复古的复兴：元结、《箧中集》及儒士

《箧中集》诗人

　　《箧中集》诗人代表了一种风格，一种情调，及一个主题。其主题是处于贫困和艰难中的贤人，即《论语》的"固穷"。贤人生活于这种状况中，就是对时代的含蓄控诉。其风格是应景的古风，通过多用介词、虚词及散文结构，增加诗歌的古朴风格。不过，总的看来，箧中诗人的风格在拟古方面没有元结早期诗那样激进，而是接近于较著名的同时代人的古风作品。

　　《箧中集》是一个非常小的集子，由七位诗人的二十四首五言"古体"诗组成。元结强调贤人的湮没无闻，而大多数箧中诗人正符合他所称许的条件：在选入《箧中集》的少量作品之外，只有两位诗人还有其他诗篇传世。一位是王季友，存有十三首诗（其中有两首的归属尚有疑问），另一位是孟云卿，存有十七首诗。据元结所述，这一集子由沈千运及其追随者的诗篇构成，但沈千运入选作品并未比别人多。

　　沈千运的诗没有什么特别吸引人的地方。唐代文士对于贤人不遇的主题本来有着强烈的共鸣，但沈千运现存诗篇对这一主题的处理缺乏才气。于逖、张彪、赵征明及元季川的诗，或许还高于沈诗，但才调大致相仿。箧中诗体的最出色代表是两位诗人王季友和孟云卿，他们与沈千运圈子之外的诗人有广泛交往。

　　在箧中诗人中，王季友最特殊，因为他的诗也入选了《河岳英灵集》，这就提供了比元结较不偏袒的诗歌评语。殷璠认为，

王季友"爱奇务险,远出常情之外。然而白首短褐,良可悲夫"。这一类型与元结的"无闻贤人"相似,但元结着重强调的是道德标准,而不是特异的才赋。王季友还与同时代诗歌的较大范围有接触,岑参和后期京城诗人钱起、郎士元都有诗赠他。

王季友收入《箧中集》的两首诗,代表了他接近沈千运的一面,但他显然较有才气:

寄韦子春

出山秋云曙,山木已再春。
食我山中药,不忆山中人。
山中谁余密,白发惟相亲。
雀鼠昼夜无,知我厨廪贫。
依依北舍松,不厌吾南邻。
有情尽弃捐,土石为同身。(13411)

诗中所描绘的生活环境,与八世纪九十年代孟郊的贫寒生活极其相似。这首诗还收于《河岳英灵集》,在那里它有不同的题目,首句有变动,还加上一个不和谐的应景奉承结尾。无法知道哪一首是"正确"的(或许实际上两首都不正确),但从两种本子的不同中,可以感觉到一个重要的矛盾。对于殷璠来说,《箧中集》的诗可能太尖锐,应景结尾使它变得温和:

夫子质千寻,天泽枝叶新。
余以不材寿,非智免斧斤。

隐士引为自豪的简朴，他的土石之身，在《河岳英灵集》的诗中彬彬有礼地作了自我贬损。另一方面，在《河岳英灵集》之后七年编《箧中集》，对于元结来说，应景结尾会彻底破坏诗篇的完整，以及贤人的坚定自豪态度。在诗末加上应景信息完全符合盛唐的诗歌实践，但大多数现代读者可能会同意，此处元结的本能是正确的。

《河岳英灵集》还收入了王季友的数首七言诗，这一形式为元结的选集所排斥。这些七言诗中有时会出现箧中诗的质朴，但它们还体现了殷璠及许多天宝读者所称赏的"奇"和"险"。殷璠挑出下引诗作为特别的赞赏。

观于舍人壁画山水

野人宿在山家少，朝见此山谓山晓。
半壁仍栖岭上云，开帘放出湖中鸟。
独坐长松是阿谁，再三招手起来迟。
于公大笑向予说，小弟丹青能尔为。（13418）

王季友扮演了天真朴野的角色，以取乐于舍人，在他的自我嘲讽中缺乏尊严。这种姿态元结恐怕不会太赞成，但它表现了对同时代诗歌较普遍世界的参预，这种参预使得王季友成为箧中诗人中交游最广的一位。

孟云卿（约生于712或713年）是箧中群体中最严肃的复古诗人，而且据现存作品判断，还是最优秀的诗人。与王季友一样，孟云卿认识杜甫。他与其同乡元结是特别密切的朋友，元结认为孟云卿在各个方面都胜过自己（12594，序）。孟云卿的显著声誉超出了箧中模式。韦应物称他"高文激颓波"（09168），引用了李白的《古风》之一，那首诗以"激颓波"称赞司马相如和扬雄制止了文学的普遍衰颓。九世纪的《诗人主客图》是一部以典范诗句阐述诗人风格类别的著作，张为在其中将孟云卿称为"高古奥逸"风格的最高代表。在《中兴间气集》的一个版本中，唐代批评家高仲武做出较中等的评价："祖述沈千运，渔猎陈拾遗，词意伤怨。……虽效于沈陈，才得升堂，犹未入室。"[1]

比起元结最古奥的作品，孟云卿是较不激进的复古诗人。他的作品完全符合盛唐的古风，或许是其中最有才赋的代表。即使仅就孟云卿存留下来的几首诗看，他也是比元结更出色的诗人。高仲武很准确地将孟云卿的作品与陈子昂联系在一起。他的诗有时十分接近陈诗，如《伤时》二首（07570—71）。这一题目指明了时事讽喻，第二首特别容易使人认为是对杨贵妃的隐喻（虽然肃宗的皇后是另一个吸引人的目标）：

> 太空流素月，三五何明明。
> 光耀侵白日，贤愚迷至精。
> 四时更变化，天道有亏盈。
> 常恐今夜没，须臾还复生。（07571）

这首诗很相似地模仿了陈子昂的《感遇》之一（04347）。月亮象征阴律，即后妃，她侵犯了皇帝的阳，却没有依常理消失。

---

[1]《唐人选唐诗》，页314。

孟云卿有七首诗是乐府或呈现乐府风貌,这些诗与杜甫和元结的作品一样,符合乐府的原始阐释。乐府的原始特征明显地出现于某些手法的运用。例如,重复和开头使用叠字的某些形式,说教结尾,格言,及惊叹。这些在四十年后为孟郊所摭拾。对于唐代读者,这一风格有着明确的联系,在直陈感情中体现出真诚和伴随而来的道德意义。此外,孟云卿还试图接近不定时间、人物的汉诗风格,去掉复杂特殊的地点和环境,留下情感状态的赤裸裸结构。

悲哉行

孤儿去慈亲,远客丧主人。
莫吟苦辛曲,此曲谁忍闻。
可闻不可见,去去无形迹。
行人念前程,不待参辰没。
朝亦常苦饥,暮亦常苦饥。
飘飘万余里,贫贱多是非。
少年莫远游,远游多不归。(07563)

此处的讲述者既不是乐府的传统角色,也不是应景诗中的诗人本身,而是汉诗和《古诗十九首》中的每一个人。

复古诗人倾向于成为活动家,因为他们相信道德秩序在现实世界的实现,并认为维持和保护这一秩序是他们的责任。唐诗为景物和反应、世界和自我的抒情二重曲所占据,而复古诗通常要求诗人从道德立场进行反应。体现于这类诗中的道德立场可以反过来影响自然秩序：如同隋代农夫的愤怒歌谣可以将春天变成秋天，道德秩序的真诚陈述也同样可以纠正自然的不平衡。这是道德诗人所设想的矫正社会不平的能力在宇宙的扩展，在中唐孟郊和韩愈的诗中常可见到。下引孟云卿的诗中，道德态度与天气转晴之间有着松散的联系，这一联系虽未明确陈述，却暗含于诗篇结尾的并置中。

汴河阻风
清晨自梁宋，挂席之楚荆。
出浦风渐恶，傍滩舟欲横。
大河复东注，群动皆窅冥。
白雾鱼龙气，黄云牛虎形。
苍茫迷所适，危惧安暂宁。
信此天地内，孰为身命轻。
丈夫苟未达，所向须存诚。
前路舍舟去，东南应晚晴。（07573）

儒　士

陈子昂作为散文家与作为诗人同样著名，而元结甚至主要由于散文出名而非诗歌。一般说来，比起诗歌，散文与复古价值观有着更密切的联系，箧中诗人可能是例外。这不是因为复古作家认为诗歌应该从属于散文,而是由于儒家道德和社会价值观的语言主要产生于古典散文,故散文似乎是比诗歌更自然的表达工具。

八世纪中叶的大文士松散地组成一个群体,[1]元结通过其堂兄元德秀与这一群体发生了联系。这一群体的两个核心人物是萧颖士(717—769)和李华(可能卒于766年)。元结于760年在《箧中集序》所表示的对于对偶、声律及形似的敌意,并不是独一无二的。在元结之前,萧颖士已有过同样的论述;在元结之后,独孤及又再次重复。[2]萧颖士于八世纪四十年代末或五十年代初(07515,序)写道:

> 文也者,非云尚形似,牵比类,以局夫俪偶,放于奇靡。其于言也,必浅而乖矣。所务乎激扬雅训,彰宣事实而已。众之言文学者或不然。吁戏!彼以我僻。

复古在宫廷诗中的旧敌修饰,仍然是一个大敌,但在此处和元结那里,一个新敌成为目标:"形似"和"比类"。隐喻一词用在此处是不太恰当的,因为西方的隐喻用法和中国的有重要区别。在八世纪诗歌中,"意义隐藏"起了很重要的作用,文字的意义只能通过"比类"而揭示,对此萧颖士显然十分不满。相反,他要求诗歌表现"事实"。儒士们虽然反对一般的诗歌比喻,却采纳

---

[1] 关于这一群体的详细讨论,见麦大维(David McMullen),《八世纪中叶的历史和文学理论》,收芮沃寿(Arthur Wright)和崔维泽(Denis Twitchett)编,《唐代研究诸视角》(纽黑文,1973),页307—342。
[2] 《毗陵集》(《四部丛刊》),卷13页1b—2a。

了一种真正的隐喻形式：寓言。在寓言中，表面的文字仅是可辨认、可掌握的"意义"的伪装。

大概在八世纪四十年代，萧颖士曾经访问过元德秀（07519），那时元结可能正与其堂兄生活在一起。萧颖士在那时已经被认为是当代最出色的年轻学者。他已开始尝试拟古的诗歌形式，并发出如同上引序文的宣言。萧颖士的榜样可能对元结早期的拟古试验产生了十分重要的影响。

正如同元结和元德秀是后魏王室的后代，萧颖士是梁王室的裔孙，南朝大家族之一。元结的生长背景模糊不清，一生中大部分时间也相对地不著称；与之不同，萧颖士却是一位著名的文士，一位太学生，一位不寻常的少年进士（735年登进士第）。萧颖士的仕宦生涯始于御书院，但不久就卷入天宝的派别纠纷。他被李林甫逐至广陵，在那里仿《春秋》作南北朝史，被召回史馆任职。但李林甫仍怀着敌意，再次将他逐出朝廷，而李林甫的后任杨国忠对他也没有好感。正当萧颖士失意时，一位日本使者指名要求看这位著名的学者，但朝廷不许，可能担心他会对统治集团有所指摘。当安禄山军队扫过他任职的地区时，他逃走了。他在最后几年中以儒家的直谏态度，试图向朝廷进言政治伦理问题，却被置之不理。

萧颖士的拟古诗歌试验以《诗经》为模式，仿效其音节、语言及章节形式。比起同时代人的四言诗，萧颖士对《诗经》的模仿一般来说较逼肖近古（此处的"逼肖"指接近对《诗》的正统阐释，并大量采用虚词）。与元结的拟古诗一样，萧颖士的《诗经》仿作都有序，由于《诗经》的模式有"小序"，所以萧颖士的采用显得特别恰当。但是，他的拟古诗（07511—15）甚

第十二章　复古的复兴：元结、《箧中集》及儒士

至比元结更不成功，因为《诗经》的模式局限太大，并已经被过度阐释，而元结的模式要较灵活多样。

萧颖士五言诗所涉及的范围，从修正的《诗经》的音节和句法（例如，07521—22），到较"驯化"的盛唐古风（例如，07517—18），再到同时代人的流利应景诗，后者充满按对偶结构排列的迷人形象和优美风景（例如，07530）。萧颖士面对着复古诗人的持久问题：他越接近于实现所呼吁的社会伦理价值观，他的作品就越缺乏艺术吸引力。在复古价值观和八世纪诗歌艺术之间，古风仍是最成功的折中形式。八世纪中叶乐府复兴，也成为社会批评和表现政治价值的工具，产生了同样的效果，但应用得较不普遍。"新乐府"在元结这里本来有可能出现，他的军事和地方官经历证实他是"为民"说话，但这种形式对萧颖士较不合用，因他与京城文人社会更密切地联系在一起。

李华是萧颖士的朋友，八世纪中叶的第二位大文士和散文家。他于735年登进士第，与萧颖士和李颀同年。就像萧颖士，李华从未在朝中任重职，却名满天下。玄宗逃蜀后，李华侍母匆忙出京，为叛军抓获，被迫接受官职。收复之后，他被定罪，贬任杭州的一个官职。在760年，他再次被授中朝官职，但他坚辞不就。在后期生活中，李华转向佛教，卒于766年或稍后几年。晚年的李华是全国最受尊敬的学者之一，八世纪后期的许多著名文士都出自其门，包括独孤及、皇甫冉及韩愈的伯父韩云卿。

李华未曾尝试拟古模式，而是致力于古风，作有《杂诗》六首（07482—87）和《咏史》十一首（07488—98）。《杂诗》前三首体现了复古诗人对和谐秩序的热情向往，虔敬地歌颂了"正声"、"正色"及"正味"。《杂诗》之四有"阴魄沦宇宙"句，

283

可能是时事讽喻诗，指向某位后妃。第五首述儒家价值观的荣耀的衰颓，第六首述选择儒生为友。虽然李华避开了萧颖士的激进拟古主义，他的古风却比萧颖士的四言诗更注重说教。同样地，那些咏史诗在分咏独立的历史事件时，也从未忘记为读者总结正确的道德教训。

但李华与萧颖士仍有区别。李华具有不可否认的描写才赋，表现在散文和较守旧的应景诗。他现存的少数作品中有几首写景诗，这些诗词汇丰富，并体现了极少数同时代人才具有的想像能力（07499—501）。李华现存的应试诗特别引人注目，题为《海上生明月》（07506），这首诗显示了对正规修辞描述和修饰技巧的完美掌握，这对于进入政界的儒家学者是一个讽刺，他不得不屈从于与其立场相歧异的艺术法则。

萧颖士和李华是一个包括文士和作家的大群体的中心人物，这个群体中的人大多数未写过复古诗。其中较年轻的成员，如独孤及和皇甫冉、皇甫曾兄弟，与京城诗联系在一起，追随了八世纪后半叶保守的平淡诗风。著名文士如韩云卿和梁肃都没有诗歌存留，而李纾只有一组祭祀诗传世。

第十三章　开元、天宝时期的次要诗人

设立"次要诗人"这一标题，是用来包括那些处于重要群体之外、或仅有零散作品传世的诗人。他们的"次要"，只是由于现存作品的有限范围，以及我们无法完整评判其作品。一方面，这一范围包括了才华洋溢但缺乏独创的诗人，以一种或多种时代共同风格写作的诗人。另一方面，还有一些诗人看来具有独立的诗歌个性，但由于其作品存世太少，无法充分概括其特性。

王之涣是出色地体现了时代共同风格的诗人。他的诗在开元中十分著名，但似乎未曾编辑成集。[1]他只有六首诗存世，全部是绝句，几乎每一首都成为一种小典范。

登鹳鹊楼
白日依山尽，黄河入海流。
欲穷千里目，更上一层楼。（13284）

这首著名绝句代表了一种独特类型，其主人公在结尾做出或提出

---

[1]《新唐书·艺文志》未著录王之涣集，故也可能其集未收于御书院。

某种神秘的重要姿态。此处读者被邀请参加，设想落日、诗人视觉范围及登上更高建筑之间的联系。从这未定的联系之中，读者认识到，登上更高的楼，不仅可扩大视野，而且可短暂地重见阳光。（在后来的诗歌中，这一现象经常被描绘成傍晚时夕阳"升"起于楼上或山上，取代了山峰间增长的阴影。）

下引诗虽然全部由陈套组成，却仍是一首值得称赏的著名选诗。

送　别

杨柳东门树，青青夹御河。
近来攀折苦，应为别离多。（13285）

"柳"与动词"留"谐音，由于这一原因，柳枝在送别时被攀折，表示不愿行者离开。诗中运用了这一迹象转喻，仿佛诗人从物质世界的形式中看到了隐藏的信息。可是，折柳可能是最普通的送别诗意象，故诗人所"发现"的事实正是读者所预期的。与王翰的《凉州词》之二一样，期待的直接表达体现了自觉的真诚，讲述者的天真推测，使得折柳的迹象隐含了巨大的共同忧愁。

崔国辅是王之涣的朋友，他在726年登进士第，与綦毋潜及崔国辅的东南同乡储光羲同年。他随后被授地方低职，说明缺乏政治关系，他与京城诗人也没有密切的文学联系。在天宝初或开元末，他被授予中朝官位，这说明他可能与张九龄的对立派有关系，因为这一时期的京城任命与李林甫相关。但他还和李林甫的反对者过往,可能认识李白,并不顾李林甫的排斥,向皇帝介绍杜甫的赋。在752年,杨国忠掌权,他再次被逐出任东南地方低职,其后行迹不得而知。

殷璠称崔国辅的诗"婉娈清楚",特别提及他的乐府绝句。崔国辅与李白一样,对沿袭民歌和流行歌谣传统的乐府绝句感兴趣,他的绝句大多歌咏东南事物。

湖南曲

湖南送君去,湖北送君归。
湖里鸳鸯鸟,双双他自飞。(05667)

中流曲

归时日尚早,更欲向芳洲。
渡口水流急,回舟不自由。(05668)

这些绝句都以南朝民歌小诗(或可能是已散佚的同时代东南民歌)为模式,是单纯的爱情诗,大量运用双关语和情欲隐喻。在《中流曲》中,这一传统引导读者从"芳洲"中发现女子如花的隐喻,从划舟急流的描写中发现情欲难以抑制的暗示。《湖南曲》则在一定程度上体现了王维绝句风格的极端简朴。在崔国辅现存的四十首诗中,此类绝句占了二十六首,几乎全部是乐府。

关于那些才华洋溢但又仅有少数作品存世的著名盛唐诗人,《河岳英灵集》保留了丰富的原始资料。其中包括贺兰进明,他在728年登进士第，存有两首《古意》（07581—82）和五首出色的乐府《行路难》（07583—87）。陶翰，在730年登进士第，崔曙，在738年登进士第，两人都是时代共同风格的才华洋溢的实践者。《河岳英灵集》还选入了孟浩然的两位朋友阎防和刘眘虚的作品，这两位诗人可能与孟浩然一样，基本上创作于宫廷圈子之外。虽然殷璠高度评价刘眘虚，他却不如阎防引人注目。阎防现存五首诗，都是山水隐逸诗，体现了描写天才，如果他有较多作品存世，可以肯定会成为这一时期的重要人物。

薛据集的散失是盛唐诗的一大损失，他的现存作品几乎全部保留于《河岳英灵集》中。我们应该记住薛据是与杜甫、岑参、高适及储光羲同登慈恩寺塔的诗人，可惜他此次所作的诗散佚了。在天宝中及随后的十年中，薛据是一位非常著名的诗人。他与所有群体及几代诗人都有广泛交往，从王维到杜甫、高适，再到刘长卿。杜甫虽然总是推尊其诗友，却似乎对薛据作品特别赏爱，故从杜甫作品中寻找较年长的薛据的影响，可能是恰当的。在杜甫看来，薛据"文章开突奥"（11096），"乃知盖代手，才力老益神"（10852）。此外，从杜甫（11573）和高适（10264）的其他评论中，薛据的作品明显地与古风密切联系在一起。殷璠概括云："为人骨鲠有气魄，其文亦尔。"

薛据现存十二首诗，其中有几首是明显的古风。他的作品体现了道德价值观的人格化，唐代读者对此深感兴趣。《怀哉行》的开头是薛据古风诗的出色范例，其中所表现的政治关注，与杜甫的作品相呼应。

>　　明时无废人，广厦无废材。

> 良工不我顾，有用宁自媒。
> 怀策望君门，岁晏空迟回。
> 秦城多车马，日夕飞尘埃。
> 伐鼓千门启，鸣珂双阙来。
> 我闻雷雨施，天泽罔不该。（13925）

这不是宫廷侍从诗的繁丽描写，而是试图表现帝王降临的伦理威严。现代读者可能会发现薛据的其他诗篇比其古风更有美学吸引力，那些诗篇拥有一些杜甫的丰富想像和词汇。

另一位在某些方面与杜甫相呼应的诗人是张谓，他于743年登第，一直生活到八世纪七十年代。张谓的后期诗陷入乱后京城诗的平淡乏味，只有一个特点较突出：充满李白诗的回响（参09451，09452，09476）。他的登第时间正与李白在京城的流行高潮相一致，这或许是他受李白影响的部分原因。但张谓最重要的诗是《代北州老翁答》（09540），这是一首社会批评乐府，借典型的下层人物批评当代社会状况。殷璠挑出这首诗加以格外称赞，故它在753年之前应该很著名，并可能对杜甫产生一定影响，杜甫大约在同一时期也尝试了批评的乐府。

贾至（718—773）是李白的朋友，并与杜甫相识。他出自一个著名的家庭，他的父亲曾为玄宗登基草诏，他自己则为玄宗让位肃宗草诏。正如对这样一位人物可以期待的，贾至熟练掌握了正规官场风格。他的作品与高适诗有不少相似之处。与高适一样，贾至也写了一首《燕歌行》（11959），但比高适诗较不引人注目。

贾至最优秀的诗都是绝句，其中有几首是盛唐简洁修饰技巧的典范，运用了急速转换和戏剧并置。

白　马

白马紫连钱，嘶鸣丹阙前。
闻珂自蹀躞，不要下金鞭。（11973）

出塞曲

万里平沙一聚尘，南飞羽檄北来人。
传道五原烽火急，单于昨夜寇新秦。

贾至最著名的存诗是三首绝句，作于乱后在南方与李白聚会时。其中第一首的结尾最有特色，两句诗都由名词组成，列出了一串类型意象：

初至巴陵与李十二白裴九同泛洞庭湖

江上相逢皆旧游，湘山永望不堪愁。
明月秋风洞庭水，孤鸿落叶一扁舟。（11982）

虽然上述诗人都是"次要"诗人，却处于诗歌"主流"之中。而从散布于现存盛唐诗集中的一些作品看，曾经有一些诗人和诗人群体致力于某些较不常见的题材。吴筠及断续的道教诗歌传统代表了这样一个群体，"宫体诗"和沿袭《玉台新咏》传统的诗代表了另一个小群体。在盛唐，李康成编了一部《玉台后集》，接续《玉台新咏》，从而将玉台体从陈代带入八世纪中叶。

第十三章 开元、天宝时期的次要诗人

《玉台后集》未保存下来，但李康成的一些诗体现了玉台体，很可能原本是集子的一部分（09969—72）。大约同时，另一位诗人梁锽似乎也专写吟咏女性的诗（09912—26）。除了一些独立保留的集子，如李峤的咏物诗集，明显地"专业化"的诗人，都未得到充分保存，这可能是由于宋初的大选诗家在安排题材时，只允许在限定的题材范围内挑选。

第十四章　八世纪后期的京城诗传统

开元天宝时期是创新的年代，诗歌个性特征发展的年代。但是，从安史之乱后的第一个十年开始，一种顽固的保守主义开始占据诗坛，特别是在京城。比起玄宗朝的前辈，八世纪后期的重要诗人呈现出较缺乏魅力的面貌。不知是出于偶然还是特别的趣味，活动于八世纪五十年代末至八世纪九十年代初的作家保留了较多的诗集。这些诗大多数都不值得存留：它们通常代表了唐代应景诗的刻板规则，成百上千的送别诗、游览诗和宴饮诗，大部分用五言诗写成，充满了陈旧平乏的情调、意象及韵调。诗体和题材的风格保留了下来，但作为前两代盛唐诗人的优秀作品特征的强烈个人声音，此时却极少出现了。刘长卿的一首五律送别诗，与李嘉祐、皇甫冉、钱起、韩翃及其他数十位诗人的同类作品，基本上无法区别。

可是，独创和个性并不是文学评判的惟一尺度。宋代看到的是诗歌"正风"的形成，能够对后代文学活动产生重大影响。正统观念从精神上沿袭了唐代已有较大偏离的复古目标，为诗歌寻找普遍标准，寻找体现于文学史特定时期的标准。在宋代和宋以后的正统观念看来，最完美地包含了诗歌普遍标准的时期是玄宗朝，即盛唐。

第十四章 八世纪后期的京城诗传统

正统观念可能会同意个性主义的观点,认为八世纪后期诗歌(称为大历,采用这一时期最长的年号,766—779)低于玄宗朝诗歌,但它的理由并不相同:"大历之诗,高者尚未失盛唐,下者渐入晚唐矣。"严羽的《沧浪诗话》在此处体现了正在形成的正统观念,认为八世纪后期诗歌的重要性正在于它的保守性。在他看来,盛唐诗歌惯例的僵化和诗歌个性声音的消失并不重要,重要的是接近盛唐前两代诗人建立的不可更改的标准。

从诗歌正统观念及个性主义的替代观念中,产生了唐诗的复杂标准,并一直保留到现代。但八世纪后期的京城诗人提供了关于他们自己时代的第三种看法,并形成了关于新近的诗歌传统的标准,这些观点与后代大不相同。他们并不认为自己是一种不可更改的杰出标准的保守者,而是将自己看成是诗歌艺术主流的继承者。

这一京城诗歌传统的延续,与京城诗人之间社交关系的惊人延续不可分离。王维与武后中宗朝的宫廷诗人阎朝隐一起成为岐王府的门客。钱起与王维有过往赠答;卢纶与钱起相识并唱酬;李益与卢纶相唱和。加上其他成百上千的京城诗人,这一链条成为一张社会关系的网,将七世纪后期的诗与九世纪初的诗牢固地联结起来。这些京城诗人主要写的是社交应景诗,正是他们促成了律诗的缓慢发展。皇帝通常就是从这一群体中挑选喜爱的诗人,使得一代典雅风貌延续下来。玄宗格外赞赏中宗的朝臣诗人苏颋和李峤,代宗高度评价王维,而德宗和宪宗则特别偏爱卢纶和李益。

八世纪后期的作家以这种对诗歌艺术主流的强烈感觉,开始形成他们的唐诗标准:

> 历千余岁而至沈詹事、宋考功，……缘情绮靡之功，至是乃备。虽去雅浸远，其丽有过于古者，亦犹路鼗出于土鼓，篆籀生于鸟迹也。沈、宋既殁，而崔司勋颢、王右丞维复崛起于开元、天宝之间，得其门而入者，当代不过数人，补阙其人也。
>
> 独孤及《唐故左补阙安定皇甫冉集序》

> 越从登第，挺冠词林。文宗右丞，许以高格。右丞殁后，员外为雄。……士林语曰："前有沈、宋，后有钱、郎。"
>
> 高仲武《中兴间气集》钱起评语

高仲武是京城诗歌趣味的代言人，必然要热情支持这一萌芽中的标准。较引人注目的是独孤及这样的复古作者，也做出了合格的支持阐述。这是一个不会为后代读者接受的标准，它承认沈佺期和宋之问，却排除陈子昂；它合理地包括了王维，却不仅遗漏了孟浩然、李白及杜甫（这是中唐复古复兴后形成并延续至今的伟大诗人名单），还忽略了王昌龄、储光羲一类诗人。后一类诗人与王维一起驰名于开元天宝。后期京城趣味被引向沈佺期和宋之问的正规艺术，王维在其眼中，不是严谨的文士，而是艺术宗匠和京城社会的桂冠诗人。

文学史和重要诗人名单的构成，本是复古的专利。从八世纪五十年代起，至八世纪九十年代的伟大复兴之前，复古诗论经历了一个衰落期。极少有诗人大量地写古风或拟古模式，复古诗歌史的陈调也较少出现。高仲武虽然说钱起"芟齐宋之浮游，削梁陈之靡嫚",但这仅是复古标准的无力回响,且被置于对南朝诗的强烈新兴趣中间。隐士诗人秦系也接近于同时代的趣味,称钱起为何逊,南朝最精致的诗人之一(13449)。

《皇甫冉集序》明显体现了复古诗论的衰退。独孤及本是大儒士李华的门生,却被吸引着从许多古老的复古观点退出。他不再指责律诗,而是称赞皇甫冉"以古之比兴(具有伦理联系),就今之声律"。建安及魏诗歌本是古风的模式,独孤及却批评它质("无修饰的内容")有余而文("文饰"、"美学特性")不足。他允许南朝和初唐走向另一极端,走向过度的文,并从中看到高度文明的自然进程,就像"路鼗出于土鼓",这与复古的所有原则相去甚远。独孤及在评语中还含蓄地指出,王维和皇甫冉达到了质和文的完美平衡;这本是一个古老的儒家标准,李华曾加以提倡,但这一标准与返回古代诗歌的简朴直率的复古激情有矛盾。不过,独孤及序中最重要的是关于路鼗和篆籀的隐喻,这是对复古诗论的第一次严肃挑战,而且用的是复古诗论自己的术语,坚持认为文学的精致化不是文明自然进程的天敌,而是其组成部分。

京城诗是复古诗论的对手,有时还是敌人,随着八世纪后期复古价值观的衰微,最出色的京城诗人成了时代的弄潮儿。这一时期的诗歌到处可看到王维的影响,数十位诗人致力于再现他的风格,并获得不同程度的成功。高仲武在上引段落中称许钱起为王维继承人时,已经含蓄地肯定了王维独一无二的最高地位。九世纪初的选本《极玄集》,审视前半个世纪的诗,正是以王维作品为开头。

王维诗并不是八世纪后期的"再发现",对其作品的赞美一直持续不断。他的声誉建立于年轻时，但在他生活的最后几年，由于皇帝的赞赏，以及钱起、皇甫冉等围绕他的年轻诗人的颂扬，他的声誉达到了最高点。开元天宝其他著名诗人可能实际上被遗忘了，而从761年王维去世后，他的声誉和影响却继续上升。

《辋川集》是王维影响的突出例子。许多诗人试图重现王维绝句的独特简朴风格，写下了一系列以《辋川集》为模式的有计划的组诗，包括钱起的《蓝田溪杂咏二十二首》（12484—505）和皇甫冉的《山中五咏》（13056—60）。《辋川集》的风格不难模仿，却难于模仿得出色。比较王维：

    空山不见人，但闻人语响。
    返景入深林，复照青苔上。（06082）

与皇甫冉：

    山馆长寂寂，闲云朝夕来。
    空庭复何有，落日照青苔。（13060）

皇甫冉抓住了王维绝句风格的每一样东西，惟独缺乏其活泼的生机。

  在整个八世纪，京城诗持续地独立于各种个性发展方向，后者形成于孟浩然、李白及杜甫的作品，甚至京城宗师王维本人的作品。京城诗始终是一种"表演"的诗歌，是文化和地位的标志，如同高仲武评郎士元诗："自丞相已下，更出作牧，二公无诗祖筵,时论鄙之。"王维可以在卒后仍被广泛地赞美和模仿,但只有在世的诗人才能真正在京城诗坛起作用,满足对于新作品的永不满足的需求。

京城诗人风格一致,很难进行分组。后代读者以所谓的大历十才子代表这一时期诗歌。这个方便的称呼有着众多问题,不仅存在于十人的确切构成,而且在于分组的用途。十才子最早列举于九世纪初的《极玄集》。这一列举可能最接近于这一并称形成的原始意义;可是,这一组合在八世纪后期似乎并不存在,即便曾经存在,也可能并未将十才子看成统一的整体。

《极玄集》所列举的十才子包括李端、卢纶、吉中孚、韩翃、钱起、司空曙、苗发、崔峒、耿湋及夏侯审。其中,钱起和韩翃代表了较年长的一辈,他们与十才子中其他较年轻诗人的惟一可能聚会的场合,是代宗女儿升平公主的诗歌宴会。所以,十才子的并称可能就是出自这些聚会。

《极玄集》所列举的其他八位是密切的朋友,经常交换诗篇,自视为一个诗人群。在卢纶的一首长篇哀悼诗的题目中(14712),这八位的名字全部出现,但没有钱起和韩翃。卢纶这首哀悼诗是对畅当一首哀悼诗的和答,原作已佚。尽管畅当未被列举于《极玄集》,但也属于这一圈子。这些年轻诗人将自己看成是王维和京城诗人圈子的继承者,虽然其中不少人曾长期居住东南地区,并与在京城一样保持文学友谊。

本章将八世纪后期的诗人大致分成两组。较年轻的一组由卢纶哀悼诗中所列举的诗人构成;较年长的一组中,许多人认识王维和其他第一代诗人,包括钱起和韩翃,还有两位主要在地方上度过创作生涯的诗人(但与京城社会保持着密切联系):刘长卿和李嘉祐。年长一组中还包括了郎士元,其名字经常与钱起相提并论,以及皇甫冉和皇甫曾兄弟。围绕着这些京城诗的中心人物,还有一群较次要的人物,如严维及包融的两个儿子包佶和包何。

这些诗人成了他们所力求的诗匠。他们达到了一种流畅圆美,为开元天宝的前辈诗人所未及。他们将所继承的诗歌完美化,虽然从整体上看他们都是谨小慎微的诗人,但这种谨慎不应降低他们的成绩:在许多方面,他们将所承袭的诗歌语言讲得更好,超过了其创造者,通过这样做,他们写出了许多被记住并经常收入选集的作品。

刘长卿的作品突出地代表了这些京城诗人的特殊才能和局限,他曾被散文家权德舆过分地称为"五言长城"。在这一宏壮的称号下面,却隐藏着一位无可否认的平板诗人,而刘长卿的这种平板竟然引起了许多后代读者的审美兴趣。刘长卿的诗在八世纪后期似乎十分流行,然而,奇怪的是,高仲武对其特性有所保留:"诗体虽不新奇,甚能炼饰。大抵十首已上,语意稍同。"十三世纪的批评家方回看来注意到了同样的特性,但却出自肯定的观点:"刘长卿诗细淡而不显焕,观者当缓缓味之。"[1]高仲武的批评和方回的肯定评价,与"五言长城"所隐含的力量形成鲜明对照,但高仲武和方回要较接近事实。

刘长卿的生年属于第一代盛唐诗人,但他现存的诗几乎完全出自生活后期,即战乱后的时期。这是由于刘长卿只编集晚年作品,还是由于现存诗只代表其作品的一部分,不得而知。在两种

---

[1]《瀛奎律髓》,转引沈炳巽,《续唐诗话》(台北,1974),卷10页1a。

情况下，刘长卿迟迟呈现的诗人面貌都与其生活中的某些异常情况有关。刘长卿出自中原的河北，在733年登进士第，但此后不是在京城求仕，而是隐居东南地区。战乱之后，他返京任御史，其后连任中级地方官，其间不知何因曾被囚禁和贬逐广东。他大概卒于八世纪八十年代中叶。

刘长卿的作品明显地仿效了王维及其圈子的应景诗，往往直接借用，甚至在意象和风格上普遍模仿。刘长卿的守旧及对天宝中较豪放的诗缺乏兴趣，可以从其生活经历中得到部分解释；京城诗的典雅限制正是他年轻时的风格，天宝中他又不在京城，未能感受新的诗风。可能更重要的是，他的诗与紧接战乱后的几十年间流行于京城的风格相一致。刘长卿掌握了必要的技巧，写出数百篇有能力的、优美的诗篇，从未陷入拙劣的困境，但也从未激发迷人的想像。

刘长卿和其他后期京城诗人在对句上最吸引人。王维天才的一个标志是对句结构的优美简朴，以直接句法组成基本成分；其对句的这种简朴引导读者寻找隐藏的深意。这是一种非常容易模仿的风格，刘长卿在数百首诗中过滥地模仿它。偶然地，他对这一风格的运用也能体现出某些王维的才赋，如（06988）：

江树临洲晚，沙禽对水寒。

或（06998）：

秋风散千骑，寒雨泊孤舟。

或（07019）：

> 鸟散秋鹰下，人闲春草生。

在刘诗中，可以看到已论述过的全部盛唐诗歌技巧。如余兴无穷的结尾意象（07007）：

> 明发看烟树，唯闻江北钟。

或将单独的人物置于巨大的景象中，从而越加显得孤独渺小（07339）："青山万里一孤舟。"运用这些标准的诗歌技巧并不会妨碍天才，如杜甫的"天地一沙鸥"（11433），或"江湖满地一渔翁"。但它们更经常地是成为写作陈套，产生出平易流利的诗篇。

刘长卿的诗中，感伤多于激情，更多地描绘似画的图景，而不是描写反映了认识结构或潜在世界秩序的景象，在这些方面他甚至比同时代人的作品走得更远。开元天宝诗歌对创新和复杂的关注，变成了一成不变的忧伤调子：候鸟，落雨，夕阳，及孤独船上或马上的孤独诗人。

通过反复运用，某些意象与特定情绪联系起来，这些意象构成如画的景象，能够引发各种特定情绪。

江中对月

> 空洲夕烟敛，望月秋江里。

历历沙上人，月中孤渡水。（06984）

送灵澈上人

苍苍竹林寺，杳杳钟声晚。
荷笠带夕阳，青山独归远。（06981）

比较柳宗元作于九世纪初的名诗《江雪》：

千山鸟飞绝，万径人踪灭。
孤舟蓑笠翁，独钓寒江雪。（18520）

这种如画般的绝句修饰艺术，体现了惯例的牢固延续，实际上这种相同的景象对一代又一代的唐代诗人产生了吸引力，并被反复创造。《江雪》是最著名的唐代绝句之一，而刘长卿的两首诗基本上不出名。柳宗元的小诗可能会被认为较杰出，但孤立地看，刘长卿的两首诗可能具有相同的效果。

如果"五言长城"指的是数量而不是力量，那么这对于刘长卿倒是恰当的称号，因为他的五律有着异乎寻常的丰富数量。他的五百一十二首诗中，近乎一半用这一诗体写成，其中大多数作于社交场合。五律倾向于风格的某种一致，但刘长卿五律的一致性格外突出，连他那些结构严谨的组诗和咏物系列（07181—90；07208—16；07191—98）也与应景诗没有多大区别。

长篇排律通常要求比律诗更讲究修辞表达，刘长卿的排律也不例外。但甚至在这类诗中，他也喜好重复自己的词句。如一首诗中相邻的两句（07283）：

> 颇见湖山趣，朝气和楚云。

可以在轻微变化后作为另一诗的一联（07286）：

> 颇得湖山趣，江气和楚云。

这种对自己或他人作品的零碎窃取，在唐代是普遍的创作实践，但在刘长卿诗篇中出现得过于频繁，以至引起高仲武的注意。

或许是由于刘长卿的重复，高仲武异常尖刻地批评他"思锐才窄"。但尽管高仲武批评，刘长卿的诗歌保持了对后代读者的吸引力，他是八世纪后期被最广泛评论的诗人之一。特别是从诗歌的正统观念看，刘长卿的诗均衡，清晰，技巧完美，似乎保持了盛唐风格的延续。

清明后登城眺望

风景清明后，云山睥睨前。
百花如旧日，万井出新烟。
草色无空地，江流合远天。
长安在何处，遥指夕阳边。（07067）

诗歌的正统与普遍性相关，此类诗将习用的诗歌反应作为普遍的人类反应。此类诗只缺少一种八世纪后期经常称扬的特性，如高仲武所指出，刘长卿的诗缺乏"新奇"。

在作品中体现了"新奇"（按照高仲武和《极玄集》编者姚合的观点）的诗人是钱起。钱起生于722年，在751年登进士第。战乱后他结识了王维，并逐渐成为京城诗的宠儿。高仲武将他置于《中兴间气集》的卷首，称他"迥然独立，莫之与群"。钱起从未升至高位，但他的文学才赋却吸引了众多追随者。他的交游范围广泛，包括了活动于八世纪后期的大多数诗人。他在京城度过其平静一生的大部分，为所有人喜爱和赞美，直至780年左右去世。他的集子收有四百多首诗。[1]

从各种迹象看，钱起的个性只体现于隐逸诗，作为王维的继承者，他沿袭了京城诗传统的隐逸情趣。

送元评事归山居

忆家望云路，东去独依依。
水宿随渔火，山行到竹扉。
寒花催酒熟，山犬喜人归。
遥羡书窗下，千峰出翠微。（12167）

这首诗体现了王维作品的众多表面特征，但却缺乏王维较深的理趣。王维往往通过提出感觉过程中的问题，或从景物结构中发现人类体验的次序，从而改造送别诗的惯例。在钱起诗中，"回归"

---

[1] 《江行无题一百首》（12373—472）有时归于钱起，并收于《四部丛刊》本的钱起集中。但这些诗不是钱起的作品，而是晚唐诗人钱珝的作品，《唐音统签》已经援引证据说明此点，《全唐诗》编者亦引其说。我还可加上一个证据，组诗之十九（12931）述及吟诵杜甫诗，这极不可能是钱起的行为。

只是从一个地方到另一个地方的实际旅行。

钱诗开始于送别诗的一种标准开头：两句诗分写"此处"和"彼处"，行者正行动于两者之间。这是"离别"联句，接着是"旅行"联句和"到达"联句，最后一联设想行者目的地的情景。"旅行"联句发展了行者将在经过"山水"时度过时间（白天和夜晚）的构思，成为一句写夜晚停宿水上，与一句写白天翻越山峰相对。以描绘别宴为主而不是旅行的送别诗，通常在第三联中以一句咏酒与一句咏歌相对。钱起巧妙地将其转换为"到达"联句：秋天寒冷山居中的暖酒代替了离别宴饮，欢迎主人归来的狗吠声代替了离别悲歌。最后，钱起采用了暗示的结尾景象——不是包含"回归"的任何特别意义，而是从书窗往外望时所获得的审美快慰。这首诗是一种完全陈旧形式的完美无瑕的、甚至是才华洋溢的翻版。

作为一位对句巧匠，钱起与王维不相上下。在高仲武、姚合及许多唐代读者看来，文学价值主要体现于对句的技巧，通常指的是律诗的中间对偶句。对句的处理虽然有个人的和时代的区别，但从整体上看，它是一种一致的技巧。在这些方面，钱起能够与开元天宝的重要诗人匹敌，有时甚至超过他们。由于对偶句占据了突出的美学优势，使得首联和尾联经常只起近似于题目的功用，说明主题背景和恰当的情调，以帮助理解中间的对句。

题玉山村叟壁

谷口好泉石，居人能陆沉。
牛羊下山小，烟火隔云深。

一径入溪色，数家连竹阴。

藏虹辞晚雨，惊隼落残禽。

涉趣皆流目，将归羡在林。

却思黄绶事，辜负紫芝心。（12249）

首联设立了在优美风景中隐居的主题，结尾提供了现实官职与隐退愿望的陈套平衡。这首诗的生命力在于中间对句，正是在对句体上钱起不愧于"新奇"的称号。惊隼的突然上飞和彩虹的弯垂形成并置，体现了形似的才赋，形似指结构上相似的模式，这一技巧在前几十年曾被元结和萧颖士所斥责。有时，钱起的形似达到了骆宾王、庾信及其他宫廷诗匠的奇峻艺术，如描绘雪景是（12273）：

怒涛堆砌石，新月孕帘钩。

钱起诗经常称道隐逸和佛教价值观，但实际上他是一位感官的诗人，倾心于事物的美丽外表，而不是其理性内涵。在王维诗中，物质世界的声色之美与观察者的冷静面具之间存在着一种张力；这种张力在钱起诗中见不到。虽然钱起在所有诗篇中模拟王维，但效果总是有别于王维。他的《蓝田溪杂咏二十二首》最下功夫地追步王维。但是，与《辋川集》谜一般的含蓄陈述不同，钱起写出的是对实际世界的欢快颂美。

晚归鹭

池上静难厌，云间欲去晚。

> 忽背夕阳飞，乘兴清风远。（12488）

此处没有什么神秘的隐藏意义，诗篇完全属于咏物传统，陶醉于所咏的动物。

衔鱼翠鸟

> 有意莲叶间，瞥然下高树。
> 擘波得潜鱼，一点翠光去。（12500）

不过，在个别情况下，特别是如同《辋川集》那样描绘风景点时，钱起几乎可达到王维风格的朴素、庄严及神秘。对下引诗的最后一句，读者不知诗人为何要增添这一说明，也不知他是如何得知的。

竹 屿

> 幽鸟清涟上，兴来看不足。
> 新篁压水低，昨夜鸳鸯宿。（12494）

钱起的名字经常与郎士元并称。从现存情况看，郎士元的集子可能是从选诗中重辑而成，比钱起集小得多，只有七十三首，其中还有不少有疑问。尽管高仲武和许多同时代人都称赞郎士元，但他现存的诗篇表明他远不如钱起。事实上，在唐代郎士元已开始相对地贬值。晚唐轶事集《云溪友议》记载，刘长卿听到"前有宋之问、沈佺期、王维、杜甫，后有钱起、郎士元、刘长卿、李嘉祐"的并称时，激烈反对被置于郎士元和李嘉祐之间，而钱起的地位却无可争辩。这一轶事几乎可以肯定是九世纪的虚构，是对较普遍简单的、只包括钱起和郎士元的并称的添油加醋（杜甫名字包括在内，是此轶事迟出的最有力说明）。但这一轶事表明了对钱起和郎士元评价的明显不同。

对李嘉祐的贬低可能较不公正。李嘉祐于748年登进士第，与刘长卿一样，他的大部分诗篇作于叛乱之后。也与刘长卿一样，他大多是在地方任官，却闻名于京城。李嘉祐出自名望显赫的李氏大族，其家族中包括了书法家李阳冰，学者李纾，及十才子中的年轻诗人之一李端。在高仲武看来，李嘉祐的风格完全不同于钱起和郎士元，他"往往涉于齐梁，绮靡婉丽"。高仲武的雅致分析有时与有关诗人相去甚远，对李嘉祐的评语就是如此。如果说李嘉祐的诗与其同时代人的诗有什么区别的话，那么应该是他远为严肃地处理了困扰八世纪后期的国内战争和外族入侵。其他诗人倾向于描绘战争的破败景象，充满感伤情调，李嘉祐却能够讽刺"处处征胡人渐稀"的世界（10120）。

> 自常州还江阴途中作
> 处处空篱落，江村不忍看。
> 无人花色惨，多雨鸟声寒。
> 黄霸初临郡，陶潜未罢官。
> 乘春务征伐，谁肯问凋残。（10081）

在第三联中，诗人提出两种可以克服目前地方官职务的模式：或者是像黄霸那样成为宰相，或者是像陶潜那样过个人的生活。开头的感伤情调为结尾的奇特讽刺所湮没。

但李嘉祐只有个别诗篇达到尖刻的边缘,他的诗更经常地是呈现出生动鲜明的美景,与钱起诗相近。与同时代人一样,李嘉祐特别喜爱客观结尾,有时还会超出逼真的画面,如一首诗的结尾(10138):

想到滑台桑叶落,黄河东注荻花秋。

下引李嘉祐的诗,是后期京城诗人五律的最出色代表,他们正是以此类诗而闻名。

句容县东清阳馆作

句曲千峰暮,归人向远烟。
风摇近水叶,云护欲晴天。
夕阳留山馆,秋光落草田。
征途傍斜日,一骑独翩翩。(10045)

在后代读者眼中,这首诗有着无可怀疑的时代印记,但我们还应探讨是什么成分将这首诗与作为其基础的开元风格区别开来。最明显的特征或许是诗人的不愿介入诗中,这种自我隐藏源于王维的风格,以及京城趣味的美学准则,后者是宫廷诗的遗产。这种自我隐藏是对景象的反应或评论,可以像此处一样,引向景和情的混融无别。主观性和感情色彩不是限于诗篇的一部分,而是渗透全诗,结果诗篇变成没有感情色彩。王维运用了有着现成类型联系的意象,但倾向于有节制地运用它们。与刘长卿一样,李嘉祐用各种带有强烈的、明确的类型联系的意象组合成诗,这些意象全部指向秋天傍晚返家旅途中的忧愁情调。

中间二联是对句技巧的出色标本,特别第二联描绘的视觉形象,以枝叶簇拥的清溪与云层缭绕的晴天相对。结尾描绘了夕阳中孤独骑者的轮廓,优美如画,而画趣事实上可能是八世纪后期京城诗的一个突出特征。在丰富多变的现实世界之外,这位艺术家创造出了一种习见的景象"类型",这种"类型"有着易于理解的美学标准,能够引发预期的反应。在开元天宝诗歌中,描写惯例也起了重要的作用,但在八世纪后期,这些惯例更加严谨,其变化范围更加确定,其类型标准更加固定。

皇甫冉和皇甫曾兄弟也属于京城诗人圈子。皇甫曾的地位比其兄长低得多,皇甫冉是与钱起、郎士元相匹敌的京城社会的宠爱诗人。据传皇甫冉少时有奇才,称赏他的不是别人,正是张九龄(虽然时间问题使这一传说不可靠)。在八世纪六十年代中叶,皇甫冉的政治生涯获得中等成功,曾任宰相王缙的掌书记,王缙为王维之弟。

高仲武对皇甫冉诗的赏爱溢于言表,用了他最喜好的术语"新奇"来品评,认为皇甫冉:

> 雄视潘张,平揖沈谢。又《巫山》诗,终篇奇丽。自晋、宋、齐、梁、陈、隋以来,采撷者无数,而补阙独获骊珠,使前贤失步,后辈却立。自非天假,何以逮斯?

由于高仲武将皇甫冉的《巫山高》收入《中兴间气集》,他的过溢赞美可能充分代表了同时代的趣味。可是,阅读这首诗本身,却令人怀疑体现了高仲武趣味的标准:如果说这首诗产生了什么效果,那么它不过是通过巫山的各种类型联系而产生,如楚王与神女的云雨之会,以及使行人落泪的悲哀猿啼。这首诗也选入《极玄集》和《御览诗》,说明高仲武的称赏并不是孤立的。

巫山高

> 巫峡见巴东,迢迢出半空。
> 云藏神女馆,雨到楚王宫。
> 朝暮泉声落,寒暄树色同。
> 清猿不可听,偏在九秋中。(12995)

对于后代读者来说,高仲武对这首诗的偏爱会甚于李白或孟浩然的任何作品,是令人难于相信的。然而,比起第一代较有个性的诗人的作品,这首拘谨守旧的诗篇确实更完美地符合八世纪后期的诗歌艺术观念。

皇甫冉年轻时与许多第一代京城诗人有密切的联系,特别是王维。而在王维的所有同时代人中,皇甫冉最明显地体现了他的影响。钱起的不同感觉,使他在运用王维的遗产时体现出了自己的特色。但皇甫冉却经常顺从地沿袭王维的模式,这样做的结果,又往往暴露了自己的低劣。王维的一首著名绝句结尾是(06107):

> 春草明年绿,王孙归不归。

王维的"王孙"出自楚辞《招隐士》的结尾,通过他对这一词语的运用,"王孙"在八世纪后期诗歌中成为可敬的、或许是贵族的朋友的指称。王维的这一结尾十分成功,于是皇甫冉可能认为自己也能成功运用它(13030):

> 青青草色绿,终是待王孙。

或(13024):

> 处处汀洲有芳草,王孙讵肯念归期。

本章前面已列举了一个相似的例子,皇甫冉试求再现王维的夕阳映照青苔的著名意象。

九世纪诗人对盛唐前辈作品的运用,并不少于后期京城诗人对王维的运用,但他们在如何处理文学传统的问题上有着重要的区别。九世纪诗人倾向于注意前辈作品的较大方面,如主题(参17913 及 10824),复杂的"类型"(参 20685 及 07867),甚至特定诗篇的形式,及联与联的关系(参 31900 及 11554)。而皇甫冉一类的京城诗人,只从王维作品寻找语句和意象,将这些片断像铜板似的反复"付出"。当他们所借用的超出了片断,他们所得到的只是空洞的形式,似乎无法理解前辈是如何使形式充满生机。结果,当皇甫冉写了两首楚辞体的诗(13021—22),以模拟王维的《渔山神女祠歌》(05905—6),王维诗中的一切动人之处全消失了:神女莅临和离去的神秘气氛,及贬逐诗的文学史背景。皇甫冉的诗不过是填充空洞形式的练习。

在这些京城诗坛中心人物的周围,还有一批诗人,完全不比前述四人差。这些诗人之所以被记住，往往是由于经常出现于选本的一两首诗。但在京城圈子的边缘，有两位诗人的作品表现出一定程度的突破，这两位诗人是韩翃和戴叔伦。

虽然《极玄集》所列举十才子有韩翃，但他似乎只与夏侯审有密切接触。不过他也与钱起、李端一起参预了升平公主的诗歌集会，并至少认识郎士元和李嘉祐，或许还有皇甫冉。高仲武说韩翃的"一篇一咏，朝士珍之"。韩翃似乎确实在朝中有广泛的社会交往，其中很多人被他称为诗人。虽然这些人几乎没有作品传世，但总的看来，他们代表了与上述京城诗人不同的群体。

韩翃是754年进士考试的状元，但他可能在叛乱中去官，直到八世纪七十年代中叶才重新出现在官场，八世纪八十年代中叶他尚任官职，可能就卒于这十年中。韩翃成为八世纪后期较著名的诗人之一，但他的声誉主要靠的是他在传奇《柳氏传》中的出现，以及这一传奇的众多后代翻版。

韩翃作为诗人，没有他作为传说中柳氏的情人有趣。比起同时代人，他是较严肃的诗人，他的作品与高适有某些相似之处。高仲武说他的诗"匠意近于史"，可能指他经常用历史、文化及地理典故。他与高适的联系并非不可能，他的一些早期诗篇，就是用流行于其年轻时的天宝歌行风格写成，他甚至作有一诗呈献高适的恩主哥舒翰（12704）。

很可能就是通过他那些天宝歌行风格的早期作品，韩翃形成了他所喜好的一种形式，即以五言诗句开头，然后转为七言诗句的"古体"诗。但除了个别例外，这些诗篇缺乏优秀天宝歌行的想像力和宏放气势，而是满足于激发起一种习惯上与七言诗相联系的情调。

韩翃的格律诗虽然为升平公主和德宗所赏爱，却似乎比同时代人缺乏灵感：他缺乏钱起的描写才赋和刘长卿的动人简朴。他最好的诗句往往与精当的用典相关。但有时他的绝句具有卢纶的某些生动形象。

寒　食

春城无处不飞花，寒食东风御柳斜。
日暮汉宫传蜡烛，轻烟散入五侯家。（12817）

戴叔伦（732—789）与京城诗人的社交联系不太密切，不过还是可以包括在京城圈子的边缘。他的应景诗提及钱起、郎士元、皇甫冉、朱放、司空曙、耿湋等，但都没有经常密切的关系。戴叔伦的诗篇大多数符合京城诗的范围，但还包含了一些这一时期最有趣、最别致的作品。然而，他的传记和现存集子都有不少问题，讹误甚多，故在文学史背景下讨论其作品，要特别小心谨慎。[1]

---

[1] 根据权德舆所作的可靠墓志铭，戴叔伦卒于789年。可是又有几种文献记载他于800年登进士第。见布目潮渢和中村乔共，《唐才子传研究》（京都，1972），页302。此外，戴叔伦的集子中，收入了赠初唐诗人崔融（14320）及几位中唐诗人（14325，14420，14421，14460）的诗篇。如果把赠崔融的诗撇开不计，或许可以通过假设有两个戴叔伦，来解决这些及其他歧异。其中一位应该较迟，是中唐诗人，其作品与另一位较早的、较著名的戴叔伦混在一起。可是，这一假设还不能解决一些有问题的诗的奇怪讹误，例如，有一首七律赠孟郊；如果说这些诗篇作于孟郊和刘禹锡年少时，但在孟集和刘集中都找不到赠戴叔伦的诗，而他们如果确曾遇见这位著名诗人，一定会赋诗吟咏此事，并保留下来。还有，戴叔伦赠孟、刘及其他中唐诗人的诗篇都不加地名和排行，这也是可疑之点。遗憾的是，最有可能的解释是戴叔伦的诗集编于后代，编集时十分随便，收入了许多不可靠的材料。

戴叔伦是萧颖士最出色的门生之一，他在朝中和地方上任官时都政绩卓著，最后被封侯。可是，他的作品中极少出现萧颖士复古关注的痕迹。其中只有一些例外，如几首平庸的哲理诗（例如，14281）和时事寓言诗（例如，14285），以及几首非常有趣的乐府风格的社会批评叙事诗。

女耕田行

乳燕入巢笋成行，谁家二女种新谷。
无人无牛不及犁，持刀斫地翻作泥。
自言家贫母年老，长兄从军未娶嫂。
去年灾疫牛圈空，截绢买刀都市中。
头巾掩面畏人识，以刀代牛谁与同。
姊妹相携心正苦，不见路人唯见土。
疏通畦陇防乱苗，整顿沟塍待时雨。
日正南冈下饷归，可怜朝雉扰惊飞。
东邻西舍花发尽，共惜余芳泪满衣。（14298）

此处的技巧接近于中唐的社会批评乐府，特别是王建和张籍的作品。八世纪后期另有一些乐府社会诗，出自韦应物之手，但这首诗事实上更接近中唐，而不是韦应物的作品。加上戴叔伦集的不可靠，我们不得不十分遗憾地对他的乐府社会诗持有怀疑。

戴叔伦的律诗多数体现了节制的、引发情绪的时代风格特征。但高仲武对他评价不高，认为"其诗体格虽不越中，……其骨稍软，故诗家少之"。[1] 戴叔伦特别缺乏同时代人的对句技巧。但他能够以戏谑随意的风格描述自己，这在八世纪后期诗歌中是罕见的。

暮春感怀二首之二
四十无闻懒慢身，放情丘壑任天真。
悠悠往事杯中物，赫赫时名扇外尘。
短策看云松寺晚，疏帘听雨草堂春。
山花水鸟皆知己，百遍相过不厌贫。（14428）

这是戴叔伦最出色的诗，但可惜这并不是他大多数作品的特征。与同时代人一样，他也窃用开元天宝的诗，有时整首诗都由其他诗人的词语和诗句组成（例如，14305）。王维的声音随处可以听到（例如，14331第7、8句，14465第4句）。并且与刘长卿一样，戴叔伦也经常借用自己的词句（例如，14465及14475，14460及14524）。

戴叔伦最著名的是一段关于诗歌的论述，李商隐曾在著名的《锦瑟》（29092）中引用，批评家司空图也曾引述："诗家之景，如蓝田日暖，良玉生烟，可望而不可置于眉睫之前也。"[2] 八世纪后期和晚唐虽然有深刻的区别，却都对情调诗感兴趣，戴叔伦的陈述暗示了获得这种诗歌的方式：产生超越感觉明晰和理性理

---

〔1〕 此段不见于各本《中兴间气集》；见《唐人选唐诗》，页306。《唐诗纪事》也引了此段，页456。
〔2〕 《司空表圣文集》（《四部丛刊》），卷3页3a。这一陈述的最后一句是出自戴叔伦之口，还是司空图对前面隐喻的解释，无法确定。

解的艺术效果。

戴叔伦有近一百二十首绝句,其中可以见到他的一些最出色诗篇。有趣的独创也出现于这些诗中,但由于他的集子成问题,这些创新必须保持疑问。例如,集中有一组绝句,是对别人赠诗中的一联展开阐述,五首咏"夜雨滴空阶"(14444—48),五首咏"晓灯离暗室"(14449—53)。下面是这组诗的第一首:

> 雨落湿孤客,心惊比栖鸟。
> 空阶夜滴繁,相乱应到晓。(14444)

每一小组五首诗都将作为主题的那句诗发展成对个人经历的感怀。

上引绝句与后期京城诗人的类型诗法相一致,不过,戴叔伦通常比同时代人较不典雅。因此,当他试图重现王维绝句风格的谜一般含蓄陈述时,往往比钱起、皇甫冉一类诗人更成功。

松 鹤

> 雨湿松阴凉,风落松花细。
> 独鹤爱清幽,飞来不飞去。(14470)

诗篇的旨意比王维的绝句明显,但末句配得上这位宗匠。

可是,总的看来,戴叔伦的集子并未超出八世纪后期的情调诗法。到处都可见到逼真如画的、感伤抑郁的意象,这些景象能够触发情绪,却"不可置于眉睫之前"。

苏溪亭

苏溪亭上草漫漫，谁倚东风十二阑。
燕子不归春事晚，一汀烟雨杏花寒。（14510）

十才子中的较年轻诗人与众多年长诗人认识并赠答，如钱起、皇甫兄弟及李嘉祐，但他们之间形成了一个较紧密的小群体。他们的诗歌活动期从八世纪五十年代末大致延续至八世纪九十年代中叶，但他们的作品大多集中于这一时期的后半部。他们的诗歌风格与较年长的同时代人基本上没有区别，只有少数例外，下面将会述及。没有一个人的诗歌高出于其他人的诗歌之上。如果从他们自己的排列次序中寻找为首者，那么可能是吉中孚（见14712，15151）。吉中孚和苗发、夏侯审都仅有一首或两首诗存世。崔峒诗保留了一卷，但他可以肯定是这一群体中最缺乏才赋的诗人。保留了最大集子的四位诗人突出代表了这一群体，他们是卢纶、李端、司空曙及耿湋。

王维的响亮声音仍然回荡在较年轻才子们的作品中：它已经成为京城诗共同风格的一部分，但在与这位宗师有直接联系的情况下，可以更清楚地听到它。如下引司空曙的诗：

过胡居士睹王右丞遗文

旧日相知尽，深居独一身。
闭门空有雪，看竹永无人。
每许前山隐，曾怜陋巷贫。
题诗今尚在，暂为拂流尘。（15545）

王维此诗未保存下来，司空曙的诗篇可能引用了其中的段落。但从较一般的意义看，司空曙完美地模仿了王维的严谨简朴。

对辋川的一次游览，使得李端运用王维的描写技巧作诗。

雨后游辋川

骤雨归山尽，颓阳入辋川。
看虹登晚墅，踏石过春泉。
紫葛藏仙井，黄花出野田。
自知无路去，回步就人烟。（15192）

王维不仅教给继承者技巧，还提供了表现人生各种处境的词语。在重阳节，年轻的王维感到"每逢佳节倍思亲"（06137）。这就为卢纶提供了在寒食节的反应："况逢寒食倍思家"（14929）。与较年长的钱起和皇甫冉一样，较年轻的才子们也试图重现《辋川集》（15584—93）。王维的影响无处不在，特别有趣的是，连赠送钱起的诗也十分明显地模仿王维风格，这就表明，无论两位诗人之间有多少真正的不同，钱起的作品已经明显地与王维的作品联系在一起（例如，13965，15261，15541）。

在大多数应景场合中，较年轻的才子们与前辈一样，写下了大量的五言律诗。其中一些诗篇，如下引卢纶诗，曾被广泛编选和称赏。但从他们大量的应景诗中挑选出这些诗，看来实际上是出于任意武断，不知人们根据什么来区别简朴的庄严优美与单纯的圆熟流易。

送李端

故关衰草遍，离别自堪悲。
路出寒云外，人归暮雪时。
少孤为客早，多难识君迟。
掩泪空相向，风尘何所期。（14881）

读者可能还记得刘长卿的诗（06984）：

历历沙上人，月中孤渡水。

或他送别灵澈的诗（06981）：

荷笠带夕阳，青山独归远。

或钱起送元评事（12167）：

东去独依依。

或李嘉祐的（10045）：

征途傍斜日，一骑独翩翩。

在这些诗句的背景下，我们读到卢纶的：

> 路出寒云外，人归暮雪时。

在离别时或漫长旅途中，无论是实际看到还是推测联想，这种景象都是很自然的。但不管这一孤独远隔的人物是否经历暮雪、烟雾、月光或夕阳，诗人经过训练的眼睛总是被惯例指引，取下这一景象，并摄下镜头。从初唐开始，类似的景象已出现在送别诗中，但我们可以比较一下天宝诗人进行独特变化的冲动：岑参在边塞送别友人时，也以孤独远去的骑马者作为结尾，但这位骑马者被火山上的一片云气所追随（09596）：

> 迢迢征路火山东，山上孤云随马去。

岑参对惯例的特殊处理冒着奇诞的风险，这是天宝意义的"奇"，而八世纪后期意义的"奇"是"吸引"。意象的类型联系是脆弱和易于分离的，如果诗人想要雅致自然地蕴涵一种情调——八世纪后期诗人所追求的就是这一目标，就必须抑制个性的突出。

　　如同文艺复兴的夸耀是列举女子身体的各个部位，某些唐代题材也有自己的夸示方法。吟咏废墟或古战场的怀古诗有自己现成的列举要素，如耿湋在经过先秦宋国的荒芜战场时，写道：

> 日暮黄云合，年深白骨稀。
> 旧村乔木在，秋草远人归。
> 废井莓苔厚，荒田路径微。
> 唯余近山色，相对似依依。（13823）

耿沣写出了一首优美动人的诗，却全部用的是此种抒情诗的陈旧意象和文学惯例，他不过是表演了一种"自然持久和人类及其文化短暂"的主题。

与前代诗人一样，对句艺术在较年轻才子的诗歌中起了重要的作用。钱起作品中已经体现了一种转变，即从开元对句的相对简朴转向类似初唐的直观精巧，这种描写的复杂化在较年轻才子的作品中甚至更明显。

对句艺术需要一种次等才赋，不是指向诗人特性的才赋，而是感觉和表现相关类型的才赋。对句虽然总是表现实际世界，但它基本上是一种抽象关系的艺术。这可能正是八世纪后期对偶句的意象极端惯例化的最好解释：注意中心并不在景象中的各种事物，而是在它们的相互关系。当岑参醒来时看见灯"燃客梦"，这是一种隐喻的、感受新鲜体验的才赋；而依靠诗句间的相互关系而获得生命力的对偶句艺术，就缺乏这种才赋。真正对句艺术的典范，可以是在清晨景象中，从浓雾到明亮的转变，散与聚的平衡，从无秩序断片的模糊、急速运动转换到固定、光辉、轮廓分明的物体。例如，卢纶的（14915）：

亭吏趋寒雾，山城敛曙光。

也可以是水流对不稳固地直立的事物整日整夜地袭击，水流一高一低，一大一小。如李端的（15277）：

夜潮冲老树，晓雨破轻苹。

在这种中国诗法中十分重要的微妙艺术上，较年轻才子们经常超过开元天宝的杰出前辈，他们的对句经常选入后代的《句图》，就是一个重要的说明。

一些重要的不同将较年轻才子的作品与其前辈的作品区别开来。他们的少数诗篇中出现了几种新题材，显示了对京城诗旧规范的突破，参与了中唐的"非诗化"倾向。司空曙有一首戏谑夸张的咏面汤优点的歌行（15625），不能不令人想到是韩愈诗歌的先声。七言歌行出现在较年轻才子作品的频率，超过了他们的直接前辈，而歌行和绝句是最适于容纳新题材的形式。卢纶在《逢病军人》中，为诗歌找到了一种合法的事件：

行多有病住无粮，万里还乡未到乡。
蓬鬓哀吟古城下，不堪秋气入金疮。（14716）

这首诗的语言十分朴素，可能连不识字的士兵也能读懂。疮口之所以是"金的"，是由于被武器致伤，它与秋天的"金风"有特别的类同，秋风是死亡和毁灭的风。另一种异常题材出现在司空曙的诗中：

病中遣妓

万事伤心在目前，一身垂泪对花筵。
黄金用尽教歌舞，留与他人乐少年。（15601）

对于司空曙误用金钱的悲哀，现代读者可能不会有多少同情，但在八世纪后期的背景下,这样一首诗体现了极其鲜明的个性,因为它所描绘的情境在诗歌中通常是没有位置的。

较年轻才子们最好的、最富于创新的作品多数用绝句写成。绝句可用来处理新题材,并与乐府有联系,这就使得诗人易于超越京城律诗的刻板规则。卢纶作于八世纪八十年代后期的《和张仆射塞下曲》六首,可能包括了所有后期京城诗人中最著名的诗篇。下引诗篇中的第一首用了汉代名将李广的一个故事:一天晚上,李广对准一个他认为是老虎的东西射了一箭,次日早上发现箭嵌在一块石头中。

> 林暗草惊风,将军夜引弓。
> 平明寻白羽,没在石棱中。(14747)

> 月黑雁飞高,单于夜遁逃。
> 欲将轻骑逐,大雪满弓刀。(14748)

除了缺乏王昌龄绝句的复杂结构,这些诗与开元天宝的边塞绝句几乎没有区别。它们对情调的关注并不少于这一时期的应景律诗,但它们的蓬勃生气与律诗中占上风的忧郁情调形成鲜明对照。它们是名实相符的佳作,但还是缺少创新和个性。耿沣最著名的诗也是绝句,也主要是靠对现成艺术的完美处理而取胜。

秋　日

反照入闾巷,忧来与谁语。

> 古道无人行,秋风动禾黍。(13955)

诗中的意象充满丰富的传统联系:王维的诗(05837),《诗经》第六十五首,其中描写禾黍覆盖了周朝京城的故墟。但这些丰富的遗产只是用来达到情调的简单目标,引发一种秋天的凄凉和思家的情绪。

较年轻才子们所受开元天宝的影响,并不少于钱起、刘长卿及其他后期京城诗人,但他们远为广泛地运用了开元天宝诗歌。他们的七言歌行体现了天宝歌行的某些想像和气势(例如,14727—36,15170—79,15652),远远高于钱起和皇甫冉对这一形式的无力实践。特别引人注目的是李端的《瘦马行》(15172),这首诗似乎模仿了杜甫的几首诗。在杜甫去世后的几十年中,他的名字基本上被遗忘了,但从这首歌行及较年轻才子们的其他几首诗中(例如,15263,15330,15575),出现了一些暗示(但不超出暗示),表明他们可能至少熟悉杜甫的一些诗。

较年轻才子们与东南地区的诗僧有密切接触,李端甚至被认为曾经跟从皎然学诗。他们和那些诗僧都对诗歌技巧感兴趣,并都将诗歌当成社交集会的目标,而不是附属品。在较年轻才子的作品中,经常提到"诗会"、"诗议",以及皎然圈子中正在实践的联句体。

"诗议"可能包括了技巧的禁忌和分类,如同皎然的论诗著作及空海带回日本并收于《文镜秘府论》中的文献。另一方面,此类议论可能还涉及对个人风格的印象主义描绘,如我们在《河岳英灵集》及其继承者《中兴间气集》中所见到的评语。卢纶在为这一群体所作的哀悼诗中(14712),概括了朋友们的诗歌特征。吉中孚是：

> 侍郎文章宗，杰出淮楚灵。
> 掌赋若吹籁，司官如建瓴。

司空曙是：

> 郁郁松带雪，萧萧鸿入冥。

苗发是：

> 月香飘桂实，乳流滴琼英。

耿湋似乎具有后代批评家所高度评价的"远趣"：

> 九酝贮弥洁，三花寒转馨。

这就是他们考察自己艺术的方式，也是他们力求包含于自己诗歌的标准。他们的诗歌的命运与这些标准的命运联系在一起。在着重关注精致情调和技巧的时代，八世纪后期的京城诗人就十分流行。而在有力的个性诗人占上风的时代，他们就基本上被遗忘。苏轼错误地描绘孟浩然的诗歌为"法酒"；这一词语用来形容他们的诗歌倒十分恰当。

第十五章 东南地区的文学活动

> 淼淼雪寺前，白苹多清风。
> 昔游诗会满，今游诗会空。
> ……
> 追吟当时说，来者实不穷。
> 江调难再得，京尘徒满躬。
> 孟郊《送陆畅归湖州因凭吊故人皎然塔陆羽坟》(19958)

八世纪后期，长江下游地区成为一个诗歌活动中心，与京城相匹敌。这一时期的著名文学人物大多曾在东南地区游览、仕宦或避难。在东南文学圈子的和谐气氛里，他们议论自己艺术的优点，描绘优美的风景，举行欢宴，游赏山水，暂时忘记了北方半个国家的连续战乱。中唐诗人孟郊本身就是东南人，他成长于这一东南文学的短暂繁荣时期，并作为年轻诗人参与了著名诗人的集会。但是，到了808年孟郊写下上引诗句时，诗歌标准已经发生了重大的变化，极少有作家会以如此喜爱的眼光回顾八世纪后期的诗歌。甚至孟郊所回想到的，也不是天才的繁盛，而是文学集会和诗歌讨论的环境氛围。

在东南地区，刘长卿、李嘉祐、皇甫兄弟、耿沣、李端等京城诗人结识了本地的作家,如青年孟郊和诗僧们,后者的寺院经常作为文学集会的场所。在这类集会中,联句获得了南朝以来的第一次真正繁荣,最早的《唱和集》——两个诗人间赠答诗的合集也被编出。[1]正是在这种诗歌讨论和文学集会的氛围中,诗僧皎然写出了他的批评著作。

许多迹象表明诗人们正日益思考诗歌的艺术,这种思考与文学群体的社会背景不可分离,在东南圈子中,占上风的诗歌观念不是自我表现,不是道德标准的工具,不是脱离场合的纯艺术,甚至不是为获得社会地位而必须掌握的技巧,而是与南朝一样,将诗歌看成是一种为了社交而存在的社交艺术,一种本身就是社交事件的消遣。这一诗歌活动的中心人物是诗僧。

诗　僧

世之言诗僧,多出江左。灵一导其源,护国袭之;清江扬其波,法振沿之。如么弦孤韵,瞥入人耳,非大乐之音。独吴兴昼公能备众体。昼公后,澈公承之。

刘禹锡《澈上人文集纪》[2]

---

[1]《权载之文集》(《四部丛刊》),附录,页 330—331。应景交换集如《辋川集》,可以看成是唱和集的先声。

[2]《刘梦得文集》(《四部丛刊》),卷 23 页 17a—b。

在上引段落中，刘禹锡将东南僧人的诗歌传统描绘成如同江河的流动。江河是普遍的隐喻模式，也用来描绘世俗作家的文学历史；而在刘禹锡的描绘中，这两条河是各自独立的，并未"合流"。刘禹锡所看到的分离，是由中国历史编写惯例而形成的错觉，在史书中，世俗人物与宗教人物有清楚的区分。较准确的看法，是将诗僧作为东南文学活动的较大模式中的稳定要素。世俗诗人和僧人们在一起作诗，用的是十分相似的方式，但京城的重要诗人们来了又走，而僧人们通常留在原处。

诗歌交换表明僧人和世俗作家之间、僧人相互之间有着十分密切的联系。最早的东南僧人灵一，所结识者有钱起、郎士元、刘长卿、李嘉祐、皇甫兄弟及韦应物，此处所提及的还仅是最著名者。灵澈甚至跟从京城诗人严维学诗。皎然不但和灵一、灵澈一样，和上述诗人群有联系，还与编辑韵书《韵海镜源》的世俗文士群密切相关，《韵海镜源》由大书法家颜真卿主编。无论是在社交关系方面，还是在诗歌实践方面，诗僧都是八世纪后期文学界的组成部分。他们完全不是宗教诗人，除了个别例外，连他们作品中的佛教观念，也是京城诗的世俗佛教。[1]

灵一（727—762）现存四十二首诗，可能就是宋人所著录的一卷诗。作为最早的东南诗僧，灵一甚至在八世纪六十年代大量世俗作家涌入东南地区之前，就已经学会京城诗风格。除了三首吟咏名僧的诗（44220—22），灵一的佛教观念完全具体化于应景诗的自然世界。

---

[1] 见23180，参市原亨吉，《关于中唐初期的江左诗僧》，《东方学报》28卷（1958），页222。

宣丰新泉

泉源新涌出，洞澈映纤云。

稍落芙蓉沼，初掩苔藓文。

了将空色净，素与众流分。

每到清宵月，泠泠梦里闻。（44216）

"空色净"的词语，惯用的佛教隐喻如清泉表面的倒影，这些都引人从诗中寻找佛教诗人。但诗中所涉及佛教观念的程度和严肃意义，主要产生自读者对诗人的僧人身份的了解，事实上同一首诗也可以出自世俗诗人之手，用来颂美京城贵族的花园。由于诗中至少用了一个佛教的专门术语，从中寻找佛教意旨是合理的；但这些意旨主要通过"背景参考结构"而出现，根据写作背景，从自然意象中寻找思想含义，在此处是假设的作者的宗教关注。

大多数佛教经文的语言比世俗散文和诗歌的语言较不形象生动，句法也较直接。接受此类经文教育的僧人，可能会被期望形成相应的诗歌形式，而确实有这样的传统，其存留作品可从寒山和王梵志的集子中看到。虽然东南诗僧似乎急于表明他们对世俗诗歌传统的熟练掌握，他们作品中的极少数（通常是警句式的绝句）确实产生于他们的佛教修养背景。下引灵一的绝句，以戏谑的、通俗的语言阐述了自由意志的问题。

将出宜丰寺留题山房

池上莲荷不自开，山中流水偶然来。

若言聚散定由我，未是回时那得回。（44249）

在离别时，一个真实的或假设的对话者暗示只要灵一愿意就能回来。灵一的绝句是戏谑的反驳，为反对自由意志而争辩，不是运用因果决定论，而是用偶然性的理论：即使人们自称能够在既定时刻自由返回，他们怎么能够知道这一"选择"不是命定的或偶然的？但比灵一的争论较为次要的是，此处如同王维最抽象的"佛理"诗，哲理的问题从属于应景诗的主旨。

虽然刘禹锡认为灵澈的诗高于灵一，但他的作品存世较少，原有的十卷文集只留下十六首诗。灵澈的一生较长（746—816），从八世纪后期一直延续到中唐，但他的许多作品作于其生活的后期，可能应该视为中唐诗人。不过，与孟郊不同，灵澈在东南文学圈子中已经以诗人而著称。他是严维的门生，灵一和皎然的朋友，也与耿湋和卢纶过往。这位僧人的诗确实得到高度的评价，他曾被引荐至京城，据说他的作品还曾为皇帝赏爱。

就像其他东南人，如贺知章和顾况，灵澈以巧辩敏捷而著称。他的妙语的一个温和例子见于他最著名的一首讽刺短诗。世俗官员表示渴慕隐退山林，这本是可以进行讽刺嘲笑的题目，但由于明显的原因，这种讽刺答复极少出现。九世纪初，洪州刺史韦丹作诗表示希望过隐士生活（07590），灵澈写了这首著名的答诗：

年老心闲无外事，麻衣草座亦容身。
相逢尽道休官好，林下何曾见一人。（44264）

这首讽刺小诗的机巧不仅体现于温和的讽刺，而且主要体现于对一个古老的隐逸诗惯例的巧用：空旷的山林中"不见人"（参06082）。

刘禹锡认为灵澈是两位最出色的诗僧之一，这可能由于灵澈作品体现了中唐对奇峻新异意象和叙述语言的兴趣（还由于他是刘禹锡的朋友）。但这是否概括了灵澈全部作品的特征，还是仅指其后期作品，已不得而知。下引诗是灵澈最优秀的绝句之一，写于游览一座荒凉的佛寺时。"像教"（第3句）是佛教的别称。

宿东林寺
天寒猛虎叫岩雪，林下无人空有月。
千年像教今不闻，焚香独为鬼神说。（44261）

这首绝句是植根于世俗诗歌传统的出色怀古诗。"虎叫"本是禅思想的有效意象，但禅的虎在这首绝句中仅是遥远的回音；相反地，诗中所写是荒野中的真虎，爬过了正在颓败的人类居处，这是怀古诗的虎（参02641）。

与灵澈一样，清江只存留了少数诗篇，共二十一首，其中有几首还被划归其他诗人。但根据现存作品判断，清江具有诗歌天赋，超出了刘禹锡的贬语"么弦孤韵"。皎然诗歌范围较宽广，可能是较重要的诗人，但清江最优秀的诗体现出激烈感情和宏壮气势，为皎然所不及。他的诗善于庄严地描述宇宙的较大要素和社会政治的重要问题，使人联想到杜甫（樊晃为杜集所作早期序文，指出杜集主要流传于南方）。下引诗写给京城诗人严维。

早发陕州途中赠严秘书
此身虽不系，忧道亦劳生。

> 万里江湖梦，千山雨雪行。
> 人家依旧垒，关路闭层城。
> 未尽交河房，犹屯细柳兵。
> 艰难嗟远客，栖托赖深情。
> 贫病吾将有，精修谢少卿。（44311）

层城是昆仑山的最高处，据说是神话中的西王母居住的地方。在这首诗中，神话中的昆仑与中亚地理上的昆仑合而为一，就像关塞既阻隔了行人进入神仙世界，也挡回了吐蕃和游牧民族。在这一背景下，少卿指的是任安，司马迁写有一封著名的信给他，为自己接受宫刑以完成《史记》的决定辩护。清江可能自比司马迁，为某种决定而向严维分辩（可能是继续当僧人），但由于传记背景不全，不能确知是什么事。

清江有关自我和宇宙的陈述，写得庄重而具有一般意义，最容易令人联想到杜甫，如下引诗三联：

早春书情寄河南崔少府

> 春日春风至，阳和似不均。
> 病身空益老，愁鬓不知春。
> 宇宙成遗物，光阴促幼身。
> 客游伤末路，心事向行人。
> 道薄犹怀土，时难欲厌贫。
> 微才如可寄，赤县有乡亲。（44312）

恰如达官贵人对隐士僧人单纯自在生活的老一套企羡,此处这位僧人也向往世俗生活,向往"赤县",而不是"不见人"的荒野。清江特别喜欢援引《论语》,而同时代的世俗诗人并没有这一爱好。在这首诗中,"怀土"出自《论语》(4.2)的"君子怀德,小人怀土"。

清江与同时代人一样善于构造对句,但如同上引诗所显示的,他还特别长于自我分析,这也就是诗歌的正统功用"言志"。十分矛盾的是,恰恰是他对自己宗教信仰的怀疑,使他成为东南诗僧中最富于宗教意味的一位。在清江诗篇中对意识涌动或空寂思想的冷静描述中,我们时而会听到一个怀疑的灵魂的呼叫(44323):

未能通法性,讵可免支离?

皎 然

山阴诗友喧四座,佳句纵横不废禅。

上引诗句出现于皎然一首诗的结尾,这首诗咏南朝僧支遁(44840),但也可以方便地用来形容皎然自己。甚至超过其他诗僧,皎然全身心地沉浸于世俗社交界和世俗诗歌界,以至无法避免与其宗教职业相矛盾的感觉。虽然他确实写有几首真诚的宗教诗,但这只占其集子的极小部分。他存有七卷诗,近五百首(另有一卷联句诗）。虽然皎然不是八世纪后期最优秀的诗人，却可以肯定是这一时期最引人注目的诗人：他是一位批评家，一位联句作家，一位广泛多样地尝试时代风格的文体家。他虽然是一位僧人，却比这一时代的任何作家更像是一位作诗的人。

皎然是东南本地人，俗姓谢氏，是谢灵运的十世孙。他生于734年前后，于八世纪五十年代初受戒，在长江下游地区的优美风景和社交愉悦中度过相对安定的一生。他虽然称赏支遁的文学活动，他自称在八世纪八十年代后期曾放弃诗歌。无论这一放弃宣告是否真实，他在此后仍在作诗，可能是由于他已获得的重要诗歌声誉，产生了社交压力，使他只好妥协。他至791年尚在世，可以确定卒于809年前，但确切卒年无法肯定。在792年，他的作品的一个抄本被呈送集贤殿御书院，这可能表明他已去世。

皎然诗歌所显示的风格范围，比八世纪后期任何诗人都要宽广。但最重要的是他完整地运用了时代风格，体现出中唐的特征，与盛唐根据题材特性而改变风格的倾向不同。例如，皎然的送别诗，可以是京城传统习用的五律（44750—65），也可以是拟古乐府（44819），还可以是天宝风格的七言歌行（44874，44876，44880，等等）。在八世纪的稍早一些时候，处理事件时已经可以较自由地进行诗体选择，但皎然的作品不仅显示了较大的选择范围，而且在运用特定时代或作者的风格特征时，往往十分注意一致性。诗体的风格区别保留了下来，场合陈套仍然对诗体和风格的选择产生影响，但皎然的风格中出现了一种历史的多样变化，这在较早的时候极少出现。

这种对文学传统的新感觉已经发展了几十年，可能与复古严格标准的衰微相关。在许多方面，这种文学史感觉预示了中国传统诗歌未来的全部发展。诗人不再面对当代风格和单一的"古代"风格的选择，这种简单的选择植根于"古"和"今"的复古对立，以及忽视"古"和"今"的真实变化的对立。复古文学史基于正随着时间而被忘却的单一标准，不承认变化多样的标准。与西方文学批评史一样，将文学史看成是变化的而不是衰颓的观念，意味着标准的相对性。如同后面将要谈到，皎然恰恰在批评著作中为文学史的变化做了辩护。

如同皎然在批评著作中对各种风格进行分类，他在自己的诗歌中将这些风格作了示范。皎然的范围与杜甫相似，但有着重要的区别：杜甫仿效文学传统，形成一种既多样化又完全属于杜甫的诗歌；皎然保留了各种传统风格的完整性，并"运用"了它们。皎然可以是早期的乐府诗人（44818），也可以是建安诗人（44565，44644）；他能够写繁富修饰的五世纪诗歌（44560及多处），也能够以宫廷诗人的全部雅致处理咏物主题（44835）；他可以成为陈子昂（44847—52）或张九龄（44835）；他是天宝歌行的好手（44869—902），也能够运用元结的极端拟古风格（44862）。

几个因素促成了皎然的广泛趣味和文学史变化。其中最重要的是文学自觉，伴随着他的批评著作及盛行于东南文学圈子的诗歌讨论而产生。另一个因素是当时对南朝和初唐诗的重新评价，减弱了古与今的简单复古对立。最后一个因素是皎然对其先祖谢灵运的深厚兴趣，他在许多诗中试图再现谢灵运的鲜明个人风格。

下引诗用预定题目写成，显示了皎然对南朝后期及初唐精致风格的熟练掌握。

赋得石梁泉送崔逵

架石通霞壁,悬崖散碧沙。
天晴虹影渡,风细练文斜。
攀陟幽期阻,沿洄客意赊。
河梁非此路,别恨亦无涯。(44799)

河梁是李陵和苏武分别的著名地点。此处小心翼翼地遵循了宫廷诗的修饰法则:前两联皆以一句咏桥和一句咏泉相对;第三联重复了这一对偶,并引入送别主题,尾联与著名的古人进行比较,以此对送别作出反应。

皎然能够写出引发情绪的绝句及带有暗示性的结尾意象,在这方面他可以和任何同时代人匹敌。如下面咏仙人的《赤松》:

绿岸蒙笼出见天,晴沙沥沥水溅溅。
何处羽人长洗药,残花无数逐流泉。(44842)

结尾景象是某种隐藏的事实的自然迹象,在此基础上诗人做出第三句的推测。

皎然集的最后一卷几乎全是七言歌行。这一诗体在集子中的位置,与韦应物集及十才子中的较年轻诗人的一些集子相应。这可能反映了八世纪后期的诗体分类观念:七言歌行被放在最后,是由于它看来是"最新的"和最不正统的诗体。在诗集的安排上,有着诗体评价的重要成分,而不同时期赋与各种诗体的价值是独立于其真实历史的。

下引诗体现了对天宝歌行风格的完美仿效。这是一首送别诗，如同岑参的许多应景歌行，应景信息被松散地附于结尾。

翔隼歌送王端公

古人赏神骏，何如秋隼击。
独立高标整霜翮，应看天宇如咫尺。
低回拂地凌风翔，鹏雏敢下雁断行。
晴空四顾忽不见，有时独出青霞旁。
穷阴万里落寒日，气杀草枯增奋逸。
云塞斜飞搅叶迷，雪天直上穿花疾。
见君高情有何属，赠别因歌翔隼曲。
离亭惨惨客散时，歌尽路长意不足。（44874）

只要比较一下同时代京城诗人的平淡乏味歌行，就可以看出皎然对天宝歌行风格的掌握和自由。

与其他诗僧一样，皎然在应景诗中采用了寺院背景和京城诗的世俗佛教。但皎然还以王梵志和寒山的通俗随意风格，写了一些佛理诗。他的批评著作中有一处提及王梵志，这说明他至少熟悉王梵志集的一部分，但他是否知道寒山集，就不得而知。他的组诗《南池杂咏》（44811—15）中有一首题为《寒山》（44814），诗中表现了"寒山"的象征意义，这一意义在寒山集中十分突出，但这一意象可能过于普遍，不能说明实际的联系。

侵空撩乱色，独爱我中峰。

> 无事负轻策,闲行蹑幽踪。
> 众山摇落尽,寒翠更重重。(44814)

诗篇的风格是随意的,但比大多数寒山诗多了几分文学意味。不过,他还有一些诗篇甚至更"非诗化",更接近王绩、寒山及王梵志的风格。

戏　题

> 喧喧共在是非间,终日谁知我自闲。
> 偶客狂歌何所为,欲于人事强相关。(44845)

就像寒山的许多诗篇,这首诗的主题属于狂诞隐士传统。他另有一些诗篇较直接地与禅相关。

偶然五首之一

> 乐禅心似荡,吾道不相妨。
> 独悟歌还笑,谁言老更狂。(44853)

最后的短语"老更狂",也出现于杜甫《狂夫》(11107)结尾的半句,此诗作于杜甫在成都时。在另外几首诗中,皎然似乎模仿了杜甫的诗,而他在批评著作中的一次引用,肯定了他对杜甫作品有一定了解。

王维和储光羲都撰有《偶然作》组诗,但比起皎然这组小诗(44853—57),那两位较早诗人对风格和主题的控制就显得拘谨

了。下引诗很容易被看成是皎然为世俗牵挂所作的辩护,这一辩护基于颠倒传统宗教价值观的禅趣:

> 隐心不隐迹,却欲住人寰。
> 欠树移春树,无山看画山。
> 居喧我未错,真意在其间。(44855)

培植的树取代了自然的树,绘画取代了山水。虽然诗人开始于隐心的陈旧断言,诗篇的大部分涉及对隐逸价值的真正颠倒,而不是市隐的古老道家传统。皎然不是发现周围环境的无价值,如陶潜从城中远望山峰时的感受,而是从人寰的"喧"中发现真理。这首诗针对的是为居住俗世而设的大乘戒律,但用的是惊兀和阻挠期待的禅悦方式。下引诗直接而幽默地论述颠倒的禅趣:

> 虏语嫌不学,胡音从不翻。
> 说禅颠倒是,乐杀金王孙。(44856)

"金王孙"指佛。皎然的做法并没有误解禅,而且这种处境对他本人或任何僧人都十分舒服:他们可以居住在世俗社会,不用完成规定的较费脑筋的佛教任务,如翻译佛经。

早期的书目著录了皎然的三部论诗著作:《诗式》、《诗评》及《诗议》。其中《诗评》可能曾是较长的《诗式》的一部分。[1]《诗评》如果不是《诗式》的组成部分,它和《诗议》就都只有片

---

[1] 郭绍虞,《中国文学批评史》(台北,1969),第1册,页207—209。

断存世。但《诗式》显然是皎然及其同时代人最重视的著作。《诗式》存有几种一卷本，还有一个长得多的五卷本。[1]

此处我们较少关注《诗式》在唐代批评史上的重要地位，而主要注意它与皎然诗和八世纪后期文学标准的关系。皎然从七八世纪的复古前辈那里承袭了文学史阐述的术语。复古的措词特征近乎下意识地出现于书中，特别是在评语中。例如，为赞美其先祖谢灵运的作品，皎然说他"上蹑风骚，下超魏晋，建安之作，其椎轮乎"（《诗式》卷1页4b）。但根据《诗式》中其他有关评述，皎然显然只是认为谢灵运不同于建安及魏诗人，并不相信他高出于他们，也不相信"风骚"是绝对的评判标准。虽然皎然正与复古的论说词语及其推论斗争，复古仍为他提供了最有力的文学史评价模式。

在许多方面，皎然都试图反对和矫正复古文学理论的陈调。卢藏用在《陈子昂集序》中，声称陈子昂在五百年的衰颓之后，恢复了古代的伟大诗歌。皎然嘲笑了这种习见的复古夸张，并列举了在五百年"衰颓"中他所喜爱的诗人，以作为反驳。其后皎然指出陈子昂的诗源于阮籍，而阮籍正属于"衰颓"时期，从而肯定了魏代诗人的超越（《诗式》卷3页1a—b）。在其他地方，皎然表面上看仅是在矫正复古原则，实际上却超出了为诗人辩护的范围，暗中破坏了复古的根基。他坚持文学史上必然存在着"变"和"复"，并将陈子昂引为"复多变少"的诗人典型（《诗

---

[1] 关于《诗式》五卷本的作者还有疑问，但我采纳应是皎然著作的说法。未见于《诗式》一卷本的许多部分，表现了对八世纪后期诗人的特别关注。引文见《百部丛书集成》重印《十万卷楼丛书》本。

式》卷5页1b)。对"变"的必要性的承认，公开陈述了独孤及的路夔的隐喻含义。"变"的合法化，即使加上"复"的平衡，击中了为诗歌提供普遍而无变化标准的复古设想的要害。

对南朝诗的重新评价，以及皎然为文学变化必要性所作的论辩，集中于为齐梁诗所作的激烈辩护。此处最激进地反对了复古标准：皎然指责文学史评价过于紧密地和政治史的道德评价联系在一起，并进而袒护那一时期"可言体变，不可言道丧"（《诗式》，卷4页1a—b）。

紧接着有一个特殊的段落，皎然在其中攻击了同时代京城诗人的诗歌：

> 大历中，词人多在江外，皇甫冉、严维、张继、刘长卿、李嘉祐、朱放，窃占青山白云、春风芳草，以为己有。吾知诗道初丧，正在于此，何得推过齐梁作者？迄今余波尚浸，后生相效，没溺者多。大历末年，诸公改辙，盖知前非也。

皎然所指控的是京城诗人的"侵占"行为。可能被窃占的诗歌风景的原来拥有者指的是东南本地诗人，在这种情况下，皎然将只是述及京城诗人的影响和文化炫耀。但由于这一段落出现于皎然为齐梁辩护的背景下，而齐梁诗人在很久前拥有和描写东南山水，故看来皎然可能指的是京城诗人对过去的"本地诗人"的忽视和排斥，他们蛮横地侵占了齐梁"本地诗人"的文学风景。皎然基本上是正确的，八世纪后期京城诗的最突出特征之一就是缺少文学史意识和深度，正是这一特性丰富了皎然自己的作品。他们在大历末的"改辙"，可能是放弃对南朝诗的复古否定，接受皎然较宽容的观点。除了他们的文学史幼稚外，皎然可能也反对京城诗的平板简淡，因为他经常称赞复杂和艰险（《诗式》卷1页1a，5b），他自己的作品也力避京城诗的平易，即使其结果经常是走向困拙和做作。

皎然的批评论著与他的诗歌密切联系在一起，这在中国的诗人兼批评家中并不常见。他的风格的广泛多样，与其批评趣味的广泛多样相对应。他对文学变化价值的肯定，使他自由地脱离了京城诗的规范及与其对立的复古拟古诗。虽然许多中唐诗人重新肯定复古模式，但皎然的自觉和广泛性仍成为中唐诗的主要特性之一。正是在皎然的圈子中，最年长的重要中唐诗人孟郊接受了诗歌训练。

很难说清皎然的文学史观念在多大程度上与围绕他的圈子共通，但有一首《讲古文联句》十分引人注目，诗中对诗歌史的叙述，与传统的复古史极不相同。这一联句由皎然及其圈子中几个较不著名的人物撰成：潘述、裴济及汤衡。诗中所提出的文学史观点十分奇特，或许只有在上引段落中所显示的明显偏袒南朝的背景下，才能理解这一观点：这些诗人称赞从古代至陈朝的诗歌，似乎对作于此后的一切诗歌都贬斥，明显地包括了唐代！不过，在汤衡评梁代诗人江淹的"拟诗"的诗句中，体现了与皎然在复和变之间平衡的观念的某些接近：

江淹杂体，方见才力。
拟之信工，似而不逼。

江淹对前代重要诗人的模拟，可以看成是皎然广泛运用前辈风格的模式。它还提供了复古的替换工具，用来创造性地运用文学传统。

联句诗

皎然与京城诗人的联系较模糊，但他与另一世俗文士群的关系极其密切，这一群体以颜真卿为中心。从皎然诗的一些题目看来，这一群体有过大规模的文学活动，但除了皎然集外，几乎没有什么作品保留下来。颜真卿现存的集子主要由文章构成，只有少数诗篇，但没有一首与他作为书法家的天才相当。李纾只存留了一组祭祀乐歌，《茶经》作者陆羽只有几首歌行和零散断句。较不著名的作者如潘述和李萼，只存留了联句诗。著名的京城诗人中，只有耿湋与这一群体有密切联系。

颜真卿圈子的诗篇最不同寻常的地方在于，他们的正规诗歌作品只存留了零碎篇章，但相当大数量的联句诗却成了他们的代表作，共有五十余首。这些联句保存于颜真卿和皎然集的末尾。由于联句未被看成是严肃的诗歌，故这些诗篇得以存留下来，而较被重视的诗却遗失了，这种情况不能不格外令人吃惊。一个可能的解释是曾经存在过一个独立的联句集，后来被分开并附于颜真卿集和皎然集的末尾。[1]

在此之前，联句诗及与其相近的柏梁体在唐代只是偶然出现。联句诗是与南朝相联系的一种形式，很可能是八世纪后期对

---

[1] 这可能就是《新唐书·艺文志》（页1624）著录的《大历年浙东联唱集》。

南朝诗的重新评价促进了联句诗的复兴。[1]

与韩愈和孟郊那些任意闳肆的联句诗相比,颜真卿和皎然集团的联句诗显得温和适度,但在形式和题材上却体现了较丰富的变化。这些诗自然是用预定题目写成,通常是咏物题,往往有多于两人的一组作者参与,这样就减少了迅速答对的可能性,而韩愈和孟郊的许多联句诗都在这种情况下写成。在形式的丰富变化中,包括了三言诗(43153),六言诗(43254),以及两首古朴的"说教"四言联句诗(43240—41),一首咏德行,一首咏文学传统。联句的交替单位为四句、双句或单句。

这些联句诗中,最有趣的是一组游戏诗(43155—60),由颜真卿、皎然、李萼及张荐联唱。除了一首例外,这一组诗都是绝句,每一位参与者写出主题的一个范例。

七言大言联句

高歌阆风步瀛洲(皎然),

燀鹏燸鲲餐未休(颜真卿),

四方上下无外头(李萼),

一啜顿涸沧溟流(张荐)。(43155)

阆风是昆仑山的高峰,在遥远的西方,是仙人居住的山峰;而一步可达的瀛洲,则是远在东海的仙岛。

---

[1] 关于这一时期其他联句诗的证据,见《权载之文集》(《四部丛刊》),卷39页1b—2a;及《毗陵集》(《四部丛刊》),卷14页7b—8b。有关中国联句诗的起源和发展的详细讨论,见戴维·波拉克(David Pollack),《中国的联句诗》(博士论文,伯克利,1976)。

七言乐语联句

苦河既济真僧喜（李萼），
新知满座笑相视（颜真卿），
戍客归来见妻子（皎然），
学生放假偷向市（张荐）。（43157）

七言谚语联句

拈馄舐指不知休（李萼），
欲炙侍立涎交流（颜真卿），
过屠大嚼肯知羞（皎然），
食店门外强淹留（张荐）。（43158）

在所有这些例子中，张荐都是写"妙句"的人。虽然此类诗不能代表唐诗的成就，但这种诗歌游戏确曾被广泛实践，超出了现存诗所能说明的程度。例如，韦应物也写有两首类似的诗，《难言》（09421）和《易言》（09422）。但此类诗通常被排斥于诗人的正规集子之外，只保留在轶事资料中。

联句诗并不局限于游戏和咏物题材。一群诗人也可以转向较"严肃"的题材，如下引怀古联句，作于项羽祠，项羽是与汉代创立者竞争灭秦的将军。

项王古祠联句

遗庙风尘积，荒途岁月侵（潘述）。
英灵今寂寞，容卫尚森沉（皎然）。
霸楚志何在，平秦功亦深（汤衡）。

345

> 诸侯归复背，青史古将今（潘述）。
> 星聚分已定，天亡力岂任（皎然）。
> 采蘩如可荐，举酒洒空林（汤衡）。(43242)

根据《诗经》第十三首的传统阐释，"蘩"是合适的祭品。在这首诗中，诗人们不是在巧妙上争奇斗胜，而是齐心协力地创作出一首统一的、如同由一位诗人单独写成的诗。

顾 况

> 吴中山泉气状，英淑怪丽。太湖异石，洞庭朱实，华亭清唳，与虎丘天竺诸佛寺，均号秀绝。君出其中间，翕轻清以为性，结冷汰以为质，煦鲜荣以为词。偏于逸歌长句，骏发踔厉，往往若穿天心，出月胁，意外惊人语，非寻常所能及，最为快也。李白杜甫已死，非君将谁与哉！
>
> 皇甫湜《顾况集序》[1]

皇甫湜用中唐的矫饰修辞，过度地赞美了一位前辈诗人的过度风格。此处可以清晰地听到韩愈圈子的文学标准，特别是皇甫湜的标准。集序极少能平允地评价一位诗人的作品，特别是像此处的情况，这篇序文出自顾况的孝子顾非熊的流涕请求，

---

[1]《皇甫持正文集》(《四部丛刊》)，卷2页7b。

且皇甫湜在少年时又认识顾况。虽然这篇序文因过度热心而有差误，但还是体现了一位中唐作家对八世纪后期的回顾，他忽略了诗僧和京城诗人，只看到一位与自己的时代趣味相投的作家。在他们自己的时代都是相对次要的人物的韦应物和顾况，却得以幸存，这可能部分归功于中唐作家的称扬。韦应物的才赋较为丰富多样，他的作品比中唐的险怪趣味存留得更长久。而顾况的诗虽然可能对中唐有特别的吸引力，但随着中唐标准的消失，对它们的兴趣也消失了。

皇甫湜从顾况那里看到东南山水的气势精神，看到新近成为重要诗歌中心的东南文学传统的体现。事实上顾况是八世纪后期最独特的人物之一。他是苏州人，在757年登进士第；他活到高龄，大约卒于八世纪九十年代末（13721）。在东南地区，顾况曾一度与朱放和韦应物过往，但他看来与大多数京城诗人完全没有联系。无论是在京城还是在东南，顾况所密切交往的是儒士李泌、柳浑及刘太真，后两位与八世纪中叶的大文士如萧颖士、元德秀有联系。

顾况以诗人和艺术家著称，但他最著名的似乎是机敏和巧辩。他的诙谐经常被提及，但却缺乏例证，现存的一些轶事又都有疑问。由于李泌和柳浑的引荐，顾况在朝中得到几个低职，但李泌卒后，他就被贬至江苏任地方小官，据说是由于他的嘲讽冒犯了上司，有关他的一个故事则说是由于他对恩公之死的刻薄议论。顾况后来放弃了地方官职，在东南度过余生，与皎然、韦应物大致活动于同一地区。

下述轶事不完全可靠，但可能表明了给顾况招来敌人的那种戏谑话语。一位本地秀才写了一句诗（47716—17）：

> 驻马上山阿。

却一直想不出合适的续句,顾况为他接上:

> 风来屎气多。

顾况可能指的是秀才诗句的文学特性(这是联句和诗歌交换中常用的隐喻方式),但还可能仅是将戏谑语插入高度"诗化"的风格。

另一个故事为《顾华阳集》的序所援引(《四库全书珍本》),提供了一个顾况的妙语的较雅致例子。青年白居易以一首诗谒见顾况,顾况在白居易名字的双关意义上做文章(居易出《礼记·中庸》):"长安百物贵,居大不易。"但当顾况读到白居易著名的早期诗作《原上草》(22409):

> 野火烧不尽,春风吹又生。

就说:"有句如此,居天下有甚难。老夫前言戏之耳。"

顾况的集子原有二十卷,现存有二百三十余首诗,另有一些有趣的文章。在这些文章中,有几篇为较早诗人的集子作的序文。顾况的复古联系明显地体现于一组拟古诗中。这组诗共有十一首,沿袭了《补乐歌》的传统(13572—82)。这些诗都加了短序,陈述诗篇的伦理意义。这些诗篇虽然没有多少文学意味,却上承元结和萧颖士的拟古试验,下接作为唐代拟古诗顶点的韩愈的《琴操》（17780—87）。

顾况异乎寻常地不擅长应景律诗。在绝句中，他经常以王维的动人简朴为目标，如有计划的组诗《临平坞杂词》（13706—19），但他在王维风格上甚至比同时代的京城诗人还不成功。他的真正才赋在于乐府和七言歌行。在那些诗中可以听到第一代和第二代诗人的回响，特别是李白的回响。顾况的五言乐府《弃妇词》（13583），甚至被误收于李白集中。

顾况强烈地意识到开元天宝诗歌。他的诗中明显体现了重现和超过前辈的冲动，特别是在他的歌行中。他的《李供奉弹箜篌歌》（13650）是音乐描写的杰作，阅读时可以以王昌龄咏箜篌的佳作（06739）为背景。他的《黄鹤楼歌送独孤助》（13658），可以与崔颢的名作（06244）及李白的仿作（08569）并读。他的《庐山瀑布歌送李顾》（13659），阅读时应该以李白咏同一瀑布的名诗（08750—51）为背景。

八世纪中叶的读者在李白作品中看到的是"奇之又奇"，顾况则寻找更极端的奇；他的险峻意象开了孟郊、韩愈及李贺作品的先风。可以肯定正是这种险峻描写吸引了皇甫湜对顾况作品的兴趣，顾况通常用的是传统歌行主题，但他的处理具有一种近于幻觉的光彩。

公子行

轻薄儿，面如玉，紫陌春风缠马足。

双镫悬金缕鹘飞，长衫刺雪生犀束。

绿槐夹道阴初成，珊瑚几节敌流星。

> 红肌拂拂酒光狞，当街背拉金吾行。
> 朝游冬冬鼓声发，暮游冬冬鼓声绝。
> 入门不肯自升堂，美人扶路金阶月。（13621）

对于京城公子游冶生活的描写，在这首诗背后有着悠久的传统，但顾况诗中独特的细节描写及其迅速转换，使这一主题获得从未有过的奇异面貌。在七世纪和八世纪初，对这一主题的处理通常以感叹人生快乐的短暂无常作为结束，但顾况却转向八世纪后期的结尾触发意象，并将其改造成醉酒的怪诞景象。

以乐府题《行路难》写成的诗，经常表现近乎歇斯底里的情绪。在顾况同题诗中，一种无名的烦恼到达语无伦次的地步：

君不见

> 担雪塞井空用力，炊砂作饭岂堪食。
> 一生肝胆向人尽，相识不如不相识。
> 冬青树上挂凌霄，岁晏花凋树不凋。
> 凡物各自有根本，种禾终不生豆苗。
> 行路难，行路难，何处是平道。
> 中心无事当富贵，今日看君颜色好。（13627）

顾况的狂放较接近于马异、卢仝一类中唐诗人的怪诞，而不是韩愈、孟郊及李贺的创造才能。但顾况这种对极端状况的爱好，代表了对于守旧诗的局限的较深不满。正是从这种不满中产生出了中唐风格。

第十六章　韦应物：盛唐的挽歌

从宋代开始，韦应物主要被认为是一位杰出的山水诗人，与王维、孟浩然、柳宗元并称为唐代四位自然描写和隐逸模式的大师。这一观点植根于九世纪，在宋代成为普遍的看法。在韦应物诗中，宋代批评家看到的是他在清晰宁静风格方面的才赋，这正是许多宋代作家本身所追求的风格。按照朱熹的看法，韦应物在"无声色臭味"[1]方面甚至超过孟浩然和王维。韦诗被认为具有朴素的特征，不从感官方面吸引读者，语言自然，"无一字做作"。[2]在宋代，唐代的"镜子"经常被磨得十分明亮，结果宋代读者在其中首先看到的是自己的面貌。

唐代对于韦应物的看法要较为丰富多样。韦应物是一位多姿多彩的诗人，读者很容易从他那里找到想要寻找的东西，唐代读者对他的作品从宽广范围上进行理解。刘太真在写给韦应物的信中，所体现的观点与东南地区对南朝诗的袒护相一致：

　　顾著作来，以足下《郡斋燕集》（08907）相示，是何情

---

[1]《朱子全书》（御序，1714年），卷65页16b。
[2] 同上。

致畅茂遒逸如此。宋齐间，沈、谢、何、刘，始精于理意，缘情体物，备诗人之旨。后之传者，甚失其源。惟足下制其横流，师挚之始，《关雎》之乱（《论语》7.15），于足下之文见之矣。[1]

复古原则被认为是不可改变的，但八世纪后期作家却引人注目地对其自由加以变化。就像一位复古诗人，韦应物被看成"恢复"了失去的文学繁盛；但与皎然的批评论著一样，这一失去的文学高峰不是定位于古代，而是在刘宋和齐。对于陈子昂和元结这样的复古作家，这种非正统的观点几乎是无法想像的。

白居易则看到了一个截然不同的韦应物。还是少年的时候，白居易就遇到了韦应物，并非常崇拜这位前辈诗人。后来，白居易从韦应物的七言歌行中看到了他自己"新乐府"的先例，从韦应物的应景诗中看到了高雅闲适，这也是他自己的应景诗的特征。正是这后一种关于韦应物应景诗的观点为宋代批评家所进一步发挥。

近岁韦苏州歌行，才丽之外，颇近兴讽（出自《诗经·大序》：兴是引起道德反应的情感意象，而讽传统上解释为隐含的社会批评）。其五言诗，又高雅闲澹，自成一家之体。今之秉笔者，谁能及之？然当苏州在时，人亦未甚爱重。[2]

---

[1]《唐诗纪事》，页400。
[2]《白氏长庆集》（《四部丛刊》），卷27页7b。

从韦应物那里,白居易听到了批评特定社会弊政的乐府声音。而孟郊出于其激进的复古关注,却看到了古代文学的严肃典范,这一典范由于复古原则的宣告而具有近于标准的权威。与刘太真的信一样,孟郊也看到了谢灵运模式的重要性,但他的谢灵运式韦应物与刘太真完全不同:

赠苏州韦郎中使君

谢客吟一声,霜落群听清。
文含元气柔,鼓动万物轻。
嘉木依性植,曲枝亦不生。
尘埃徐庾词,金玉曹刘名。
章句作雅正,江山益鲜明。(19855)

这里,有关儒家道德秩序的术语和对建安诗人的赞美,标志着复古严格阐释的复活,以及与同时代宽容南朝后期诗歌的对立。与孟郊对韦应物的看法相一致,晚唐批评家张为将韦应物看成仅次于孟云卿的"高古奥逸主"。[1]

上述每一种观点都可在韦应物诗中得到证实,它们之间也不是完全矛盾的。与杜甫和皎然一样,韦应物的风格有着宽广的变化范围;然而,他缺少杜甫的鲜明统一特性,或皎然对时代风格的完整文学史感受。但是,尽管韦应物未能形成完全一致的诗歌特性,在杜甫卒后至八世纪九十年代孟郊和韩愈崛起之间,他仍是最有才华的诗人。他的多样风格预示了中唐的众多趣味,不过

---

[1]《诗人主客图》,页5b,收《续历代诗话》(台北:艺文印书馆,无日期)。

"预示"一词可能并不恰当：他的诗歌受到了中唐重要诗人的称赞，并肯定对他们产生了影响，包括韩愈、孟郊及白居易。

韦应物可能生于736年或737年，他的家族在七世纪和八世纪初是京城最显赫的世族之一。[1] 韦应物年少时任皇帝侍卫，叛乱后进入太学读书。可能由于韦氏家族的逐渐没落，他从未像其先祖那样升至高位。他最早的一些诗篇作于763年，当时他在洛阳丞任上。这些早期诗包含了一种新的复古声音，在几十年后为青年孟郊所采纳。这一风格的特征是运用近于格言的明确评判隐喻，直率的散文式词语，几种重复方式，以及公开陈述原则（例如，09359，09407）。在下引作于765年的诗中，韦应物要求从官职中解脱出来：

> 方凿不受圆，直木不为轮。
> 揆材各有用，反性生苦辛。
> 折腰非吾事，饮冰非吾贫。
> 休告卧空馆，养病绝嚣尘。
> 游鱼自成族，野鸟亦有群。（09316）

虽然这一风格清楚地回响于韦应物的全部诗歌中，大多数完全用这一风格写成的可系年的诗出自八世纪六十年代。这一风格既不是盛唐改善的古风，也不是元结一类作家的激进拟古诗。

---

[1] 关于韦应物的生平，我一般根据托马斯·奈尔森（Thomas Nielson）的《韦应物：生活和创作》，收托马斯·奈尔森《韦应物诗索引》（旧金山，1976）。

与它最相似的是孟云卿的诗,韦应物曾见过孟云卿,并极其推崇他(09165)。

韦应物去职后十年中的行迹模糊不清。至775年,他再度进入创作活跃期,写下一组哀悼亡妻的诗,共有十九首(09203—21)。这些诗用较守旧的古风体写成,不过其早期复古诗中的隐喻仍可见到。下引一类诗句后来在孟郊诗中不断回响(09203):

染白一为黑,焚木尽成灰。

唐代读者从这种直接隐喻中看到了动人的论辩,看到了原始的简朴,这正是较"精巧"的诗人所寻找的可靠的复古补充。

与元结一样,韦应物在后来的山水隐逸诗中最终转向了较守旧的雅致风格,但在八世纪六十、七十年代间(其间除了在洛阳的短暂任职外,韦应物可能都在长安或其附近),他的作品与同时代京城诗很不相同。这不是一个创新的时代,韦应物的诗看来几乎未被当时的著名诗人注意。外来者的角色与复古诗论有着密切联系,正是这一角色吸引了韦应物,虽然韦氏家族成员成为京城社会的外来者是令人难以想像的。在以奢侈浮华为荣的社会里,真正有价值的东西是被忽视的:这一主题在唐代有着悠久传统和多种风貌,但韦应物在一篇歌行中仍然新颖有趣地表现了这一主题,这篇歌行咏长安的一家豪华酒店。

酒肆行

豪家沽酒长安陌,一旦起楼高百尺。

碧琉玲珑含春风,银题彩帜邀上客。
回瞻丹凤阙,直视乐游苑。
四方称赏名已高,五陵车马无近远。
晴景悠扬三月天,桃花飘俎柳垂筵。
繁丝急管一时合,他垆邻肆何寂然。
主人无厌且专利,百斛须臾一杯费。
初酞后薄为大偷,饮者知名不知味。
深门潜酝客来稀,终岁醇酞味不移。
长安酒徒空扰扰,路旁过去那得知。(09387)

在八世纪七十年代后期,韦应物任京兆府从事,府主京兆尹黎干去职后,韦应物退居京城西的一个小庄园。至781年,他返回朝廷,在尚书省短暂任职。他在这几年中所作的诗,开始显示出"高雅闲澹"的风格,正是这一风格使他著称后代。这一期间另一件重要的事是他与京城诗人吉中孚和夏侯审的偶然过往。

虽然韦应物对复古风格和主题的运用减少了,他从未真正采用京城诗歌风格。他写起古诗来较得心应手,但不是复古的古诗,而是融会了律诗的描写成分,对晋及南朝初期诗的模仿,及散漫的古诗模式。

善福精舍示诸生

湛湛嘉树阴,清露夜景沉。
悄然群物寂,高阁似阴岑。
方以玄默处,岂为名迹侵。

法妙不知归，独此抱冲襟。

斋舍无余物，陶器与单衾。

诸生时列坐，共爱风满林。（08960）

在782年，韦应物失去朝中官职，随后在长江下游地区做过三任地方官：滁州、江州及苏州。他可能就是在苏州的最后任期上，结识了东南诗人，如孟郊和皎然。他大约卒于791年，在苏州任满后不久。在这些最后的岁月里，他可能获得了中等的诗歌声誉。刘太真、孟郊及皎然（44439）的称赞评语，表明了真诚的赏识，但这只是地方名声，没有迹象说明他的作品得到京城圈子的较高称赏。高仲武《中兴间气集》未收韦诗，白居易则特别指出韦应物的声誉直到他死后才确立。

韦应物于782年后在东南地区所作的诗，包括了一些最著名的作品，其中有类似朱熹所称赞的"无一字做作"的诗。韦应物的绝句数量不多，却一直得到特别的赞扬。与他那些《文选》体的散漫长诗相比，他的绝句体现了八世纪典型的节制简洁风格。下引诗作于滁州任上：

宿永阳寄璨律师

遥知郡斋夜，冻雪封松竹。

时有山僧来，悬灯独自宿。（09012）

这种对远方情景的推想，经常出现在韦应物的晚期诗中，如著名的：

秋夜寄丘二十二员外

怀君属秋夜,散步咏凉天。
山空松子落,幽人应未眠。(09027)

可是,在同一时期,韦应物还写了一些华美的宴饮诗,如顾况和刘太真赞不绝口的那首诗:

郡斋雨中与诸文士燕集

兵卫森画戟,宴寝凝清香。
海上风雨至,逍遥池阁凉。
烦疴近消散,嘉宾复满堂。
自惭居处崇,未睹斯民康。
理会是非遣,性达形迹忘。
鲜肥属时禁,蔬果幸见尝。
俯饮一杯酒,仰聆金玉章。
神欢体自轻,意欲凌风翔。
吴中盛文史,群彦今汪洋。
方知大藩地,岂曰财赋强。(08907)

这样的诗翻译后会受损不少,刘太真所称赞的宋、齐体的大量陈套,在英语中找不到合适的相应词语。但韦应物在结尾颂美东南地区,俯就了地方的自尊,这可以肯定是顾况赞赏的一个重要原因。

韦应物的十卷文集中,共有诗五百三十余首。这些诗主要按

第十六章 韦应物：盛唐的挽歌

题材排列，开始于古风诗，结束于七言歌行。首卷包括了两组古风，《拟古诗》十二首（08869—80）和《杂体》五首（08881—85）。尽管韦应物古风诗的一些成分具有唐代的特征，但在整体上韦应物比其唐代先辈更忠实地重现了二世纪风格。他捕捉到了建安及魏诗歌的秋天调子，《古诗十九首》的不定人物，以及《杂诗》的传统。他的《拟古诗》之六是对汉魏诗的成功再创造：

> 月满秋夜长，惊鸟号北林。
> 天河横未落，斗柄当西南。
> 寒蛩悲洞房，好鸟无遗音。
> 商飙一夕至，独宿怀重衾。
> 旧交日千里，隔我浮与沉。
> 人生岂草木，寒暑移此心。（08874）

紧接这两组古风诗的诗篇安排，体现了文学史与诗集编排的联系：与诗歌史一致，安排了两首拟陶潜的诗（08886、08889），两首拟何逊的绝句（08887—88）。批评家们经常强调韦应物与陶潜的联系；陶潜的回响确实贯穿于韦集，但与开元诗人如王维和储光羲不同，韦应物并未将陶潜看成传统诗歌的首要人物。他与同时代人一样，对于诗歌传统有着比开元前辈更广泛的爱好，谢灵运、王维及其他诗人的声音，与陶潜的声音一样，可以经常在韦应物的诗中听到。

应景诗构成了韦应物集的大部分，并按题材编排。第八卷则包括了杂题诗，不定场合诗，及咏物诗。最后两卷由歌行和乐府构成，白居易正是从此处听到了他自己的"新乐府"的先声。韦应物和皎然、顾况是这一时期仅有的大量写作歌行体的诗人，但三位诗人对这一形式的用法很不相同。与李白相似，顾况运用七言歌行的现成类型联系，体现出真率狂放的风貌；皎然出于其文学史兴趣，试图重现天宝歌行的多样变化，但他特别喜爱歌行的应景用法，与岑参作品的用法相似；在某些诗篇中，韦应物也用开元天宝手法处理传统乐府主题，但他的乐府和歌行多数是创新的，包括了咏史歌行，个人回忆歌行，及咏当代事物的歌行，如《酒肆行》。

时事批评明显出现在韦应物的几首歌行中（例如，09420），但白居易的评语表明他认为这是韦应物全部歌行作品的普遍特征。[1]然而，要进行时事解释，就必须将韦应物歌行的大多数处理成寓言诗（其情况与白居易的大多数《新乐府》不同）。在某些情况下，时事寓言的阐释可能可以证实，如几首咏鸟诗（09389—91），但其中的确切所指不能肯定。其他歌行中有不少只是留恋地回顾他在玄宗朝的少年时代，如果说其中有对那位皇帝不满的暗示，也是和个人的沉思联系在一起，与社会歌谣作者的吹毛求疵态度很不相同。另一组歌行涉及求仙和汉代主题，这些诗可以看成与玄宗的过度行为相关，但如果将这些主题解释成时事批评，它们的批评对象又过于广泛，不可能确知在众多愚昧的王朝中，韦应物所批评的是哪一个。下面是《汉武帝杂歌》之三，诗中可能夸张地批评了过度的尚武，但又与夸张地赞美武力不可区别。

---

[1] 关于韦应物歌行的时事解释，见深泽一幸，《韦应物的歌行》，《中国文学报》24卷（1974），页48—74。

第十六章 韦应物：盛唐的挽歌

> 汉天子，观风自南国。
> 浮舟大江屹不前，蛟龙索斗风波黑。
> 春秋方壮雄武才，弯弧叱浪连山开。
> 愕然观者千万众，举麾齐呼一矢中。
> 死蛟浮出不复灵，舳舻千里江水清。
> 鼓鼙余响数日在，天吴深入鱼鳖惊。
> 左有伙飞落霜翮，右有孤儿贯犀革。
> 何为临深亲射蛟，示威以夺诸侯魄。
> 威可畏，皇可尊，
> 平田校猎书犹陈，此日从臣何不言？
> 独有威声振千古，君不见后嗣尊为武。（09412）

咏仙人和帝王历史的诗，可以理解为指向当代的政治时事，也可以仅仅为这些对象而吟咏。但韦应物显示出对历史主题本身的极大兴趣。他有一首歌行咏著名的自杀的绿珠，诗中很独特地在较大的历史背景下处理这一事件（09394）。他的历史兴趣的另一典型例子是一首咏"石鼓"的歌行（09402），石鼓是刻有诗歌的古代石制品。韦应物这首诗启发了韩愈，使他写出更著名、更丰富发展了的咏石鼓诗（17913）。

与皎然对文学史的兴趣相似，韦应物吟咏历史事物的歌行是向后凝视的表现，这种回瞻在八世纪后期十分突出。韦应物经常将玄宗时代描绘成辉煌灿烂而一去不复返的过去，用的是比杜甫更为悲哀的忆旧音调。在自然永恒中体现出人生短暂的主题，离开了怀古的废墟，出现在重游的寺院。

登宝意寺上方旧游

翠岭香台出半天，万家烟树满晴川。
诸僧近住不相识，坐听微钟记往年。（09236）

这首绝句以盛唐式的风景描写开头，处处模仿了八世纪前期的诗。但韦应物所看到的风景，是处于陌生人之间，处于不同于他在年轻时所认识的僧人之间。无论是在诗中还是在诗人那里，它都是一种回忆的风景，而寺庙钟声则成为他回忆往事的起因，使他回想起许多不复在世的前辈。

韦应物与近期的诗歌传统的距离感，经常将他引向对盛唐诗价值观的嘲讽性突破。晋代东陵侯在晋朝覆亡后失去封地，以"种瓜"为生。在开元天宝诗中，他是心满意足的隐士典范，在改变了的地位上平静地生活。在韦应物诗中，我们看到的却是失败的种瓜者，他带有真率的、闲适散淡的高贵特征，这种完美的优点使他在种植上失败。诗人在诗中嘲笑了自己，但这还是对失败的价值观的讽刺嘲笑，对脱离实际体验的盛唐农夫兼隐士的嘲笑。它不是杜甫的温和幽默，将个人失败与宏伟价值并置；而是对价值观本身的失败的嘲笑。这首诗明显地预示了中唐，与韩愈、孟郊及白居易的全部作品相应。

种　瓜

率性方卤莽，理生尤自疏。
今年学种瓜，园圃多荒芜。
众草同雨露，新苗独翳如。
直以春窘迫，过时不得锄。

田家笑枉费，日夕转空虚。
信非吾侪事，且读古人书。（09360）

陶潜的幽默随意音调出现于诗中，但农夫和读者已不再如同陶潜诗那样是同一人了。道家的不介入原则只能使园圃荒芜。

盛唐诗经常以风景的显现作为结尾，这是一种似乎包含了主题、情绪或解答诗歌主体的景象。韦应物也尝试了这种显现，但经常将它们置于"他处"，其他某一地方或时间，与诗人彻底分离。视觉成为愿望，成为某种不足的象征。

登　楼

兹楼日登眺，流岁暗蹉跎。
坐厌淮南守，秋山红树多。（09241）

此处的风景图像还可以被放置在失落或被失落的时刻的较大背景中。盛唐诗人去寻访隐士，当隐士不在家时，诗人仅仅因为置身于隐士的自然环境中，就领悟了隐逸的实质（例如，08680，06200）。在下引韦应物的诗中，风景显现是一种"周末"的体验，每十天休假一天；诗人从隐士的世界回来，不是得到满足，而是感到"怪"；他所"怪"的不是在自然中改变生活的体验，而是诗歌的对象。

休暇日访王侍御不遇

九日驱驰一日闲，寻君不遇又空还。

> 怪来诗思清人骨，门对寒流雪满山。(09172)

隐士的瓜没有长出，只有在休暇日山水风景才使人想要"改变生活"。中唐诗人也感到山水风景和自然秩序减弱了力量，反复地构造日常生活中的自然显现。韩愈发现攀登"南山"十分困难，但又想要到达顶点，因为（17790）：

> 拘官计日月，欲进不可又。

异常的迹象使盛唐诗的统一和谐世界开始破裂。在韦应物诗中，处处可看到与诗歌旧价值观相异的细微迹象。王维在想像中可以参与田家生活；现代读者可能看到复杂的达官贵人与为其工作的农夫的区别，但在王维淡漠的眼光里，一切都是和谐作用的整体的组成部分。韦应物仿效王维的田园诗，也看到了农业社会的基本价值，但他同时还意识到了自己与这个世界的距离。

观田家

> 微雨众卉新，一雷惊蛰始。
> 田家几日闲，耕种从此起。
> 丁壮俱在野，场圃亦就理。
> 归来景常晏，饮犊西涧水。
> 饥劬不自苦，膏泽且为喜。
> 仓廪无宿储，徭役犹未已。
> 方惭不耕者，禄食出闾里。(09263)

第十六章　韦应物：盛唐的挽歌

韦应物这首诗沿袭了王维和储光羲的农耕诗，但它甚至更接近中唐，接近它所开启的白居易的名诗《观刈麦》(21748)。

传统的批评家们历来主要倾心于韦应物的流畅风格和娴熟文体，以及"无声色臭味"的宁静情调。但批评家们可以从八世纪后期许多诗人那里找到这些特征。韦应物诗的真正魅力应该是在于某些较纷乱烦扰的情绪，在于其融合了所失落事物的清晰视象的失落感，如下引名诗：

寄全椒山中道士

今朝郡斋冷，忽念山中客。
涧底束荆薪，归来煮白石。
欲持一瓢酒，远慰风雨夕。
落叶满空山，何处寻行迹。(09003)

在这位"后生"的诗中，天上的神仙不再像八世纪最初十年那样，在繁华的人世闲游，如同他们在韦嗣立别墅的出现。理想的隐士仍然存在，但只能在想像中见到，在现实世界里是不可寻觅的。

韦应物的缺少感和失落感最强烈地体现于他最著名的一首诗中。这首诗经常被解释成讽喻诗，但讽喻只是被用来解决诗歌结尾带给读者的纷烦骚动之谜。

滁州西涧

独怜幽草涧边生，上有黄鹂深树鸣。

> 春潮带雨晚来急,野渡无人舟自横。(09369)

诗中就像典型的盛唐绝句那样展开描述,构造出一个静谧直观的自然世界。但读者所看到的这一自然世界过于自然化(或过于非自然化),就像无人控制的小舟横在水流中。人们可以对这一意象做出讽喻解释,可以推测河岸的位置以解决结尾的谜。但是在诗中,无人控制的小舟占据了触发情兴的结尾自然景象位置,这是一个骚动不安、生机勃勃的自然界,取代了缺少的人的作用。这种缺少正是诗歌的兴趣中心。

韦应物不是一位中唐诗人,他与盛唐风格和主题仍有着千丝万缕的联系。然而,他的许多最优秀的诗篇是有"毛病"的盛唐诗,它们的美正体现于矛盾的不完美之中。在诗歌的旧价值观开始失去的那些地方,韦应物预示和影响了伟大的中唐诗人。如果说他是一位在世时"人未甚爱重"的诗人,那么他所传达的确实是下一代的诗歌趣味。

译后记

生活·读书·新知三联书店计划出版宇文所安教授著作的翻译系列，其中包括《初唐诗》和《盛唐诗》，从而使我有机会修订旧译。

《初唐诗》中译初版由广西人民出版社于1986年出版，《盛唐诗》中译初版由黑龙江人民出版社于1992年出版，至今皆已十多年。从1994年至1999年，我赴美攻读博士，对于西方汉学的巨大成就有了更深入的了解，在英语方面也有了进一步的提高。现在回过头来修订此二部译著，可以较有信心地向读者提供更准确可靠的作品。而回首当年自学英语和初译的艰辛，不免感慨万千。

从小学到大学，我未有机会正式上过一堂英语课。小学、中学时在一个偏僻的小县城度过，不但当时处于"文化革命"中，不可能开英语课，而且那个小城里本来也没有英文老师，我和我的同学们从未听过一句英语，也从未见过一本英文书。1977年上大学，虽然"文化革命"已过，但学校里英语师资短缺，只能先给理科专业的学生开课，文科学生仍未有机会上英语课。我为了报考研究生而开始自学英语时，连二十六个字母都认不全。自学英语的道路极其艰难辛酸，我不仅未有机会得到任何人的帮助指教，还时常因为发音不全和识字不多而备受嘲讽。不过现在回首往事，我常常觉得应该感谢当年那些嘲讽者，没有他们的刺激，我或许不会发奋硬啃英文原版小说，从而在很短的时间里渡过阅读难关，并在最后走上留学之路。人生需要战胜的是自己，所谓艰难玉成。

过了英语阅读关后不久，我读了宇文先生的《初唐诗》和《盛唐诗》。此二书中与中国学者大不相同的研究视角和叙述语言使我深受启发，在自己的研究工作中获益不浅，并由此萌生翻译的想法，希望尽快将此二书介绍进来，以供其他未能阅读原著的唐代文学研究者借鉴。而在此二部译著出版前后，唐代文学研究界许多著名学者给予我极大的支持鼓励，包括业师周祖譔教授和学界前辈程千帆教授、王运熙教授、周勋初教授、傅璇琮教授、郁贤皓教授、罗宗强教授、陈允吉教授、毛水清教授、许逸民教授等。他们或从一开始即鼓励我从事翻译，或热忱推荐出版社，或为译著撰序，或称赞宇文先生对唐代文学研究的贡献。这些卓有成就的中国学者如此虚怀若谷地赏识同领域的他山之玉，十分令人感动。

感谢宇文先生对此二书翻译工作的支持与帮助。感谢广西人民出版社和黑龙江人民出版社出版此二书的初译，以及二位责任编辑周伟励先生、任国绪先生的热情帮助和辛勤工作。感谢三联书店赋予我修订旧译的难得机会，以及责任编辑冯金红女士的鼓励、敦促和辛勤工作。

《初唐诗》原著尚有"致谢"、"索引"等部分，《盛唐诗》原著尚有"致谢"、"引诗注释"、"引诗索引"、"索引"、"文献介绍"等部分，初版时考虑到这些部分不是中国学者关注的要点，以及译著篇幅的局限，征得宇文先生的同意，省略未译。修订版仍沿袭之。

近几十年来海外汉学成就辉煌，杰出学者和论著有如星罗棋布。浅尝辄止者未能知其奥，而涉之弥深则愈觉其妙。希望有更多学者加入翻译的行列，有更多出版社支持出版学术译著。

贾晋华
2004 年 6 月记于香港九龙聚石斋